III
우노 보쿠토
일러스트 미유키 루리아
일곱 개의 마검이 지배한다

"캐티…
당신, 설마…."

미셸라 맥팔렌
Michela McFarlane

"밀리건 선배?!
어째서…!"

올리버 혼
Oliver Horn

캐티 알토
Katie Aalto
“자살이냐, 동반자살이냐.
너희의 이야기에는
그 정도 차이밖에 없어.”
베라 밀리건
Vera Milligan

"더는 아무 말도 하지 않으마.
…하지만 죗값은 치르게 해야겠다.
지팡이검을 뽑아라, 살바도리!"
알빈 고드프리
Alvin Godfrey

"…마음까지,
미궁의 어둠에
물들었나."
오필리아 살바도리
Ophelia Salvadori

"그 목, 받아 가겠소."

나나오 히비야
Nanao Hibiya

CONTENTS

제1장 생환율(파서빌리티) p021

제2장 북적이는 숲(노이지 포레스트) p057

제3장 음마의 후예(살바도리) p125

제4장 성가(라스트 송) p217

Seven Swords Dominate

Presented by Bokuto Uno

일곱 개의 마검이 지배한다

Seven Swords Dominate

우노 보쿠토

illustration 미유키 루리아

Character **등장인물**

Seven Swords Dominate

1학년

올리버 혼

본편의 주인공. 재주는 많으나 대성할 그릇은 아니라는 평가를 받는 소년. 어머니를 살해한 일곱 명의 교사에게 복수를 맹세했다.

나나오 히비야

동방(에이지아)에서 온 사무라이 소녀.
올리버를 검의 길에서 만난 숙명의 상대로 보고 있다.

캐티 알토

연맹의 일국, 호수국(팡랜드) 출신의 소녀.
아인종의 인권 문제에 관심이 많다.

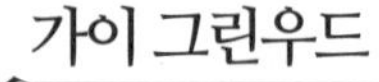

가이 그린우드

마법농가 출신의 소년. 솔직하고 붙임성이 좋은 성격. 마법식물을 다루는 데 능하다.

피트 레스톤

비마법가정 출신의 근면한 소년. 성이 반전되는 특이 체질.
마수의 습격을 받아 현재는 행방불명 상태.

미셸라 맥팔렌

마법명가 맥팔렌 가문의 장녀.
문무에 능하며 동료를 잘 돌본다.

툴리오 로시

표표한 성격의 소년. 정석에서 벗어난 검술을 사용한다. 올리버와의 대결에서 패했다.

리처드 앤드루스

명가 앤드루스 가의 적자(嫡子).
올리버와 나나오를 접하며 인생의 전환점을 찾아냈다.

스테이시 콘월리스

맥팔렌의 분가에 태어난 소녀.
미셸라의 이복동생.

페이 윌록

스테이시가 거둔 반인랑 소년.
종자로서 스테이시를 섬기고 있다.

조셉 올브라이트

무문(武門) 올브라이트 가에서 태어난 거만한 소년. 올리버와의 결투에서 패했다.

4학년

베라 밀리건
인권파 마녀.
캐티를 두고 올리버 일행과 일전을 벌인 후, 그들에게 관심을 보이고 있다.

오필리아 살바도리
자신의 자궁에 키메라를 잉태하는 마녀.
마도의 극에 달한 끝에 '마에 삼켜졌다'.

5학년

알빈 고드프리
학생총괄.
다른 학생들에게 '연옥'이라 불리는 마법사. 차원이 다른 화력을 자랑한다.

카를로스 위트로
아름다운 목소리를 지닌 중성적인 외모의 청년.
오필리아의 소꿉친구.

그윈 셔우드
과묵한 청년. 올리버의 사촌 형.
'신하'로서 그의 암약을 보조한다.

사이러스 리버모어
죽은 자의 뼈를 사역마로 부리는 사령술사.
오필리아에 필적하는 교내의 위험인물.

섀넌 셔우드
부드러운 분위기의 여성. 올리버의 사촌 누나.
'신하'로서 그의 암약을 보조한다.

6학년

케빈 워커
미궁미식부 부장. 반년에 달하는 미궁에서의 조난에서 생환한 이후로 '생환자(서바이버)'라 불리고 있다.

교사

에스메랄다
킴벌리 학교장. 마법계의 정점에 군림하는 고고한 마녀.

바네사 올디스
마법생물학 교사. 방약무인한 성품 탓에 학생들에게 두려움의 대상이 되고 있다.

다리우스 그렌빌
연금술 교사. 올리버에게 처단되었지만 현재는 행방불명된 것으로 알려져 있다.

- 프랜시스 길크리스트
- 엔리코 포루기에리
- 루터 가랜드
- 더스틴 헤지스
- 테오도르 맥팔렌

그 외

- 테레사 카르스테
- 마르코

날씨가 좋은 날은 늘 부름이 있을 때까지 안뜰에서 시간을 보냈다.

딱히 좋아서가 아니다. 정원에는 사계절 내내 큰 변화를 보이지 않는 화단이 있을 뿐인 데다 꽃을 가꾸는 취미도 그녀에게는 없다. 오히려 싫어하는 편이다. 사람들의 눈길을 끄는 아름다움도, 벌레들을 유혹하여 끌어들이는 향기도 자신이 타고난 것과 매우 비슷했기 때문이다.

"……."

신발을 신은 채 꽃잎을 지르밟는다. …그렇게 하면 아주 조금 가슴이 후련해진다.

분풀이를 하고서 하늘을 올려다보며 심호흡을 했다. 이끼 낀 벽에 가로막혀 평소에는 잘 들이치지 않는 햇볕도 정오에 가까운 이 시간대에는 아낌없이 이곳에 쏟아진다. 그 햇볕을 쬐는 것이 그녀에게는 무엇보다도 소중한 휴식이다. 그러니 이때 해 두어야 한다. 이 이상 배가 부풀게 되면 정원을 산책하는 것도 쉽지 않아질 테니.

그녀의 집에는 너무도 많았다. 어둠이 정체된 장소도, 그 속에서 꿈틀대는 것들도. …그녀는 늘 자신이 어느샌가 그 안에 녹아들지는 않을까 두려웠다.

"안녕. 날씨가 참 좋네."

짧은 안식을 즐기던 그녀에게 문득 누군가가 뒤에서 말을 걸

어왔다. 온화하고도 중성적인 분위기를 띤 그 목소리는 그녀의 기억에 없는 것이었다. 의아하여 뒤를 돌아보니 마른 체구의 낯선 소년이 그곳에 서 있었다.

"…누구야, 당신?"

"오늘부터 네 친구가 되려고 하는 사람이야."

상대는 그렇게 말하더니 사박사박 화단 안에 발을 들였다. 지극히 자연스러운 발걸음인데도 꽃은 한 송이도 밟지 않았다.

눈앞에 선 소년의 얼굴을 물끄러미 올려다보며 그녀는 가벼운 한숨을 내쉬었다.

"이번에는 당신의 아이를 낳는 거야?"

단순히 확인을 위해 그녀는 그렇게 물었다. 긍정 이외의 답변은 기대하지도 않았다. 이 저택 안에 있는 시점에서 수컷의 역할은 그것뿐이니.

하지만 예상과 달리 소년은 고개를 끄덕이지 않았다. 그 대신 쓴웃음만 지었다.

"아니야. 나한테는 그 기능이 없거든."

"……? 그게 무슨 소리야?"

무슨 말인지 이해가 안 돼서 그녀는 더더욱 의아한 눈으로 상대를 바라보았다. 그런 그녀를 달래듯이 소년은 미소를 띤 채 어깨를 으쓱했다.

"아무렴 어때. 그보다 수다 떨 상대가 필요하지 않아? 심기 불편한 공주님.”

그렇게 말하며 발치를 흘끔 쳐다본다. 소녀가 자근자근 짓밟아 흙투성이가 된 꽃들을. 못된 짓을 한 현장을 들킨 것 같은 기분이 들었지만 그녀는 홱, 하고 고개를 돌리며 답했다.

“무리야. 넌 수컷이잖아? 수컷은 모두 나랑 이야기하면 이상해져 버리는걸.”

“근데 난 그렇게 안 되거든.”

그렇게 답하며 소년은 슬그머니 상대에게 얼굴을 들이댔다. 그녀가 어깨를 움찔했다. 이만큼 자신에게 가까이 왔음에도 제정신을 유지하는 수컷을 그녀는 본 적이 없었다.

“…윽…!”

이 자리에서 당할 거다. 그런 확신에 반사적으로 몸을 움츠렸지만… 한참이 지나도 그 순간이 오지 않아 의아해졌다. 그래서 자세히 보니 소년은 조금 전과 마찬가지로 태연하게 그 자리에서 있었다.

“어때, 그렇게 되지 않았지?”

“…….”

그녀는 놀라서 눈이 휘둥그레졌다. 소년은 그런 그녀의 오른손을 자신의 손바닥으로 감싸며 빙긋 웃었다.

“자, 이제 친구 하는 거다? …리아라고 불러도 될까?”

"…음…."

눈꺼풀을 들어 올리고 몸을 일으킨 그녀는 멍하니 주변을 둘러보았다. 손에는 내용물이 다 식어 버린 찻잔이 들려 있다. 엎드려 있던 책상 위에는 조합용 촉매가 흩어져 있고, 전에 없이 난잡한 공방 안에는 잡무를 맡겨 둔 소형 합성수(키메라)들이 분주하게 돌아다니고 있었다.

2학년 전반에 손에 넣은 뒤로 약 3년 동안 알뜰하게 사용한 그녀의 본거지다. 매료한 사냥감을 끌고 온 적은 있어도 누군가를 손님으로 초대한 적은 없다. 밖에 있는 교사(校舍)를 등진 후로는 이곳이 오필리아가 사는 세계였다.

"…웃음밖에 안 나오네. 이 마당에 와서 그 녀석의 꿈을 꾸다니…."

자조 섞인 미소가 입가에 떠올랐다. 그대로 의자에서 엉덩이를 떼자마자 주저앉았다.

"…후우, 후우…!"

아주 조금 긴장을 풀었을 뿐인데 이성이 날아갈 뻔했다. 하복부에서 솟구치는 타는 듯한 열기를 필사적으로 억누르며, 오필리아는 마치 굶주린 맹수의 고삐를 죄듯 거친 숨을 몰아쉬었다.

"…아직이야, 아직… 생각을 할 이성은 남아 있어야 해…."

비척거리며 일어나 감각이 애매한 몸을 이끌고 걸어 나간다.

달여 둔 약으로 잠시나마 안정을 되찾은 후, 문득 사역마들에게 명령해 두었던 일이 있었다는 사실을 떠올린 그녀는 그 결과를 확인하기 위해 옆방으로 갔다.

"…어머…?"

작은 목소리가 새어 나왔다. …맥동하는 살로 된 창살. 살아 있는 감옥 안에 여러 명의 하급생이 힘없이 쓰러져 있다. 그 광경은 놀라울 것이 없었다. 하지만 앳된 분위기가 남은 소년들 중 유달리 눈에 익은 안경 쓴 소년의 모습이 보여서 그녀는 한숨을 내쉬었다.

"…그러게 내가 뭐랬어, 미스터 혼. …당분간 모험은 삼가라고 했잖아."

그런 소릴 해 봐야 무엇 하겠는가. 그 이상의 감상은 입에 담지 않고, 그녀는 말없이 몸을 돌렸다.

실로 1년 만의 엄중 경계태세다. 삼엄하기 그지없는 분위기인 저녁 무렵의 교사만을, 교내 보안의 중심이라 할 수 있는 면면들… 감독생들이 무리 지어 활보하고 있었다.

"…들어간다. 준비는 됐겠지, 카를로스."

선두에 선 학생총괄, '연옥' 알빈 고드프리가 낮은 목소리로 확인했다. 뒤따르는 학생들 가운데 위태로운 감정으로 물든 눈을 번쩍번쩍 빛내고 있는 금발 소년이 그 말에 답했다.

"당연하죠, 선배. 우리는 킴벌리 학생회라고요. 사선(死線)을 넘을 준비는 언제나 되어 있어요."

그렇게 말하며 소년은 손가락의 마디를 우둑우둑 꺾었다. 허리에 찬 파우치의 덮개 틈새로 마법약이 든 병이 빽빽하게 담긴 것을 보고, 주변의 동료들이 꿀꺽 마른침을 삼켰다. 거기에 담긴 약만으로도 수만 명은 거뜬히 죽일 수 있으리라.

전의를 불태우는 소년의 옆에서 눈매가 날카로운 검은 피부의 여학생이 입을 열었다.

"지금 움직이지 않으면 우리 체면이 말이 아니게 돼. 무엇보다도 우리는 이 일에 책임이 있어. 그렇지, 고드프리?"

지적을 받은 고드프리가 심각한 얼굴로 고개를 끄덕인다. 그런 그녀의 옆에서 중성적인 미모를 지닌 청년… 카를로스 위트로가 말을 이었다.

"팀과 세디의 말이 맞아. 이미 준비는 끝났어. …가자."

이날에 대비하지 않은 자는 그들 중 아무도 없었다. 고드프리는 으득, 하고 이를 갈았다.

"초동 대처가 늦어진 점이 뼈아프군. …일이 예상보다 일찍 일어났다. 내년 즈음이 될 거라고 생각했건만."

"우리의 예상을 감안해서 예정을 앞당긴 거야. 여전히 무리한 일만 골라서 하는 애라니까."

하지만 그렇게 말하는 목소리는 상황과 달리 측은함으로 가득했다. 카를로스가 걸음을 옮기며 입을 다문 고드프리의 귓가에 살며시 입을 가져다 댔다.

"내가 실패하면… 뒷일을 부탁해. 알."

"……."

긴 침묵 끝에 고드프리가 조용히 긍정하자, 카를로스는 미소를 지었다. 이윽고 걸음을 멈춘 그들의 눈앞에 거대한 전신거울이 나타났다.

"그럼, 떠나 볼까? …우리의 마지막 모험을."

어쩐지 즐거운 듯이 그렇게 말하며 카를로스는 망설임 없이 전신거울로 손을 뻗었다. 흐물흐물, 물결치는 거울이 그의 온몸을 집어삼키자 동료들도 고갯짓을 주고받고 그 뒤를 따랐다.

일곱 개의 마검이 지배한다

제 1 장

파서빌리티
생환율

전에 없이 기온이 떨어져 밖에는 차가운 빗방울이 쏟아지고 있는 오전 11시. 1학년생들이 어쩐지 긴장된 표정으로 교실에 늘어앉은 가운데, 언제나처럼 의연한 늙은 교사의 목소리가 울려 퍼졌다.

"…마법전투에 경도(傾倒)된 마법사는 주문이라는 것의 본질을 놓치기 일쑤입니다. 가능한 빠르게, 최대한 짧게… 그런 생각이 들기 시작하는 것 자체가 위험 신호라 할 수 있겠지요."

지겹다 싶을 정도로 교훈을 수업 내용에 끼워 넣는 것 또한 평소와 같았다. 이 마녀… 프랜시스 길크리스트는 주문과 마주하기 위한 마음가짐을 매우 중시했다. 유용하고 말고를 떠나 그것이 빠진 잔재주와 같은 기술을 그녀는 무엇보다도 기피했다.

"1초를 다툰 끝에 영창을 마친 쪽이 이기는, 그런 방식이 유용한 것은 마법전투 상황뿐입니다. 그리고 싸움이란 마법사의 활동 중 일부분에 불과합니다. 주문의 속사를 자랑거리로 여기고 있는 학생은 이 자리에서 인식을 뜯어고치도록 하세요. 바다웰의 전철을 밟고 싶지 않다면."

"……."

속사의 명사로 이름을 떨쳤음에도 최후에는 평범한 검사에게 패한 마법사. 그 최후를 교훈 삼아야 한다는 점은 물론 올리버도 알았다. 노교사의 말은 옳다. 하지만… 지금의 그는 그 올바름이 몹시도 짜증 났다.

"발음은 우아하게, 이미지는 상세하게. 주문을 영창할 때의 대원칙입니다. 이를 충족하지 않은 속도는 초조함에서 비롯된 만큼 아무런 의미도 없습니다. 당신들이 아무렇지 않게 써 대고 있는 화염주문 하나만 보아도 이미지를 갈고닦으면 완전히 다른 것으로…."

10년 후의 역량을 염두에 둔 마녀의 수업 내용에 올리버는 짜증을 주체할 수 없어 주먹을 움켜쥐었다. …지금, 이 순간이기 때문이다. 자신에게 힘이 필요한 것도, 친구가 도움을 구하고 있는 것도.

"…안 돌아오네, 피트 녀석…."

그릇에 담긴 음식에는 손도 대지 않은 채 가이가 나직하게 말했다. 귀가 따가울 정도의 침묵이 흘렀다. 그들이 앉은 테이블뿐 아니라 평소 시끄러울 정도로 떠들썩한 '우의의 방'이 최근 며칠 동안 으스스할 정도의 정적으로 가득했다.

"…고드프리 총괄을 비롯해서 상급생 여러분이 총력을 기울여 구출 활동을 벌이고 계세요. 믿고 기다리는 수밖에요."

"그런 소릴 한 게 벌써 며칠째인데."

셰라의 말에 가이가 쥐고 있던 포크로 짜증스럽게 그릇을 때렸다. 올리버는 이를 악물었다.

“제대로 찾고 있기는 한 거야, 선배들은?! 이렇게 오래 걸리면 다들 배고플 것 아냐!”

“…그건 당신에게도 해당되는 이야기예요, 가이. 제대로 식사를 하세요. 나나오에 버금가는 먹보였던 당신이 며칠째 통 식사를 못 하고 있잖아요.”

“식욕이 있을 리가 없잖아! 친구가 끌려갔는데!”

가이가 주먹으로 테이블을 쿵, 하고 후려쳤다. 친구를 구하러 갈 수 없다는 사실에 대한 분노와 짜증. 그것을 뼈저리게 공감하면서도 올리버는 애써 냉정하게 입을 열었다.

“진정해, 가이. …할 수 있는 게 없어. 지금은, 정말로 없다고.”

나름대로 억제했음에도 그의 목소리는 어쩐지 비명을 지르는 듯이 들렸다. 그와 같은 무력감에 시달리다 못한 가이가 참지 못하고 소리쳤다.

“그렇다면 나도 가게 해 줘! 피트랑 같은 곳에 끌려가면 밥 정도는 해 줄 수 있을지도 모르잖아!”

“관두시오, 가이. 목숨이 없으면 밥도 못 먹소.”

냉정한 목소리가 들려왔다. 홀로 묵묵히 식사를 하던 동방의 소녀에게로 가이가 시선을 홱 돌렸다.

“…그게, 무슨 뜻이야, 나나오…?”

“말 그대로의 의미요. 귀공도 피트도 죽고 나면, 묘지 앞에 식사를 올릴 수밖에 없게 되오.”

"피트가 벌써 죽었을 거란 뜻이야?!"

"알 수 없소. 하나 소생의 고향에서는 전장에서 행방이 묘연해진 자는 8할 가량 죽었더랬소."

그 말에 가이는 할 말을 잃었고, 캐티는 어깨를 파르르 떨었다. 올리버가 보다 못해 끼어들었다.

"지나치게 비관적인 해석이야, 나나오. …겉모습으로 미루어 볼 때, 그 키메라는 대상을 사로잡는 걸 목적으로 디자인됐어. 사역자에게는 피트 일행을 산 채로 잡아야 할 이유가 있었던 거야. 그 점을 근거로 하자면 현시점에서는 생존해 있을 가능성이 더 높아…."

말을 하면서도 어디까지가 추측이고 어디까지가 희망사항인지, 올리버는 스스로도 알 수가 없었다. 고요해진 테이블 한구석에서 곱슬머리 소녀가 나직하게 중얼거렸다.

"그러면… 피트는, 무슨 일을 당하고 있을까? 무서운 선배한테 붙잡혀서…."

침묵이 더욱 무거워졌다. 그 물음에 답할 수 있는 이는 아무도 없었다.

그때, 기계적으로 식사를 마친 셰라가 조용히 자리에서 일어났다.

"…시간이 됐어요. 다음 수업을 받으러 가죠."

"야, 잠깐만, 셰라…!"

"여기서 말다툼을 벌여 봐야 아무 의미도 없어요."

담담하게 단언한 후, 롤 헤어 소녀가 걸음을 떼었다. 가이는 고개를 숙인 채 이를 갈았다. 냉정하게 들리지만, 그 말은 더없이 옳았기 때문이다.

생각을 할수록 답은 자명했다. 자신들이 할 수 있는 게 없다면 대신해서 할 수 있는 힘을 지닌 '누군가'를 의지할 수밖에 없다.

"노르냐."

방문하는 1학년은 거의 없는 교사 3층의 담화실. 그곳에 마치 그가 올 것을 알았다는 듯한 분위기의 사촌 형과 누나가 있었다. 그윈이 눈짓을 하기에 올리버는 주변 상급생들의 시선을 느끼며 그대로 테이블에 앉았다.

"솔직하게 물을게, 형. …피트를 구출하러 갈 수 없을까?"

예전에 상황 설명을 해 둔 터라 올리버는 곧장 본론을 꺼냈다. 순간, 섀넌의 표정이 어두워졌다. 새 컵에 따른 차를 올리버의 앞에 내려놓으며 그윈이 차분한 목소리로 답했다.

"수색에 참가할 수 있느냐는 뜻이라면, 나와 섀넌은 사흘 전부터 고드프리의 요청을 받고 움직이고 있다. …하지만 솔직히 말해 진척이 더뎌. 살바도리의 본거지는 제3층이다. 그 계층에 숨기로 작정을 했다면, 그리 간단히 찾을 수 없어."

예상했던 답변에 올리버는 그저 입을 다물 수밖에 없었다. 자신의 요청과는 무관하게, 학생총괄에게 협력적인 상급생들은 이미 끌려간 하급생들을 수색하기 시작했던 것이다. 하지만 아직 성과를 내지 못했다. 미궁의 심층에 숨은 마녀를 상대하는 것이 얼마나 어려운 일인지, 그 사실만 보아도 알 수 있었다.

"이 상황에서 '동지들'을 움직일 수는 없다. 이유는… 알 테지?"

소년에게만 들릴 만한 작은 목소리로, 그윈은 선배가 아니라 신하로서 그렇게 덧붙여 말했다. 올리버는 말없이 긍정했다. … 아직 백일하에 드러나서는 안 되기 때문이다. 자신들의 연관성도, 계획도.

"무리하지, 마, 노르. …나도, 열심히, 찾아볼, 게."

섀넌이 살며시 손을 뻗어서 올리버의 굳은 주먹을 부드럽게 감쌌다. 소년은 고개를 숙인 채 홍차의 표면에 비친 자신의 얼굴을 바라보았다. 마치 10년은 세월을 거슬러 올라간 듯 어리고 연약해 보이는 그것을.

물론 피트를 구출하기 위해 발버둥 치고 있던 것은 올리버만이 아니었다. 같은 날, 마법검 수업이 끝난 지 얼마 되지 않은 대형 교실에, 한 소녀의 외침이 울려 퍼지고 있었다.

"…부탁드릴게요! 피트를 구해 주세요!"

격한 감정이 실린 목소리로 캐티가 애원했다. 그 애원과 정면으로 마주한 마법검 사범(마스터) 가랜드의 얼굴에는 대조적으로 이렇다 할 표정이 떠올라 있지 않았다. 평소 서글서글한 태도를 보이던 이가 맞나 싶을 정도로, 마치 가면을 뒤집어쓴 듯 무표정한 얼굴이다.

"미안하지만 그럴 순 없다. 그게 이 학교의 규칙이기 때문이다, 미즈 알토. …상황이 학생들의 손을 벗어났다고 판단되어야 교사가 개입한다. 미스터 레스톤이 얽힌 사건은 아직 그 단계라 할 수 없다."

"아직…? 무슨 짓을 당하고 있을지 모르는데요?! 그럼 대체 어떤 상황이 되어야 구해 주실 건데요!!"

캐티가 목소리를 높여 캐물었다. 몇 초 동안의 침묵 끝에 가랜드가 굳은 목소리로 답했다.

"미궁에서 조난자가 발생했을 경우 교원이 수색을 개시하는 건, 그 학생이 행방불명되고서 8일이 지난 시점으로 정해져 있다."

"8… 8일?!"

예상치 못한, 그것도 나쁜 방향으로 구체적인 숫자를 들은 소녀는 놀라서 눈이 휘둥그레졌다. 그 시선을 감내하며 마법검 교사는 말을 이었다.

"**생존율이 크게 떨어지는** 게 그 타이밍이기 때문이다. …잔혹하게 들릴지 모르지만, '여차하면 교사가 구해 줄 거다'라는 인식을 너희가 가지게 할 수는 없다. 킴벌리의 제도 아래에서 그러한 조치는 결국 보다 많은 희생이 발생하는 사태로 이어진다. 사는 것도 죽는 것도 자기 책임… 입학식에서 교장선생님께서 말씀하셨듯이, 이곳은 그런 장소니까."

그것이 결론이었다. 단호하기 그지없는 답변에 캐티는 어깨를 들썩이며 고개를 푹 숙였다.

"…잘 알겠어요."

대화를 중단하고 몸을 돌린다. 교사에게 도움을 구할 마음이 말끔하게 사라진 그녀의 눈동자에는 각오가 깃들어 있었다.

"그럼… 학생들끼리 어떻게든 하는 건 괜찮은 거죠?"

늘 여섯 명이서 식사를 하는 자리에 오늘은 나나오만이 있었다. 올리버는 침울한 마음으로 그 옆에 앉아 의무적으로 식사를 시작했다.

"…여어. 참말로 일이 커졌구먼, 올리버 군."

얼마쯤 지나 뒤에서 목소리가 들려왔다. 가볍게 손만 들어 보이고 돌아보지는 않았다. 특징적인 방언을 통해 누구인지는 곧장 알 수 있었다. 사근사근하게 다가온 동급생… 요전에 미궁에서 대결했던 툴리오 로시가 올리버의 바로 옆에 섰다.

"말 안 혀도 알겄지만, 최강 결정전은 중지여야. 엄중 경계태세 땜시 학교 분위기가 살벌혀서 1학년생들이 활개 칠 상황이 아니게 돼 부렀응께. 참말로 거시기허구먼…. 올브라이트랑 윌록, 거기에 피트 군까지 끌려갔담서?"

대화에 응할 마음이 들지 않아서 올리버는 살며시 고개만 끄덕였다. 그 옆얼굴을 물끄러미 쳐다보며 로시는 콧숨을 내쉬었다.

"허벌나게 심각한 얼굴이구먼…. 분명히 말해 두겄는디, 이상한 생각 하믄 안 돼야. 너가 직접 피트 군을 구하러 가겠다거나 하는 거."

그 지적에 올리버는 침묵으로 답했다. 지금까지 그 생각을 하지 않았을 리가 없다. 그 속마음을 알면서도 로시는 말을 이었다.

"1학년들끼리 치고받는 거랑은 다르니께. 상대는 **그** 살바도리여. 지금 수색하러 들어간 상급생들도 목숨이 간당간당하다, 이 말이여. 너그덜이 뭣을 할 수 있간디? 뭐~ 나도 남말할 처지는 아니지만 말여."

"……큭."

"애초에 말여, 피트 군하고는 그렇게 오래 안 사이도 아니잖여. 친목질도 적당히 하더라고. 애당초 누가 언제 죽을지 모르는 장소 아닌감. 남을 버리는 데 익숙해지지 않으면 난중에 괴롭기만 할 거구먼."

킴벌리에서 살아가는 자에게 그 말은 정론이 분명했다. 올리버가 어금니를 꽉 깨문 채 고개를 숙이고 있자, 로시는 한숨을 푹 쉬며 몸을 돌렸다.

"뭐, 이것도 괜한 참견이라는 건 알지만서도. 그래도… 너가 홀랑 죽어 불면 나도 심심해질 테니께."

끝으로 그런 말을 남긴 후, 로시는 식당에 있는 학생들 사이로 모습을 감췄다. 한심한 나머지 올리버는 테이블보를 손톱으로 긁을 수밖에 없었다. 저 방심을 허락지 않는 동급생이 배려 섞인 말을 할 만큼, 지금의 자신은 눈에 띄게 궁지에 몰린 듯 보이는 걸까, 라는 생각에.

"…올리버. 잠시 시간 좀 내줄 수 있을까요?"

나나오와 헤어져 식당을 나서서 복도를 혼자 걷던 중에 목소리가 들려왔다. 고개를 돌려보니 굳은 얼굴을 한 셰라가 그곳에서 있었다.

"그래, 시간은 괜찮아…."

"이쪽으로."

제안에 응해 둘이서 인기척이 드문 곳을 향해 걸었다. 롤 헤어 소녀는 복도 끄트머리에 도착하자마자 걸음을 멈추더니 입을 열었다.

"우선 안 좋은 소식이에요. …교사들의 도움은 기대할 수 없어요. 적어도 5일 후까지는."

"…맥팔렌 선생님에게 물어본 거야?"

"네. 부끄러운 짓이기는 하지만 딸이라는 입장을 이용해서요."

셰라는 거기서 말을 끊더니 어깨를 파르르 떨었다.

"아버지는 말했어요. …'지킬 힘이 없다면, 이곳에서는 친구를 얻은 순간 잃은 것이나 다름없단다'라고요."

"……."

올리버는 반박할 말이 떠오르지 않았다. 아버지에게 그 말을 들었을 때의 그녀 본인이 그랬듯이. 침묵하는 소년의 앞에서 셰라가 다시 고개를 들었다.

"당신에게 말해 두려고요. 저는… 오늘 밤 미궁에 들어가겠어요."

"……?!"

올리버는 순간적으로 자신의 귀를 의심했다. 하지만… 굳은 각오가 담긴 상대의 눈동자를 보고 조금 전의 말이 잘못 들은 게 아님을 깨달았다.

"제정신이야, 셰라…? 자살행위라고."

"네. 그러니 우선은 상급생에게 협력을 구하겠어요. 맥팔렌과 인연이 있는 학생은 교내에 적지 않으니, 저를 은밀히 데려가 주실 선배도 있을지 몰라요."

무턱대고 사지에 뛰어들려는 게 아니라고 셰라는 설명했다. 아버지인 테오도르에게 의지하지 않더라도 그녀가 지닌 교내의 연줄이 많을 거라는 건 올리버도 짐작할 수 있었다. 하지만… 그럼에도 그는 고개를 가로저으며 반론했다.

“그렇다면 더더욱 상급생에게 맡겨야지. 너 자신도 그렇게 말했잖아.”

“…피트가 붙잡혔을 때, 구하기 위해 돌아가려 한 당신을 만류한 건 저예요. 그러니 상황이 이렇게 된 건 제 책임이에요.”

“바보 같은 소리! 그때는 오히려 네가 날….”

반론하고자 올리버는 목소리를 높였다. 하지만 그의 입술을 롤 헤어 소녀가 둘째손가락으로 살며시 막았다.

“들어 주세요. 그 순간… 저는 **계산**했어요.”

“…계산?”

“구하러 돌아갔을 경우 전멸할 위험성과 그러지 않을 경우 모두의 생존율을. …저는 그 키메라에 대한 유효한 반격 수단을 찾지 못했어요. 그것이 대상을 사로잡는 걸 목적으로 디자인된 마수라는 것을 알아내는 게 고작이었죠. 요컨대 붙잡힌 자를 금방 죽이지는 않을 거라 추측한 거예요.”

그녀는 자신이 실행했던 냉정한 사고를 말로 설명했다. 궁지에 처한 친구를 앞에 두자 초조함이 치밀어 오른 반면, 냉정함을 유지하고 있던 마음의 일부. 성숙한 마법사라면 누구나 지닌, 차갑고도 잔혹하며 합리적인 사고회로가 작동했다고.

"붙잡히는 인원을 최소한으로 억제한 채 미궁에서 일단 탈출해서, 최대한 신속하게 상급생의 도움을 구한다…. 그게 그때 제가 도출해 낸 최적의 답이었어요. 그렇기에 당신을 보낼 수가 없었죠. 당신이 돌아가면 나나오도 돌아갔을 테고, 아마도 다른 사람들까지 모두 그 뒤를 따랐을 테니까요."

올리버는 부정할 수 없었다. 그 의견이 그때 자신이 행동하기를 단념한 이유와 완전히 같았기 때문이다.

"다 함께 힘을 합치면 어쩌면… 이라는 생각도 들었어요. 하지만 저는 전멸할 가능성이 그보다 높다고 판단했죠. 마수가 한 마리가 아니었기 때문이에요. 피트 일행을 구하는 동안 다른 적이 따라붙거나 통로 뒤쪽으로 돌아들면 퇴로가 끊겨 걷잡을 수 없는 상황이 될지도 모른다…. 그런 상상이 다른 어떤 가능성보다도 강하게 머리에 떠올랐어요."

반론을 허락하지 않은 채 담담하게 말을 마친 소녀는 고개를 푹 숙였다. 어깨가 파르르 떨렸다.

"결과적으로… 저는, **저울질한 거예요. 친구의 목숨을.**"

목소리에서 배어나는 자책과 무거운 후회. 그것을 느낀 올리버는 숨을 죽였다. …피트가 끌려간 이후 지금까지, 겉으로는 누구보다도 냉정하게 행동하는 듯 보였지만… 사실은 그녀야말로 누구보다 괴로워하고 있었던 것이다.

"책임을, 지게 해 주세요. …안 그러면 저는, 두 번 다시 피트의 얼굴을 똑바로 쳐다볼 수 없을 거예요."

마치 구원을 바라는 듯한 투로 셰라가 말했다. 그런 상태의 그녀를 내버려 둘 수가 없어서, 올리버는 생각이 정리되기도 전에 충동적으로 입을 열었다.

"…그럼, 나도."

"안 돼요. 당신이 막지 않으면 나머지 세 사람도 곧장 미궁에 들어갈 테니까요."

말을 마치기도 전에 소녀는 고개를 가로저었다. 자신 이외의 그 누구도 사지로 데려갈 생각이 없다. 그러한 그녀의 뜻이 또렷하게 느껴졌다. 하지만.

"……아…."

말로 설득하는 게 무의미하다는 사실을 깨달은 올리버는 다짜고짜 상대의 두 손목을 붙잡았다. 당황한 셰라를 앞에 두고 절대 놓지 않겠다는 듯이 손가락에 힘을 주고서, 흔들리는 눈동자를 바라보며 반쯤 절규하듯이 그는 단언했다.

"지금의 너를, 혼자 보내지는 않겠어. 절대로!"

"올리버…."

슬픔과 애절함이 뒤섞인 표정으로 셰라는 그 자리에 가만히 서 있을 따름이었다. …두 사람 다 할 말을 잃은 채, 맞닿은 부분의 체온만을 느끼며 그렇게 오랜 시간을 침묵하던 중에….

"자살이냐, 동반자살이냐. 너희의 이야기에는 그 정도 차이밖에 없어."

예상치 못한 목소리가 끼어들었다. 놀란 두 사람이 목소리가 들려온 방향으로 시선을 돌리자, 그곳에는 긴장된 표정의 곱슬머리 소녀와 다정해 보이는 미소를 띤 상급생… 베라 밀리건이 여유롭게 서 있었다.

"밀리건 선배?! 어째서…?!"

"글쎄, 어째서일까?"

그렇게 말하며 밀리건이 흘끗 옆으로 눈길을 보내자, 캐티가 거북한 듯이 시선을 피했다. 그를 통해 경위를 파악한 셰라의 표정이 단숨에 험악해졌다.

"캐티… 당신, 설마…."

"……."

곱슬머리 소녀는 침묵으로 답했다. 그런 캐티 대신 사안(蛇眼)의 마녀가 별것 아니란 듯이 설명했다.

"'제 몸을 마음대로 조사해도 괜찮으니까, 친구를 도와주세요'라…. 이것 참, 너흰 정말 사이가 좋구나. 이 비뚤어진 눈으로는 너무 눈부셔서 똑바로 쳐다볼 수가 없을 정도야."

예상한 바와 완전히 같은 내용이었다. 올리버는 반사적으로 소녀를 바라보았다.

"네 몸을 팔 셈이야, 캐티?!"

"…팔 거야. 그렇게 해서 친구를 구할 수 있다면."

"…캐티… 당신이란 사람은, 정말로…!"

현기증이 났는지 셰라가 이마를 짚었다. 그녀의 옆에서 올리버는 망설임 없이 사안의 마녀를 노려보았다.

"실례지만 밀리건 선배. 캐티의 의뢰는 이 자리에서 철회해 주셨으면 합니다."

"올리버! 내가 스스로 결정한 일이야!"

"그래, 그렇지. 우리한테는 한마디 말도 없이, 너 혼자 고민해서!"

분노가 실린 목소리로 그가 반박하자 캐티는 말문이 막힌 듯 입을 다물었다. 하지만 긴장된 분위기 속에서 밀리건이 여유롭게 끼어들었다.

"뭐, 그렇게 나올 줄은 알았지만 말이야. 하지만… 실제로 어쩔 셈이니?

너희 중 누구도 친구를 버릴 생각은 없잖아? 어떤 수단을 취하건 피트 군을 구하러 가는 건 너희들에게 확정사항이지. 안 그래?"

"……큭."

마녀의 지적에 올리버는 입술을 깨물었다. …그렇다, 성급한 거래를 제안하기에 이른 캐티의 심정은 뼈저리도록 이해가 되었다. 더 이상 가만히 있을 수 없다, 망설일 때가 아니다. 지금 이 순간에도 피트가 도움을 구하고 있을지도 모르기 때문이다.

"훈훈한 이야기이기는 하지만, 전망은 어둡네. 고드프리 총괄을 비롯해서 너희에게 힘을 빌려줄 법한 상급생들은 이미 사태를 수습하기 위해 움직이고 있으니까. 너희가 구출 활동에 끼어들 여지는 없어. 이렇게 말하는 나도 오늘 밤부터 미궁에 들어갈 거지만."

현실을 코앞에 들이밀자 세 사람은 일제히 입을 다물 수밖에 없었다. 그런 그들의 앞에서 밀리건이 어깨를 으쓱했다.

"뭐, 일단 이야기라도 해 보라고. 행운인지 불행인지, 너희에게는 캐티 양과 관련된 사건에서 진 빚도 아직 남아 있으니까. 상담 정도는 공짜로 해 줄게."

다독이듯이 마녀가 말했다. 셰라와 얼굴을 마주 보고서 잠시 망설인 끝에 올리버는 그 말을 받아들이기로 했다.

"…선배라면, 어떤 방법을 쓰겠습니까? 피트의 생환율을 조금이라도 높이기 위해서."

구하고 싶다는 마음만 앞서고 그러기 위한 구체적인 수단이 없다. 그 사실을 자각하며 소년은 가장 먼저 그 질문을 던졌다. 밀리건이 팔짱을 낀 채 답했다.

"흠, 글쎄. …제일 무난한 건 이미 움직이고 있는 상급생들을 방해하지 않는 거지. 그들도 후배가 죽게 내버려 두지는 않을 거야. 구출 활동을 대충 하지는 않을 거라고."

"…부정은 않겠어요. 하지만 만약 상급생들에게 맡긴다고 쳤을 때, 구출할 확률은 어느 정도라고 보시죠?"

자신의 힘이 부족하다는 사실을 통감하며 셰라가 물었다. 그 말을 들은 마녀는 몇 초 동안 생각에 잠겼다.

"사태를 어떻게 보느냐에 달렸지. …미궁 안에서 조난을 당한 사람이 생환하는 확률로 치면, 사건이 일어나고서 경과한 시간으로 미루어 볼 때, 현 단계에서는 그럭저럭 높다고 할 수 있어. 하지만… 마에 삼켜진 학생에게 끌려갔을 경우에는 얘기가 완전히 달라지지."

올리버도 그럴 것이라고 생각했다. 이번 경우는 단순히 조난을 당한 것보다 훨씬 사태가 심각하기 때문이다.

"과거의 사례를 통해 숫자를 산출할 수는 있겠지만, 사건마다 상황이 너무 달라서 그런 통계에는 그다지 의미가 없어. 진지하게 생환 확률을 계산하고 싶다면, 지금 피트 군이 놓여 있는 상황을 차근차근 분석해 봐야 하겠지."

캐티와 셰라가 조용히 생각에 잠겼다. 분명 그 부분은 가장 먼저 확인할 필요가 있겠다고 올리버도 생각했다. 피트가 처한 궁지는, 그 위험성은 구체적으로 어느 정도일까?

"…오필리아 살바도리와 밀리건 선배는 같은 학년이었죠."

그 사실을 떠올린 소년이 고개를 들며 물었다. 사안의 마녀가 빙긋 웃었다.

“착안점이 좋은걸. 맞아, 나는 그 애와 그럭저럭 면식이 있어. 아쉽게도 친구라고 할 정도는 아니지만, 그래도 살바도리가 지금 어떠한 상태일지는 상상이 돼.”

세 사람은 기대를 담아 밀리건을 바라보았다. 그들보다 더 적을 잘 아는 상급생은 그 지식을 토대로 솔직하게 말했다.

“그걸 근거로 피트 군의 생환율을 계산하자면… 잘해야 20퍼센트 정도겠지.”

“““……윽!”””

“지금의 살바도리에게는 피트 군을 살려서 돌려보낼 이유가 없고, 무엇보다도 그럴 여유가 없어. 마에 삼켜지는 단계에 도달한 것만 봐도 알 수 있듯, 이미 살바도리는 자신의 마도를 탐구하는 데 가진 모든 힘을 쏟아붓고 있어. 희생을 안타까워할 겨를이 없는 상황이라고. 끌고 간 학생들의 목숨 정도는 물처럼 소비하겠지.”

올리버 일행은 고개를 푹 숙인 채 절망감에 저항하듯 이를 악물었다. …반쯤 예상했던 일이기는 하나 이 마녀의 입을 통해 직접 들으니 충격이 컸다. 안경 쓴 소년이 무사히 돌아오는 미래에 대한 희망이 그들의 머릿속에서 급속하게 멀어져 가던 도중… 아직 끝이 아니라는 듯이 밀리건이 말을 이었다.

“그런데도 20퍼센트라고 한 건, **사용법**도 상상이 되기 때문이야. 오필리아의 전문 분야로 미루어 끌고 간 학생들을 그 자리에서 죽일 일은 없어. 그들의 용도는 산 제물이 아니라 장작일 테니까."

그 비유가 의미하는 바를 올리버 일행은 정확히 이해했다. 산 제물과 장작… 양쪽 모두 결국 사라진다는 점에서는 같지만 후자는 다 타 버릴 때까지 시간이 걸린다.

"무슨 소린지 알겠지? 그때까지 늦지 않고 고드프리 총괄 일행이 구출할 수 있을 것인가가 관건이라는 말이야. 넓은 미궁 안에서 숨바꼭질을 하게 된 이상, 한발 늦은 쪽은 아무래도 불리할 수밖에 없지. 살바도리 쪽은 주도면밀하게 계획해서 움직이기 시작한 걸 테니까."

"그렇다면 더더욱 수색 인원은 많을수록 좋을 텐데요. …저희가 힘을 보태면 피트의 생환율이 올라가지 않을까요?"

셰라가 가슴에 손을 얹은 채 물었다. 하지만 밀리건은 그 즉시 고개를 가로저었다.

"안 올라가. 오히려 떨어지면 떨어졌지. 너희가 무모하게 행동해서 궁지에 처하면, 구출 활동 중인 상급생들은 그쪽에 인원을 할애해야 할 테니까."

"…크…."

셰라는 입술을 깨문 채 고개를 푹 숙였다. 역량이 부족하다는 말에는 반박할 수가 없다. 나머지 두 사람도 그 점은 마찬가지였다.

"하지만. 너희가 발목을 잡지 않는다는 게 전제가 되면… 20퍼센트의 승률이 21퍼센트 정도로는 올라갈지 몰라."

이어진 말에 세 사람이 일제히 고개를 들었다. 의미심장한 밀리건의 미소를 본 순간, 올리버는 의아해졌다.

"…무슨 뜻입니까?"

"훈련하기에 따라서 그 정도의 가능성은 있다는 말이야. 어디까지나 개인적인 평가지만."

그렇게 말하며 올리버와 셰라를 차례로 쳐다보더니 마녀는 문득 눈을 감았다.

"일단 화제를 바꿔 볼까. …사실 내 연구는 막다른 길에 봉착했어."

뜬금없는 고백에 세 사람은 눈이 휘둥그레졌다. 밀리건은 쓴웃음을 지은 채 말을 이었다.

"어떻게 보면 당연한 얘기지. 아인종 실험체를 대량으로 입수해야만 지금까지와 같은 방식이 성립되니까. 지금까지 이래저래 연구의 편의를 봐 주었던 다리우스 선생님은 행방불명 상태고, 요전의 일 때문에 고드프리 총괄한테도 찍혀 버렸어. 여러모로 지금의 나는 매우 움직이기 어려운 입장이란 말이지."

그 순간, 등줄기를 타고 퍼진 긴장감을 올리버는 조금도 내색하지 않았다. …동요하지 마라. 킴벌리의 교원인 다리우스 그렌빌의 '실종'은 그의 높은 지위만큼이나 교내의 곳곳에 영향을 미치고 있다. 그 남자의 지원을 받았던 밀리건이 그걸 언급하는 건 당연한 일이다.

"그런 반면, 다른 방향에서 광명을 찾기도 했어. 캐티 양이 주목하고 있는 '이종간 커뮤니케이션학'… 나도 여기에 흥미가 생겼거든. 트롤의 지성화를 성공시킨 마지막 퍼즐이 무엇이었는지는, 너희도 기억하지?"

그 말에 세 사람도 돌이켜 보았다. 마르코라고 이름을 붙여 캐티가 관리하고 있는 그 트롤은 미궁 안에서 헤어진 후로 무사하다는 걸 아직 확인하지 못했지만…. 밀리건이 뇌를 조작한 그 개체가 사람의 말을 하기에 이른 것은 캐티가 헌신적으로 커뮤니케이션을 시도한 끝에 종족의 틀을 넘어선 신뢰 관계를 구축했기 때문이었다.

"그런고로 새로운 분야를 연구하기에 앞서, 나는 캐티 양이 공동연구자가 되어 주었으면 해. 공방 하나를 통째로 바친 것도 말하자면 그를 위한 사전작업이었던 셈이지. 친절하고 통 큰 선배라고 어필했던 거야."

노골적이기 그지없는 밀리건의 말에 올리버는 무의식중에 눈살을 찌푸렸다. 이렇게나 뻔뻔할 수가. 한 번은 끌고 가서 머리를 열어 보려고 한 상대에게, 이 마당에 와서 '좋은 선배'인 척을 하려 하다니.

"그러니까 만약 아까 올리버 군이 말리지 않았어도, 캐티 양의 제안은 내 쪽에서 거절했을 거야. …너희와의 관계를 개두수술(開頭手術) 한 번으로 끝내는 아까운 짓은 안 해.”

빙긋 웃으며 잠시 침묵한 후, 사안의 마녀가 다시금 입을 열었다.

“여기서부터가 내 제안이야. …**내가 너희를 단련시켜 줄게**. 최소한 미궁에서의 구출 활동에 도움이 될 정도까지. 물론 피트 군의 수색과 그 현장에 도착할 때까지의 길 안내도 겸해서 말이야.”

세 사람의 눈이 일제히 휘둥그레졌다. 그 상태로 그들은 방금 들은 말을, 생각지도 못했던 도와주겠다는 제안을 머릿속으로 반추해 보았다.

“그 대신. 이 사건이 끝난 후, 캐티 양은 정식으로 내 공동연구자가 되어 주었으면 해.”

“…네?”

덧붙인 조건에 곱슬머리 소녀가 놀랐다. 이어서 올리버가 그녀 본인보다 먼저 따져 물었다.

“…공동연구자라니요?”

“말 그대로 함께 같은 분야를 연구하는 동지가 되어 달라는 거야. 사제 관계를 겸하는 경우도 많지만, 이번에는 대등한 입장에서. 좌우간 나한테는 완전히 미지의 분야거든.

물론 함께 연구해야 하니 캐티 양 쪽이 내 전문 분야에서 배우는 것도 많겠지. 그건 본인의 뜻과 노력에 달렸지만. …어때? 몸을 팔 필요는 전혀 없어. 게다가 서로 얻을 게 아주 많은 거래인 것 같은데."

"받아들이겠어요!"

캐티가 지체 없이 손을 들더니, 올리버와 셰라에게로 시선을 보냈다.

"둘 다, 이건 안 된다고 하지 마! 왜냐하면 나쁜 얘기가 아니잖아! 안 그래?!"

반론은 허락하지 않겠다는 듯이 소녀가 주장했다. 올리버는 두 손을 내밀며 그런 그녀를 달래었다.

"진정해, 캐티. 분명 나쁜 얘기는 아니야. …그렇기에, 조건이 너무 좋은 것처럼 느껴져.

밀리건 선배. 당신의 목적은 정말로 방금 말한 게 전부입니까?"

상대의 눈을 들여다보며 그는 또렷하게 의문을 입 밖에 냈다. 곧이곧대로 믿을 수는 없다. 이곳은 킴벌리이고 상대는 그 유명한 베라 밀리건이기 때문이다.

"다른 마음이 전혀 없는지를 묻는 거라면, 당연히 있지. 아주 이것저것. 하지만 그 내용까지 감안해서 그쪽에서 최종적인 판단을 내려야 해. 나라는 상대를 맹목적으로 믿을 게 아니라, 위험성과 이익을 저울질해서 이용할지 말지를 정해. 마법사 간의 거래는 그런 거야."

상대를 타이르는 듯한 그 말에 올리버와 셰라는 심각한 얼굴로 생각에 잠겼다. …분명 마녀의 말은 옳았다. 마법사는 모두가 비밀을 가지고 있기 마련이다. 상대의 선의에 기댈 게 아니라 서로의 속셈까지 염두에 두고 관계할 각오를 해야만 한다.

"……."

그것을 전제로 소년은 상대의 의도를 짐작해 보았다. 캐티와의 관계 개선 말고 밀리건이 이 거래를 통해 얻을 수 있는 이득이 있다면.

"…**나나오에게 접근하기 위한 구실이기도 하다**. 맞죠?"

가장 먼저 떠오른 답을 올리버는 확신을 담아 입 밖에 냈다. 셰라와 캐티에게는 그 의미가 전달되지 않았다. 소년의 말은 그 마검에 베인 경험이 있는 밀리건에게만 말뚝처럼 박혔다.

마녀의 입가가 유쾌하다는 듯이 치켜 올라갔다. 그를 통해 올리버도 자신이 정곡을 찔렀음을 알아챘다.

"그렇다 해도 네 앞에서는 못된 짓을 못 할 것 같네."

어깨를 으쓱하며 그렇게 말한 후, 밀리건은 본론으로 돌아갔다.

"단. 이 조건을 받아들인다 해도 구출이 성공한다는 보장은 없어. 한 걸음 더 나아가, 너희 자신의 **생환**도 보장할 수 없고."

밀리건은 태연하게 덧붙여 말했다. 무서운 내용이기는 했지만 그것은 오히려 올리버와 셰라에게 보내는 성의 있는 충고였다. …그 오필리아 살바도리에게 끌려간 동료를 탈환하려는 것이니. 생명의 위험이 따를 수밖에 없는 것이다.

"그렇다 해도, 그렇게 하면 승산은 있는 거잖아요. …가자, 올리버, 셰라! 피트를 구하러!"

완전히 의욕에 불이 붙은 캐티가 이때다 하고 친구들을 부추겼다. 하지만 이어진 밀리건의 말이 그 기세에 찬물을 끼얹었다.

"의욕이 넘치는 건 좋지만. 캐티 양, 너는 데려갈 수 없어."

"네?!"

"솔직히 말해서 너무 미숙해. 지금의 너는 2층 아래로 내려가면 완전히 발목만 잡을 거야.

미스터 혼과 미즈 맥팔렌, 그리고 미즈 히비야. 독단적으로 판단해서 미안하지만, 데려갈 멤버는 이 셋으로 제한하도록 하겠어."

갑자기 전력에서 제외하겠다는 통보를 들은 캐티는 깜짝 놀랐다. 올리버와 셰라는 얼굴을 마주 보고서 잠시 생각한 끝에 누가 먼저랄 것 없이 고개를 끄덕였다.

"…알겠습니다." "인원 선정에 이의는 없어요."

"에에엑?! 자, 잠깐만! 내가 꺼낸 이야기인데…!"

"참아, 캐티 양. 너는 너대로 빈자리를 지킨다는 어엿한 임무가 있으니까. 3층까지 들어가려면 하루 이틀로는 부족할 테니까. 그동안 친구들 대신 필기를 해 줘야지."

어깨에 살며시 손을 얹더니 밀리건이 후배를 달래듯이 말했다. 올리버도 거기에 한마디를 보탰다.

"미안하지만 캐티, 그렇게 역할 분담을 해 줘. …피트와 마르코는 우리가 반드시 데리고 돌아올 테니까."

"우으으으…! 어, 어째서어…!"

급격하게 바뀐 상황에 캐티는 반쯤 울상이 되었다. 그녀의 몸을 정면에서 꼭 끌어안으며 셰라가 떨리는 목소리로 말했다.

"부탁이니 저희 말을 들어주세요, 캐티. …절대 데려갈 수 없어요. 당신은 자신을 희생하는 데 너무 망설임이 없으니까요…."

올리버도 완전히 동감이었다. 그럼에도 떼를 쓰는 캐티를 둘이서 끈기 있게 설득하자, 그 모습을 지켜보고 있던 밀리건이 한발 먼저 몸을 돌렸다.

"결정이 난 것 같네. 그럼… 두 시간 후에 이곳에서 다시 만나자. 미즈 히비야에게는 그쪽이 설명해 줘. 그리고 모쪼록 꼼꼼히 준비하고."

그런 말을 남기고 사안의 마녀는 떠나갔다. 캐티의 머리 너머로 올리버가 눈짓을 하자 셰라는 조용히 고개를 끄덕였다.

그대로 교사를 떠나 여자 기숙사로 돌아간 셰라와 캐티는 똑바로 목적한 방으로 향했다. 그렇게 도착한 두 사람은 천천히 문을 두드렸다.

"…저예요. 들어가도 될까요, 나나오."

"음. 들어오시오."

지체 없이 답이 돌아왔다. 천천히 문을 열고 들어간 두 사람은 동시에 눈이 동그래졌다. …옆에 탐색용 짐을 든든하게 챙겨 둔 상태로, 나나오가 침대 위에서 무릎을 꿇고 앉은 채 대기하고 있었던 것이다.

"…출발이구려."

소녀가 감고 있던 눈을 가만히 떴다. 셰라와 캐티는 어안이 벙벙했다.

"당신, 벌써 준비를 끝낸 거예요…?"

"셰라 공과 캐티가 이미 마음을 굳힌 줄은 알고 있었으니 말이오. 소생은 제안을 해 주기를 기다리고 있었소."

그렇게 말하며 나나오는 침대에서 내려와 두 사람 앞에 섰다. 롤 헤어 소녀가 준비해 두었던 말 중 대부분이 쓸모없어졌지만… 그걸 제외시킨 후, 셰라는 진지하게 입을 열었다.

"낮에 이야기했던 대로, 최악의 사태도 염두에 두어야 해요. …그래도 괜찮은 거죠?"

그녀는 구태여 그렇게 물었다. …아침 식사 자리에서 나나오가 지적했듯이 피트가 지금도 무사하다는 확증은 어디에도 없다. 목숨을 건 구출극이 모두 헛수고가 될지도 모르는 것은 물론이고 구출하러 갔다가 오히려 목숨이 위태로워질 가능성조차 있는 것이다.

확인하듯 물은 셰라의 말에 동방의 소녀는 망설임 없이 고개를 끄덕였다. 그 얼굴에 티 없이 맑은 미소를 띤 채.

"같은 일이오. …벗을 맞으러 가는 것이나, 벗의 시신을 맞으러 가는 것이나."

셰라와 캐티는 가슴이 먹먹해졌다. 이제는 알 수 있었다. 이 학교에 오기 전, 그녀가 살아온 장소에서 그것은 분명 일상처럼 당연한 행위였으리라는 것을.

"…미안해, 나나오… 나는 못 가…."

눈물 어린 눈으로 사과의 말을 입 밖에 내며 캐티는 나나오의 팔을 꼭 잡았다. 그 상태로 셰라가 밀리건의 제안에 관해 설명하자, 나나오는 미소를 띤 채 고개를 끄덕여 보였다.

"그럼 캐티와 가이는 집 보기 담당이구려. 수업 판서(板書)를 부탁드리겠소."

"…응, 나만 믿어. 빈틈없이 정리해 둘게…!"

눈물을 훔치고 굳은 말로 답하며 곱슬머리 소녀는 친구의 몸을 힘껏 끌어안았다. 반드시 다시 만날 수 있다. 그렇게 믿으며 빈자리를 지키는 것이 남겨지는 그녀의 싸움이었다.

"…나는, 못 간다고?"

같은 무렵. 남자 기숙사에서도 올리버가 가이에게 설명을 하고 있었다. 자신은 동행할 수 없다는 사실을 깨달은 그는 어깨를 축 늘어뜨리며 땅이 꺼져라 한숨을 내쉬었다.

"…분하지만 어쩔 수 없나. 거치적거리는 건 사실이니까."

"가이…."

"……. 이거, 가져가."

그렇게 말하며 가이는 침대 위에 두었던 짐 중 일부를 올리버에게 내밀었다. 두꺼운 막대 모양의 꾸러미 몇 개와 속이 꽉꽉 채워진 두루주머니 몇 개였다. 소년이 받아 들자 가이는 설명을 덧붙였다.

"직접 만든 휴대 식량이랑 내가 키워서 수확한 기화(器化) 식물(툴 플랜트)의 씨앗이 들었어. 전에 즉석 바리케이드를 만들었던 그거. 너라면 사용법은 설명 안 해도 알겠지?"

"…그래, 그 바리케이드는 품질이 좋았지. 여차할 때 사용하도록 할게."

미소를 띤 채 고개를 끄덕이며 올리버는 친구의 배려를 고마운 마음으로 받아들였다. 가이는 나직하게 말을 이었다.

"휴대 식량도 매점에서 파는 것보다는 훨씬 맛이 괜찮을 거야. …이왕 먹을 거면 맛있는 게 좋잖아. 피트에게도 먹여 줘. 많이 배고플 테니까."

거기까지 말하고서 입을 다물었지만, 이윽고 못 참겠다는 듯이 두 손으로 머리를 쥐어뜯었다. 올리버 역시 그의 심정이 너무도 잘 이해되었다. 만약 입장이 반대였다면 분명 자신도 같은 심정이었을 거다.

"아아, 젠장. 꼴사납게 나는 갈 수 없다니. …야, 무리는 하지 마라. 정말로…!"

목을 쥐어짠 듯한 목소리로 말하며 가이는 소년의 어깨를 두 손으로 잡았다. 아프도록 어깨를 파고드는 손가락의 힘을 정면으로 받아 내며 올리버는 힘껏 고개를 끄덕여 보였다.

"반드시 살아서 돌아올게. …다 같이 무사히, 피트를 데리고."

소년은 그렇게 약속했다. 이 다정한 친구와 살아서 다시 만나기 위해서.

그 후. 밀리건이 정한 시각에 올리버와 가이가 지정한 복도를 찾자, 그곳에는 이미 낯익은 면면들이 모여 있었다.

"다 모였네. 배웅하러 온 사람까지 달고."

구출팀 멤버에 포함되지 않은 가이와 캐티의 얼굴을 보며 밀리건은 훗, 하고 미소 지었다.

"상관은 없지만 수다는 금지야. 원칙대로 하면 킴벌리에 엄중 경계태세가 선포된 지금, 2학년 이하는 미궁에 들어갈 수 없어. 감독생들에게 들키면 귀찮아질 거라고."

그렇게 충고한 후, 마녀는 발걸음을 돌려 복도를 걸어 나갔다. 나머지 다섯 명도 그 뒤를 따랐다. 주변을 경계하면서도 발소리를 죽여 2층으로 올라가, 숨어서 상급생들을 지나쳐 보내기도 하며 신중하게 앞으로 나아갔다.

그렇게 10분 남짓 만에 목적한 교실에 도착했다. 교실 벽에는 밤하늘을 그린 그림이 장식되어 있었는데, 밀리건은 그 앞에서 걸음을 멈췄다.

"이번에는 여기로 들어가자. 돌입하자마자 공격당할 수도 있으니까 우선 나부터.

…아아, 그 전에."

밀리건은 문득 뒤로 돌아 로브 속에서 무언가를 꺼내 곱슬머리 소녀에게 내밀었다.

"캐티 양, 밀리핸짱을 부탁해. 내 유서 대신이야."

"…네?"

반사적으로 받아 든 캐티가 손 위에 놓인 것을 바라본 채 굳어버렸다. 그것은 손목이었다. 일전에 나나오가 베었던 사안의 왼손을, 밀리건이 직접 유사 생명체로 완성시킨 악취미스러운 사역마. 그 손바닥 중심에 자리한 석사(바실리스크)의 눈동자가 물끄러미 소녀를 바라보았다. 묘한 붙임성이 느껴지는 눈빛으로.

"내가 살아 돌아오지 못할 경우, 그게 내 연구 성과를 열람하기 위한 열쇠 역할을 할 거야. 사람을 좋아하는 애니까 귀여워해 줘."

"네, 네…? 자, 잠깐만요…!"

캐티가 뭐라 답하기도 전에 밀리핸, 손 형태의 사역마는 그녀의 팔을 기어올라 어깨에 다다르더니 그곳에 아예 자리를 잡고 눌러앉았다. 그 모습을 본 올리버가 한숨을 내쉬었다. …주인과 마찬가지로 캐티가 어지간히도 마음에 든 모양이다.

"맡길게. 그럼."

"아, 잠깐만요…!"

곱슬머리 소녀가 허둥대는 동안, 밀리건은 냉큼 그림 안으로 들어가 버렸다. 그다음은 올리버 일행의 차례다. 셰라와 올리버는 허둥지둥 동료들에게 할 말을 찾는 그녀를 향해 안심하라는 듯이 미소를 던졌다.

"괜찮아요, 캐티. …아무도 죽게 두지 않겠어요."

"그래, 그 말이 맞아. …준비는 됐어, 나나오?"

각오를 굳힌 올리버가 옆에 있던 소녀에게 마지막 확인을 했다. 나나오는 조금의 망설임도 없이 고개를 끄덕였다.

"되었소. 그럼… 출진이오."

그 말을 신호로, 동방의 소녀를 앞세워 세 사람은 차례로 그림 속에 몸을 던졌다.

"……." "……."

떠나가는 그들을 배웅한 뒤에도, 가이와 캐티는 고요하고도 어두운 교실 안에서 한참 동안이나 밤하늘의 그림을 바라보고 있었다.

제2장

노이지 포레스트

북적이는 숲

마도(魔道)란 세대를 넘어 계승되는 것으로, 그 행위는 필연적으로 가문의 개념과 밀접한 관계를 가진다. 부모에서 자식에게, 자식에서 또 그 자식에게… 그렇듯 마법사의 가계는 때때로 가지처럼 갈라지며 끊이지 않고 이어진다.

단순히 역사가 길수록 좋다고 할 수는 없다지만, 오랜 역사를 지닌 가문의 마법사는 상응하는 존경과 두려움을 표할 존재로서 대우를 받는다. 거기에 이르기까지 쌓아 올린 나날… 헤아릴 수 없을 정도의 성공과 실패. 무시무시할 정도로 막대한 시행착오의 세월이 그 혈통에 고유한 능력을 부여하기 때문이다.

살바도리라는 가계는 그러한 마도의 명문 중에서도 손꼽히는 역사를 자랑한다. 그들 가문이 성립된 것은 대력(大曆)이 시작되기도 전, 인간과 아인종의 사이가 지금보다 가까웠던 시기였다고 한다. 그를 증명하듯, 그들의 조상이라는 순혈 음마(淫魔·서큐버스)는 이미 이 세상에서 절멸한 것으로 알려졌다.

"섞는 거야. 요리를 하듯이. 여러 생물의 씨앗을, **여기**에서."

오필리아라는 소녀는 하얀 손가락으로 하복부를 쓸며 자신의 가계에 부여된 숙명을 논했다. 테이블을 사이에 둔 맞은편 자리에서 약간 연상의 소년… 카를로스 위트로는 그것을 듣고 있었다.

"서큐버스라는 종은 원래 다른 종족과의 생식관용성이 특출하게 높았대. 어떤 생물이든 눈독 들인 것을 발정시켜서 아기 씨를 빼앗아, 그 특성을 자신의 자손에게 계승시키는 것…. 그런 생존 전략을 선택한 생물이었던 거야."

말하는 목소리에는 망설임이 없었다. 하지만 발언 중간중간 자신의 표정을 살피는 것을 그는 느꼈다. 자신의 치부를 생생하게 드러내는 듯한 언동은 상대의 반응을 살피기 위한 것이다.

"하지만 그게 정답이었는가 하면, 그렇지는 않았나 봐. 기껏 여러 생물의 씨앗을 거둬들였는데, 그녀들은 그걸 살려 보지 못한 채 멸종했거든. 어머니는 수단과 목적을 착각한 거라고 하셨어. **서큐버스는 어느 시점에서 방향성을 정해야만 했다**. 온갖 생물들을 유혹한 건 그를 위해서였을 텐데… 라고."

소녀는 말을 끊고 쿡쿡, 의미심장한 웃음소리를 흘렸다. 진심으로 우습다는 듯이 자신의 혈통을 비웃는 그 모습에 소년의 가슴이 욱신댔다. 그 애처로운 비웃음에 도달할 때까지 얼마나 많은 부조리함을 겪었으며, 그것을 억지로 받아들여야만 했을까, 라는 생각 때문이었다.

"웃기지? 우쭐거리며 시도 때도 없이 남자를 갈아치우다 보니 아무도 상대해 주지 않게 된 경박한 여자의 최후 같잖아."

"……."

건넬 말을 찾았지만 끝내 실패한 소년은 침묵했다. …하고 싶은 말은 산더미처럼 많았다. 그렇지 않다고 목소리를 높여 부정하고 싶었다. 하지만… 지금 이 자리에서 어떤 말을 해도 그것이 상대의 마음에 닿지 않으리라는 사실을 알았기 때문이다.

말없이 괴로워하는 그의 모습에 소녀는 신기한 것이라도 보는 듯한 눈으로 고개를 갸웃했다. 예상했던 반응이 아닌 탓인지 다소 당황한 눈치이기는 했지만, 그러한 낌새도 곧 거두고 말을 이었다.

"하지만… 그런 조상님들도 지금의 우리, 살바도리를 보면 놀라겠지."

가면에 그어진 균열 같은 미소를 띤 채 소녀는 문득 주변을 둘러보았다. 어슴푸레한 방 안에서는 기묘한 신음소리를 내며 수없이 많은 이형의 생물들이 기어 다니고 있었다.

"……."

이 방으로 안내를 받았을 때부터 소녀은 절대로 얼굴을 찌푸리지 않겠다고 다짐했었다. 주변에 살아 있는 왜곡된 생명들 중 일부는 다름 아닌 소녀 본인이 낳은 것이기 때문이다.

"아니면 혐오할까? …생명을 이어 가기 위해서가 아니라 새로운 배합을 시험하고 차례로 낳기만 하는. 종족의 혼합 그릇(믹스볼)으로 전락한 자신들의 후예의 모습을…."

*

진득하고도 달콤한 꿀의 밑바닥으로 가라앉았던 의식이 조금씩, 조금씩 떠오르기 시작했다.

"…으…."

너무도 숨이 막히는, 진심으로 불쾌한 기상이었다. 온몸이 나른해서 손가락 하나 꿈쩍하기도 싫은데, 그 느낌 자체가 너무도 불쾌해서 1초도 더 잠들어 있고 싶지가 않다.

"……하…악…!"

기분 나쁘게 미적지근한 감촉의 바닥에 손을 짚고 피트는 천천히 몸을 일으켰다. 시야가 흐리멍덩하다. 반사적으로 얼굴로 손을 뻗었지만 안경이 어딘가에 떨어져 버린 듯했다.

허둥지둥 로브 안을 뒤져 보니 다행스럽게도 예비 안경이 남아 있었다. 그걸 끼자 시야는 선명해졌지만, 그와 동시에 인식된 현실이 엄청난 박력으로 그의 마음을 압박했다.

"…억?!"

손을 짚은 바닥은 생물 특유의 탄력을 띠고 있었고, 기묘하게 맥동하며 손바닥을 되밀어 냈다. 좌우와 등 뒤는 같은 질감의 벽으로 뒤덮여 있고 정면에는 쇠창살 같은 것이 있었지만, 자세히 보니 그것들 역시 바닥과 연결된 채 **살아 있었다**. 살로 된 감옥… 그렇게 표현할 수밖에 없을 듯한 광경이 눈앞에 펼쳐져 있었다.

"…뭐, 뭐야, 여긴…."

의식이 선명해지자 서서히 기억도 되살아났다. 동료들과 함께 미궁 안으로 들어갔던 일, 올리버 일행 셋과 동급생의 전투를 지켜보았던 일, 다양하기 그지없는 그의 검기(劍技)를 넋을 놓고 쳐다보았던 일. 그리고… 결판이 나서 안도한 순간, 정체 모를 마수에게 공격을 받았던 일.

"…다들, 붙잡힌 건가…?"

감옥 안을 둘러보니 많은 수의 학생들이 그와 같은 처지에 처해 있었다. 1, 2학년을 중심으로 눈에 보이는 것만 해도 열 명 이상이다. 고른 숨소리를 내는 것으로 미루어 살아 있다는 것은 알 수 있었지만, 누구도 눈을 뜰 낌새가 없다. 조금 전까지 자신도 같은 상태였을 것이라고 피트는 생각했다.

시험 삼아 깨워 보려고 근처에 있던 한 사람에게 쭈뼛거리며 손을 뻗은 그 순간… 어디선가 발소리가 들려왔다.

"…윽!"

피트는 순간적으로 엎드려서 허겁지겁 자는 척을 했다. 깊은 생각에서 비롯된 것은 아니었다. 그저… 다른 사람들은 혼수상태에 빠져 있는데 자신만 깨어 있다는 상황에 직감적으로 위험을 느끼고 행동한 것뿐이다.

감옥 밖에서 들려온 발소리는 머지않아 그의 바로 옆에 도달했다. 누군가가 내려다보는 것이 느껴졌지만 소년은 무서워서 도저히 상황을 살필 수가 없었다. 그가 필사적으로 잠든 척을 하고 있자, 문득 나직한 목소리가 들려왔다.

"…잘 자고 있네. 다들 그대로 얌전히 잠들어 있으렴. 마지막까지 깨지 않으면 악몽을 꾼 것과 다를 게 없을 테니까."

비명이 새어 나오려는 걸 피트는 가까스로 참아냈다. 그 목소리는 잊으려야 잊을 수가 없었다. 입학한 지 얼마 되지 않았을 무렵, 교사의 침식에 휘말려 올리버 일행과 함께 미궁을 헤매던 중에 맞닥뜨렸던 무서운 상급생의 목소리였기 때문이다.

"…큭…."

얼마쯤 지나자 기척은 발소리와 함께 다시 멀어졌다. 그럼에도 곧바로 움직일 수가 없어서 피트는 한참이나 가만히 있다가 신중하게 몸을 일으켰다. 조금만 잘못 움직이면 목숨이 달아날 거다. 자신이 어떤 상황에 처했는지는 거의 알 수가 없었지만 그것만은 본능적으로 알 수 있었다.

치밀어 오르는 절망감을 억누르며 그는 필사적으로 생각했다. …어떻게 하면 살아남을 수 있을까? 자신은 이 상황에서 어떻게 행동해야 살아서 지상으로 돌아갈 수 있을까?

*

평소에 비해 미궁 1층은 인기척이 전혀 없었다. 고드프리 총괄

이 선포한 엄중 경계태세의 영향인지, 한 시간 이상 통로를 걷고 있는데도 다른 학생과 마주치지 않았다.

"……."

그 정적을 통해 올리버는 거듭 실감했다. 킴벌리라는 곳은 평소에도 위험으로 가득하지만 현재는 그 위험이 한층 강화된 이상 상태라는 사실을.

"너희에게 미리 전해 둘 사항이 몇 가지 있어."

모두가 묵묵하게 걷던 중, 문득 선두에 선 밀리건이 입을 열었다. 이 구출 활동의 길 안내를 맡은 마녀의 말에 세 사람은 가만히 귀를 기울였다.

"첫 번째, 오필리아 살바도리는 나보다 한 수 위라는 거야. 대충 비교해 봐도 그야말로 차원이 다른 실력을 지녔어. 정면으로 부딪히면 승산은 없다고 생각해 줘."

가장 먼저 전한 사실은 올리버의 등줄기를 오싹하게 하기에 충분했다. 자신과 나나오가 사안의 마녀와 벌인 사투가 아직 기억에 새롭다. 종이 한 장 차이로 승리를 거머쥐기는 했지만 그때 밀리건이 시종일관 '놀고' 있었다는 것은 명백한 사실이다.

본래의 실력은 그보다 한참 위일 테고, 온 힘을 다해 상대했다면 애초부터 승부가 성립되지 않았을 거다. 하지만 그런 무시무시한 마녀조차도 오필리아 살바도리를 상대로는 승산이 없다는 것이다.

“따라서 우리가 생각해야 할 건, 어떻게 그 애한테 들키지 않고 피트 군을 구해 낼 것인가… 하는 거야. 그 점은 이해했지?”

“…이의는 없습니다. 선배는 피트가 어디에 붙잡혀 있을 거라고 보십니까?”

“그 애의 공방이겠지. 거의 틀림없을 거야. 용도 쪽도 대충은 짐작이 돼.”

“…무슨 짓을 당하고 있는 거죠, 피트는?!”

셰라가 목소리를 높여 끼어들었다. 밀리건은 흠, 하고 턱에 손을 대고서 답했다.

“아마도 정기(精氣)를 쥐어짜고 있을 거야. 정자 자체가 아니라 남자의 속성에 치우쳐 있는 마력을 말이야. 오필리아의 술식에는 그게 필요하거든. 평소에는 교섭을 통해 확보하고 있지만 이번에는 많은 양이 필요해서 빠르게 해결하기 위해 하급생들을 끌고 간 거겠지.”

“…그건, 고통스러울까요?”

“아니? 관리할 수고를 덜기 위해 잠재워 뒀을 테니, 딱히 아프거나 괴롭지는 않을 거야. 악몽 정도는 꾸고 있을지도 모르지만.”

마녀는 태연하게 말했다. 셰라의 심정을 배려해서라기보다는 단순히 그 정도는 사소한 문제라고 여기는 듯한 투였다. 올리버는 떨떠름한 표정을 지었다. …이런 부분은 4학년과 1학년의 감각적인 차이라고 말할 수밖에 없으리라.

"다만 날이 갈수록 쇠약해지기는 할 거야. 당연한 이야기지만 생명력을 쥐어짜이고 있는 거니까. 그대로 피트 군을 죽도록 써먹을지 어쩔지는 오필리아 본인에게 물어봐야 알 수 있겠지만."

밀리건은 거기서 일단 이야기를 끊었다. 순간, 셰라의 표정이 확 바뀌었다.

"잠깐만요. …쥐어짜고 있다고요? **남자의 마력**을?"

그 부분을 반복해서 말하며 롤 헤어 소녀는 옆에 있는 소년에게로 시선을 보냈다. 그 역시 그녀가 무엇을 걱정하는지 알아채고 고개를 끄덕였다.

"올리버…!" "…그래. 위험할지도 몰라."

"…응? 왜 그렇게 허둥대?"

밀리건은 이해가 되지 않아 고개를 갸웃했다. 올리버가 어떻게 설명을… 아니, 설명을 할 것인지 말 것인지 고민하던 중, 문득 옆에서 나나오가 입을 열었다.

"피트는 최근 양극왕래(리버시)라는 재능에 각성했소."

"나나오?!"

올리버는 놀란 눈으로 소녀를 바라보았다. 하지만 나나오는 조용히 고개를 가로저었다.

"앞으로의 전투에도 영향이 있을 테니, 감추어서는 아니 되오. 과거에 분란이 있었다고는 하나 밀리건 공도 지금은 함께 사선을 넘나드는 맹우가 아니오?"

그렇게 말하며 자신을 똑바로 바라보는 소녀의 눈동자 앞에서 올리버는 할 말을 잃었다. …적과 아군에 관한 인식 전환이 빠른 것 또한 전장에서 살아온 이 소녀의 특성일지 모른다. 그런 생각을 하는 소년의 앞에서 사정을 이해한 사안의 마녀가 미소를 지어 보였다.

"그래, 뭐든 숨기지 말아 줬으면 고맙겠어. 그나저나 리버시라… 꽤 희귀한 체질에 당첨됐네. 그것도 하필이면 이 타이밍에."

그 말에는 올리버와 셰라도 완전히 동감이었다. 이렇게나 때가 안 맞을 수가 있을까. 때에 따라 성별이 전환되는 체질의 소년에게서 오필리아가 **남자의 마력**을 안정적으로 채취할 수 있을 리가 없다.

"유감이지만 서둘러야 할 이유가 하나 늘었네. 평소 같았으면 귀중한 인재라는 이유로 살려 둘 가능성도 있었겠지만… 마에 삼켜지고 있는 지금의 오필리아에게 리버시는 술식의 성립을 방해할 수도 있는 이물질이야. 간파당하는 즉시 수명이 줄어들 거라고 생각하는 게 좋아."

"그럼 더더욱 서둘러야죠…!"

초조함에 셰라가 걸음 속도를 높였다. 하지만 밀리건이 그녀의 어깨에 살며시 손을 얹었다.

"허둥대지 마, 미즈 맥팔렌. …오필리아의 공방은 3층 어딘가에 있어. 잊은 건 아니겠지? 그곳에 도착하려면 우리는 우선 2층을 공략해야만 해."

냉정한 말에 세라는 걸음을 멈췄다. 올리버도 무겁게 고개를 끄덕였다. …그렇다. 길을 서두르기는 해야 하지만, 자신들은 우선 피트가 있는 곳까지 살아서 갈 생각을 해야만 한다.

"섣불리 움직이면 눈 깜짝할 새 죽어. 너희는 미궁의 입구밖에 몰라. 최대한 서두르겠다고 약속할 테니, 지금은 선배의 조언을 순순히 받아들이도록 해."

"…네. 이성을 잃어서 죄송해요."

충고를 받아들인 세라가 창피하다는 듯이 사과의 말을 입 밖에 냈다. 그것을 들은 밀리건은 빙긋 웃으며 시선을 앞으로 다시 돌렸다.

"착하네. …자, 이제 곧 너희의 비밀기지야."

정신을 차려 보니 어느새 올리버 일행에게도 눈에 익은 지형에 접어들어 있었다. 벽에 숨겨진 문을 향해 암호를 외치고 요전에 여섯 명이 함께 묵었던 공방 안으로 들어간다. 인기척 없는 거실을 지나, 세 사람은 곧장 옆에 위치한 큰 방에 들어섰다.

"마르코! 무사했구나…!"

문을 열자마자 방구석에 웅크리고 있는 커다란 몸뚱이가 눈에 들어와서 올리버는 곧장 그의 이름을 불렀다. 졸고 있던 마르코가 느릿느릿 고개를 들었다.

“우… 올리버. 나, 괜찮다. 캐티, 는?”

“캐티도 무사해! 미안해, 무모한 짓을 하게 해서…!”

곧장 캐티의 안부를 묻는 마르코에게 달려가서 올리버는 그녀가 무사하다는 것과 지금의 사정을 설명했다. 그러던 중, 다소 늦게 큰 방에 들어온 밀리건이 감탄한 투로 입을 열었다.

“호오, 이거 조짐이 좋은데? 마르코, 키메라들이 너는 노리지 않은 거니?”

“우으…. 그 녀석들, 나는, 안 쫓아왔다.”

벽 근처로 뒷걸음질을 치며 마르코가 답했다. 그녀에게 당한 짓을 생각하면 공포와 경계심이 섞인 눈빛으로 밀리건을 바라보는 것은 당연한 일이리라. 한편, 밀리건은 그 점은 조금도 신경 쓰지 않고 그렇군, 하고 고개를 끄덕였다.

“이걸로 확실한 증거가 생겼네. 키메라들은 폭주하고 있는 게 아니라, 오필리아의 지시에 따라 움직이고 있어. 그 애는 나름대로 이성적이야. …적어도 아직은.”

셰라의 표정이 약간 밝아졌다. 그 말이 마음을 놓을 수 없는 상황에서 오랜만에 들은 낭보(朗報)라 할 수 있는 내용이었기 때문이다.

“리버시라는 사실을 감안해도 적극적으로 피트 군을 죽일 이유가 오필리아에게는 없어. 상대가 1학년이라 저항을 경계할 수준조차 아니니, 그 애가 냉정한 동안에는 적당히 잠재워 둘 거야. 오필리아가 최악의 조치를 취한다면, 그건 거치적거리니 처리하자는 **그 애답지 않은 단락적인 사고**에 사로잡혔다는 뜻이겠지. 요컨대 거의 이성을 잃기 직전이라고 간주할 수 있어."

"…어느 정도는, 유예 시간이 있다는 겁니까?"

"아마도. …명색이 4년이나 같은 교사에서 지낸 동급생으로서 장담하겠는데, 오필리아는 참을성이 강해. 삼켜지기 직전까지 마에 근접한 상태라 해도 그렇게 쉽게 제정신을 놓지는 않을 거야. 그 점은 믿을 수 있어."

밀리건은 딱 잘라 단언했다. 1학년에게는 괴물 같은 상급생에 불과한 오필리아 살바도리도 그녀에게는 오랜 시간 동안 같은 배움터에서 지낸 상대다. 그렇기에 알 수 있는 바도 있으리라.

"지금 현재, 불안거리는 오히려 너희들이야. 내가 힘을 빌려준다 해도 과연 3층까지 무사히 데려갈 수 있을지 모르겠어."

밀리건은 어쩐 일로 심각한 얼굴로 말하는가 싶더니, 곧장 거실로 돌아가 비축 물자를 살피기 시작했다. 올리버를 비롯한 세 사람도 다시 움직였다. 이곳에서 느긋하게 있을 수는 없다. 서둘러 마르코가 먹을 비축 식량의 양을 확인했다.

"며칠 후에 다시 만나러 올게. 미안하지만 마르코, 그때까지는 공방 밖으로 나가지 말고 기다려 줘. 지금은 어떤 위험이 도사리고 있을지 모르니까."

"알았다. 올리버도, 나나오도, 셰라도… 다치, 지 마라."

끝으로 세 사람은 돌아가면서 커다란 손과 악수를 나눴다. 가까운 미래에 다시 만나자고 마르코와 약속을 한 후, 그들은 비밀 기지를 뒤로했다. 그곳에서 검화단으로서 다시 모이겠노라고 속으로 맹세하며.

"…흠."

네 사람이 다시 통로를 걸어가던 중, 2층이 눈앞으로 다가온 참에 무언가를 느낀 밀리건이 걸음을 멈췄다. 한 박자 늦게 올리버 일행도 그것을 알아챘다. 통로 안쪽에서 이상한 기운이 전해져 왔다. 사람보다 훨씬 크고 이질적인 무언가가 그들의 앞길을 가로막고 있다.

"벌써 첫 번째 관문이 나타났네. …요전에 **저것**이 공격해 왔을 때는 꼼짝도 못 했다고?"

"……!"

지팡이검을 뽑고 임전태세를 갖춘 채 나아가자 이윽고 그것의 모습이 보였다. 20피트를 넘는 거구, 그 온몸을 촘촘히 뒤덮은 채 꿈틀대고 있는 촉수. 셰라가 조용히 숨을 죽였다. 같은 개체인지 어떤지까지는 모르겠지만, 그것은 그녀들의 눈앞에서 올브라이트와 윌록, 그리고 피트를 끌고 간 키메라가 분명했다.

선두에 선 밀리건이 굳이 기척을 숨기지 않고 전진한 탓에 이미 키메라도 네 사람의 존재를 알아채기는 했다. 15야드 남짓한 거리를 두고 마주한 채, 사안의 마녀가 다시금 입을 열었다.

"후퇴한 건 정답이었어. 오필리아의 키메라를 처음 본 그 자리에서 어떻게든 해 보려 했다면 지금쯤 너희들 모두 그 애한테 사로잡혔을걸. 그 정도로 이 녀석은 버거운 상대야. 원래대로라면 최소한 3학년이 될 때까지는 대치해서는 안 될 상대지."

마녀는 그렇게 그들이 내린 판단을 긍정했다. 그 여파로 피트가 끌려갈 때의 기억이 되살아나서 올리버와 셰라는 동시에 가슴 한구석이 아려 왔다. 그렇다. 그때 자신들은 이 마수를 상대로 아무런 저항도 할 수 없었다.

"하지만 그 난관을 돌파해야만 피트 군을 구할 수 있지. 성가시게도 말이야. 그럼, 너희는 어떻게 하면 좋을까?"

그런 물음을 던지며 밀리건은 한 걸음을 내디뎠다. 마수와 마주하고 있음에도 그 뒷모습에서는 일체의 망설임과 공포가 느껴지지 않았다.

"답은 간단해. 지금 이 자리에서, 보고 배우도록 해."

그렇게 말하며 마녀는 땅을 박찼다. 마수는 그녀를 요격하려는 듯이 촉수를 꿈틀거렸다. 올리버는 마른침을 삼켰다. 저 많은 촉수와 사거리에 그녀는 어떻게 대항하려는 걸까?

"데포르마티오—변하고 모방하라!"

영창하는 소리가 연달아 울려 퍼진다. 그녀의 지팡이에서 방출된 몇 가닥의 빛이 각각 떨어진 장소의 지면을 때렸다. 순간, 돌바닥이 솟아오르더니 보이지 않는 손이 조각하기라도 한 듯

형상을 이루기 시작하여… 휘청휘청 흔들리는 사람 크기의 돌덩이가 완성되었다. 무게 중심을 낮은 곳에 두어 쓰러지지 않고 균형을 유지하는, 일종의 오뚝이다.

"첫 번째 수업. 이 녀석은 눈이 좋지 않아!"

밀리건이 그렇게 말함과 동시에 뻗어 나온 촉수가 그 미끼를 붙잡았다. 올리버 일행은 눈이 휘둥그레졌다. 저 오뚝이에 교란당하고 있는 것이다. 놀란 그들을 등진 채 밀리건이 다시금 입을 열었다.

"앞머리 같은 촉수가 시야를 가리는 것 같아서… 라는 건 농담이고. 단순히 양립할 수가 없거든. 이만한 촉수를 정교하게 조종하는 능력과 고도의 시력은. 마법생물학을 어느 정도 배워 보면 알 수 있어. 신경 계열의 수용량에는 한계라는 게 있거든. …**데포르마티오—변하고 모방하라!**"

흔들림 없는 목소리로 단언한 후, 마녀는 이어서 주문을 외웠다. 새로 생겨난 미끼는 모두 형태와 크기가 제각각이다. 반응 조건을 확인하기 위한 것이었다.

"시각이 아니면 이 녀석은 어떤 감각으로 우리를 포착하고 있을까? 촉각은 대상에 닿아야만 작용하니 제외하기로 하고, 지금은 우선 청각과 온각(溫覺)을 의심해 보자. 요컨대 진동과 온도 말이야. 적당한 주문으로 이러한 정보들을 한꺼번에 교란해 보면 알 수 있지. **불기둥이여 솟아나 타올라라—플룸무나!**"

새로운 주문이 추가되었다. 화염주문의 응용으로 발동한 장소에 계속해서 타오르는 불기둥을 일으키는 것이다. 지금까지 만들어 낸 미끼들 사이에 섞어 넣자, 그것들은 밀리건의 주변 바닥을 새빨갛게 물들이며 늘어섰다. 촉수가 더욱 혼란에 빠진 듯 움직이기 시작했다.

"빙고야. 진동이 70퍼센트, 온도가 30퍼센트 정도인 것 같네. 이 녀석은 체표면에 돋아난 촉수가 지닌 해당 감각기관을 통해 외부 세계를 90퍼센트 정도 인식하고 있어. 당연히 마력감지 능력도 있겠지만, 계속 움직이는 인간의 위치를 정확하게 포착할 만큼 정밀하지는 않아. 지금은 무시해도 돼."

마수의 촉수는 여러 개의 미끼와 불기둥에 속아 도무지 사냥감을 포착하지 못하고 있다. 그 반응이 밀리건의 말을 증명해 주고 있었다. 멀쩡한 시각을 지녔다면 이러한 미끼와 인간을 착각할 리가 없는 것이다.

"두 번째 수업. 대형 마수를 상대할 때의 철칙은, 우선 상대의 정면에 서지 않는 거야. 이렇게 많은 촉수가 일제 공격을 퍼부으면 아무리 나라도 못 막으니까. 그러니 계속 움직여. 1초도 멈추지 말고 상대의 주의를 분산시켜. 이럴 때도 주문으로 만들어 낸 미끼가 도움이 되지!"

본인의 말대로 밀리건은 쉬지 않고 땅을 박차며 계속 움직였다. 올리버는 한순간도 놓치지 않고자 눈을 크게 뜨고 지켜보았다. 무게 중심 제어와 영역마법을 조합한 변화무쌍한 발놀림 탓에 그 모습은 변변치 않은 시각을 지닌 마수의 눈에 희미한 안개처럼 보일 것이다.

"촉수 한두 개가 날아들어 봐야 위협적이지도 않아. 오히려 반격해서 상대의 전력을 깎아 낼 기회지. 절대로 성급하게 결판을 내려 해서는 안 돼. 대형 마수는 우리와 내구력이 근본적으로 달라. 깎아 낼 수 있는 데부터 깎아 내서, 충분히 약하게 만들고 나서 치명상을 노려야지. **바람이여 갈라라—임페투스!**"

여유로운 회피 동작 도중에 날린 마법이 마수의 몸을 후벼 팠다. 여러 개의 미끼에 촉수를 퍼뜨려 둔 탓에 그 안에 자리한 본체까지 사선(射線)이 확보된 것이다. 촉수에 둘러싸인 상태로는 셰라의 이절주문까지도 견뎌 냈던 거구가 밀리건의 바람 칼날을 맞고 주춤거렸다.

"하지만 시간을 무제한으로 들일 수도 없는 일이지. 요란하게 싸우다 보면 다른 마수들의 주의를 끌 테고, 그렇게 되지 않더라도 이 녀석은 지금 이 순간에도 동료를 부르고 있는 중일지 몰라. 이 상황에 한 마리 더 오면 꽤나 성가셔진다고.

그런고로 세 번째 수업. **무턱대고 싸우지 말 것**. 결정타를 날리기까지의 과정을 이미지하고 착실하게 포석을 두는 거야."

말하는 목소리에 맞춰 전투는 착실하게 다음 단계로 진행되었다. 이대로 전력을 깎아 나가다 결정타를 날릴 타이밍을 엿보면 되지 않을까… 싶었지만, 올리버 일행의 예상과 달리 이 마당에 와서 마수의 반응이 바뀌었다. 미끼로 뻗어 나갔던 촉수가 합류하여 밀리건을 노리고 허공을 갈랐다. 마녀는 그것을 옆으로 뛰어 회피하며 입가를 치켜올렸다.

"슬슬 학습을 하기 시작했네. 이게 오필리아가 만든 키메라의 성가신 점인데, 하나같이 지능이 낮지 않아. 같은 전술을 반복 사용하다 보면 확실하게 대응을 해 오지. 이제 미끼와 나를 구분하기 시작한 것 같아.

그러니… 이 타이밍을 역이용하겠어!"

선언과 동시에 밀리건의 행동이 바뀌었다. 지금까지 보였던 날렵하고 복잡한 움직임을 멈추더니, 잔재주를 전혀 섞지 않고 마수를 향해 걸어가기 시작한 것이다. 산책이라도 하듯 무심한 걸음걸이에 놀란 올리버의 얼굴이 경직되었다.

하지만 어떻게 된 일인지. 자살행위로만 보이는 행동을 앞에 두고도 마수는 아무런 반응도 보이지 않았다. 확실하게 포착했던 사냥감의 모습을 다시 놓치기라도 한 듯, 무수히 많은 마수의 촉수는 정처 없이 허공을 헤매고 있다.

"아쉽지만 끝이야. **전광이여 내달려라—토니트루스.**"

상대의 정면으로 접근한 밀리건이 오른손에 든 지팡이검을, 거침없이 훤히 드러난 마수의 정수리에 찔러 넣었다. 동시에 주문을 영창… 체내에서 작렬한 전격이 두뇌를 불태운다. 마수는 절규조차 하지 못한 채 거대한 몸을 파르르 떨며 쿵 소리와 함께 쓰러졌다.

"**단순한 움직임을 보이는 게 미끼, 복잡한 움직임을 취하는 게 나**. 그 판단이 화가 된 거야."

사안의 마녀는 숨 한번 헐떡이지 않고 마수의 시체를 내려다보았다. 그것은 올리버 일행의 예상을 훌쩍 뛰어넘은, 너무도 압도적인 광경이었다.

"이렇게나, 쉽게…."

셰라가 넋이 나간 듯한 목소리로 말했다. 밀리건은 몸을 돌려 세 사람과 마주한 채 빙긋 웃었다.

"알겠어, 미즈 맥팔렌? 온몸을 뒤덮은 촉수가 번개에 내성이 있다는 건, 거꾸로 본체의 약점은 그거라고 말하는 것과 다름이 없어. 급소의 위치만 파악하면 일절주문으로도 충분히 결정타를 먹일 수 있지. 뇌와 심장의 위치도 바탕이 된 마수만 알아내면 자연히 특정해 낼 수 있고."

그렇게 말하며 등 뒤에 있는 거구를 가리켰다. 올리버도 일리 있는 말이라 생각했다. 이 키메라의 기본 소재가 날개 없는 지룡이리라는 것은 그도 알았다. 촉수 같은 기관을 덧붙일 수는 있어도 뇌와 척수… 종족의 근간을 이루는 부분에는 그리 쉽게 손을 댈 수 없을 거다.

"뭐, 말처럼 쉬운 일은 아니지. 생태 관찰, 약점 파악, 공략 실행… 본래 이 세 개의 과정은 나눠서 행하는 게 바람직해. 이미 알려진 마수라면 앞서 말한 두 가지는 책을 통해 공부할 수 있지만, 오필리아의 키메라는 늘 신종이나 다름없어서 고약하다고 할 수 있지."

밀리건이 어깨를 으쓱했다. 그 말이 맞았다. 이전에 올리버 일행은 이 마수를 '처음' 보았기에 압도되었다. 이렇게 정보를 알고 보니 홍왕조(가루다)에 비해 결코 강한 상대가 아니었다. 그만큼 '적을 모른다'는 것은 무서운 일인 것이다.

"혼자서 나와 같은 일을 하라고는 하지 않겠어. 그 대신 너희 셋이서 이걸 할 수 있도록 되어야 해. 이게 너희를 3층으로 데려가는 최소한의 조건이야."

"""……!"""

"2층을 통과할 때까지 너희가 이 과제를 달성하지 못할 경우, 유감이지만 모험은 거기서 끝이야. 안심하도록 해, 그때는 무사히 교사까지 데려다줄 테니까."

온화한 목소리로 마녀는 장담했다. 방금 본 것과 같은 일을 2층을 통과할 때까지… 어려운 과제가 제시되자 올리버와 셰라는 표정이 굳어졌다. 그때, 동방의 소녀가 문득 입을 열었다.

"그럼, 소생은 세 번째를 담당하겠소."

"…나나오."

"우리는 할 수 있소, 올리버. **가루다**와 싸웠을 때를 떠올려 보시오."

자신만만한 미소를 지은 채 내뱉은 나나오의 말에 올리버도 생각을 고쳤다. 그렇다. 약간의 예비지식이 있었다고는 해도 처음 맞닥뜨린 상대라는 점에서는 가루다도 마찬가지였던 것이다.

"그래, 너희에게는 가루다를 격파한 실적이 있어. 내가 손을 써서 약체화시킨 상태이기는 했지만 그건 엄연히 신수의 권속이야. 그 실적이 없었다면 여기 데려오지도 않았어.

너는 어떨까, 미즈 맥팔렌. 방금 본 것과 같은 걸 할 수 있을 것 같니?"

밀리건이 그렇게 말하며 롤 헤어 소녀에게 고개를 돌렸다. 질문을 받은 셰라가 불안을 뿌리치려는 듯이 힘껏 고개를 끄덕였다.

"이렇게 친절하게 가르쳐 주셨는데 못 하겠다고 할 수는 없죠."

그녀는 평소처럼 위엄 있는 태도로 단언한 후, 곧장 동방의 소녀에게로 고개를 돌렸다.

"그리고… 나나오! 혼자만 위험을 무릅쓰려 하지 마세요. 저희 셋이서 하는 거예요. 적을 관찰하는 것도, 약점을 간파하는 것도, 공략하는 것도."

"으음, 그런 것이오? …알겠소이다. 그럼 소생도 열심히 머리를 굴려 보겠소."

팔짱을 낀 채 끄으응, 하고 신음하는 나나오를 곁눈질하며 올리버는 쓴웃음을 지었다. …보아하니 스스로 위험을 무릅쓰려 했다기보다는 단순히 머리를 쓰지 않아도 되는 역할이라고 생각했던 모양이다.

"…반드시 해내 보이겠습니다. 그러니 가르쳐 주시겠습니까, 밀리건 선배."

그녀들과 함께 각오를 다지며 올리버는 말했다. 밀리건의 입가가 씩, 하고 치켜 올라갔다.

"좋고말고. 이래서 후배를 지도하는 걸 그만둘 수가 없다니까."

밀리건은 그렇게 말하며 쓰러진 마수의 사체 너머로 시선을 보냈다.

"여기서부터는 제2층 '북적이는 숲'. 오필리아의 키메라는 둘째 치더라도 1학년한테는 충분히 사지라 할 수 있는 위험으로 가득한 곳이야.

대처법은 하나씩 가르쳐 줄게. 뒤처지지 말고 따라오도록 해, 올리버 군, 나나오 양, 셰라 양."

""""네!""""

친근감 있는 것으로 바뀐 호칭을 세 사람은 거부하지 않고 받아들였다. 과거에 있었던 분란을 없었던 일로 할 수는 없다. 하지만 그와는 별개로 지금 이 미궁에서 살아남는 방법을 알려 줄 귀중한 스승이라는 것은 분명한 사실이다.

한마디의 말도 놓치지 않겠다. 그렇게 생각하며 올리버 일행은 사안의 마녀의 뒤를 따랐다.

그 즈음. 네 사람이 바야흐로 발을 들이려 하고 있는 미궁 2층… 푸릇한 나무들이 울창하게 자라나 있고 수없이 많은 마법 생물들이 살아 숨 쉬고 있는 '북적이는 숲'의 어느 곳.

"불태워 정화하라—이그니스!"

"GIIIIAAAAAAAA!"

화염의 소용돌이가 한 마리의 키메라를 뒤덮었다. 주변으로 밀려드는 열풍이 그 중심에 자리한 열량이 얼마나 압도적인지를 말해 주고 있다.

키메라가 직전까지 회피 동작을 취하지 않은 것은 견고함을 자랑하는 육체를 지닌 탓에 일절주문을 상대로는 그럴 필요가 없다고 판단했기 때문이리라. 그게 잘못이라고는 할 수 없다. 아마도 어지간한 주문은 온몸을 뒤덮은 비늘 장갑에 튕겨져 나갔을 테니. …상대가 이 남자가 아니었다면.

"AA… AA…."

단말마의 절규조차도 오래가지는 못했다. 차원이 다른 화력에 휩싸인 육체는 빠른 속도로 잿더미가 되었다. 내성이 있고 없고는 문제가 아니다. 그… 알빈 고드프리를 순수한 마법의 위력이라는 범주에서 평범한 잣대로 가늠하려는 것 자체가 잘못이니. 옆에서 전투를 지켜보던 카를로스 위트로는 그 사실을 새삼 재확인했다.

"여기 오는 동안 마주친 모든 키메라가 신형이라…. 긴장을 풀 새가 없군."

지팡이검을 칼집에 다시 넣으며 고드프리는 후우, 하고 한숨을 내쉬었다. 미궁에 돌입함과 동시에 그들은 둘씩 팀을 이루어 행동을 개시했다. 이곳에 올 때까지 고드프리와 카를로스, 두 사람은 이미 여섯 마리의 키메라와 마주쳤고 그것들을 모두 다, 확실하게 처치했다.

"리아가 진심이라면 그럴 수밖에. 처음 보는 마수와 싸우는 건 누구나 무서우니까. 거기에 마력까지 절약해야 하는데… 그러려면 거의 이단 사냥꾼(그노시스 헌터) 수준이 되어야겠지."

중성적인 외모를 지닌 카를로스가 걱정스러운 투로 그렇게 말을 덧붙였다. 이 상황의 원흉인 인물에 관해 그보다 더 자세히 아는 이는 이 킴벌리에 존재하지 않는다.

잿더미가 된 키메라를 등진 채 걸으며 고드프리는 복잡한 표정으로 입을 열었다.

"그렇다면 그녀에게는 고마워해야겠군. 귀중한 현장 경험을 시켜 주고 있으니."

"…어머. 이제 진로를 정한 거야? 꽤 오래 고민했으면서."

"지금도 완전히 정한 건 아니야. 다만… 결국 나는 싸우는 재주밖에 없다. 그걸로 지킬 수 있는 목숨이 있는 한, 아마 졸업 후에도 같은 일을 하고 살겠지."

한숨 섞인 투로 청년은 말했다. 자신이 무엇을 할 수 있고 무엇을 할 수 없는지, 어떤 세계에서 살아야 할 인간인지. 이 학교에서 지낸 5년 가까운 시간 동안 그는 완벽하게 깨닫고 만 듯했다. 그 심정과 장래를 생각한 것인지, 카를로스의 표정은 더욱 어두워졌다.

"이단 사냥꾼이 다니는 현장은 킴벌리와 다른 형태의 지옥이야. 이곳처럼 뜻이 맞는 동료가 있으리라는 보장도 없어. …네 성격으로 견딜 수 있을까?"

"모를 일이지. …네가 따라와 준다면, 그나마 좀 나을 테지만."

본심이 나직하게 새어 나왔다. 한 박자 늦게 그것이 실수임을 깨달은 고드프리는 쑥스러운 듯이 입을 다물었다. 그 모습을 곁눈질하던 오랜 친구의 얼굴에 다정한 미소가 떠올랐다.

"미안해, 따라가 줄 수 없어서. …하지만 괜한 걱정일지도 몰라. 내가 아니라도 널 따라가고 싶어 하는 사람은 많은걸."

"그건 기쁘지만 등 뒤를 맡길 수 있을지 어떨지는 별개의 문제다. 일찍 죽을 게 뻔한 녀석을 사지로 끌어들이고 싶지는 않아."

우려 섞인 투로 청년은 말했다. …분명 현재 자신에게는 많은 동료가 있다. 그중에는 함께 가 달라고 부탁하면 두말없이 사지까지 동행해 줄 자도 적지 않다. 하지만… 그렇기에 고민이 되는 것이다.

그의 갈등을 누구보다도 잘 아는 카를로스는 고개를 끄덕이며 말했다.

"그런 의미에서 보면, 이단 사냥꾼들이 널 끌어들이고 싶어 하는 것도 이해가 돼."

"…글쎄. 6, 7학년에는 나 이상의 실력자들이 굴러다니고 있는 것 같은데."

"그렇다 해도 이 학교에 널 두려워하지 않는 학생은 없는 것도 사실이야. 아닌 게 아니라 6, 7학년의 괴물들조차도 말이야."

담담한 목소리로 엄연한 사실이라는 듯이 그는 말했다. 하지만 그런 평가와 달리 고드프리의 표정은 떨떠름하기만 했다.

"두려움보다는 호감을 받는 대상이 되고 싶다만. 특히 후배들에게는."

"그 둘은 모순되지 않아. 물론 난 네가 두렵지 않고, 알."

친구가 그렇게 말하며 빙긋, 만면에 미소를 지어 보이자 고드프리는 입술을 비죽거리며 뒤통수를 긁적였다. 1학년이었을 때부터 카를로스가 이런 표정을 지어 보이면 그는 늘 반박을 할 수가 없었다.

두 사람이 그대로 얼마간 말없이 걷던 중, 문득 고드프리가 걸음을 멈췄다.

“잠깐. …누가 온다.”

두 사람은 경계태세를 취했다. 그러고서 얼마쯤 지나 눈앞에 있던 풀숲이 부스럭부스럭 흔들리더니, 그 안에서 웬 사람이 모습을 나타냈다. 진흙과 흙이 잔뜩 묻은 작은 체구에 원형조차 알아보기 힘들 만큼 간소하게 개조한 교복, 가까스로 6학년의 것임을 알아볼 수 있는 넥타이의 색깔. 두 사람의 모습을 발견한 그 인물의 얼굴이 문득 확 밝아졌다.

“…오? 오오? 오오오? 이거, 제대로 찾아왔네!”

“…워커 선배?”

예상치 못한 인물을 만난 탓에 고드프리는 눈이 휘둥그레졌다. 킴벌리 마법학교 6학년, 케빈 워커… 통칭 ‘생환자(서바이버)’. 현재 미궁미식부의 부장으로, 반년에 걸친 조난 끝에 미궁 심층에서 생환한 것으로 알려진 교내의 유명인이다.

“이야아, 다행이야! 너희라면 분명 이 루트로 지나갈 거라고 생각했거든! 아니 뭐, 감으로 찍은 거지만, 어쨌든 누가 지나가면 주려고 기다리고 있었거든! …아, 근데 배는 안 고파? 저기 늪에서 잡은 늪새우가 있는데, 같이 구워 먹을래?”

“서, 선배, 좀 진정하십시오.” “케빈 선배, 우릴 기다려 준 거야?”

“응? 그래, 맞아. 기다렸어. 여기, 이걸 주고 싶어서.”

뒤늦게 생각이 났다는 듯이 주먹으로 손바닥을 친 후, 워커는 품 안에서 오래된 수첩을 꺼내 두 사람에게 내밀었다. 받아 든 카를로스가 그 내용을 훑어보았고, 고드프리도 옆에서 들여다보았다.

"…이건…."

"현재 3층의 지도. 내가 뒤질 수 있는 범위를 뒤져 보고 수첩에 기록해 뒀어. 리아짱의 영향도 있어서인지, 요전에 비해 지형이 상당히 달라졌으니 주의하는 게 좋을 거야. 처음 보는 키메라도 꽤 많이 어슬렁거리더라."

워커는 직접 보고 온 사람처럼 말했다. 그리고 그것이 비유도 뭣도 아니라는 사실을 아는 탓에 고드프리는 쩍 벌어진 입을 다물 수가 없었다. …다시 말해서, 이 사람은.

"…들어갔던 겁니까. 이 상황에 3층으로, 지금까지 혼자서."

"응. 근데 미안, 그 애의 공방이 어디에 있는지까지는 못 알아냈어. 이번에는 1학년이 끌려갔으니 서둘러야 하잖아. 탐색의 단서로 써먹을 수 있을 테니 일단 이걸 공유… 어?"

말을 쏟아 내던 목소리가 끊겼다. 6학년치고는 몸집이 작은 그를, 카를로스의 늘씬한 두 팔이 끌어안고 있었다. 진흙이 묻는 것도 개의치 않고.

"…고마워, 케빈 선배. 정말 고마워…."

"카를로스…."

고드프리의 마음 역시 친구와 같은 감정으로 가득했다. 결코 호들갑스러운 반응이 아니다. 이 킴벌리에서 예나 지금이나 변함없이 그들의 편을 들어주는… 그런 상급생은 결코 많지 않았기 때문이다.

얼마간 포옹을 받은 후, 워커는 빙긋 웃으며 카를로스의 어깨에 손을 얹었다.

"하핫, 무슨 소릴 하는 거야, 카를로스 군. 누가 부탁하지 않더라도 선배는 후배를 도와야지. 너희도 계속 그렇게 해 왔잖아?"

당연하다는 얼굴로 그렇게 말하여 남자는 후배들이 지금까지 해 온 일의 가치를 인정했다. 카를로스가 미소를 띤 채 몸을 떼자 워커는 그의 앞에서 빙글 몸을 돌렸다.

"그럼 난 한 번 더 들어갈게. 요전에 들어갔을 때 감은 잡았으니, 이번에는 좀 더 깊이 들어가서 찾아봐야지."

"어… 자, 잠깐만요. 그렇다면 저희와 함께."

"음~ 그건 관둘래. 난 단독으로 움직일 때 더 유용한 장기짝이니까. 너희도 알잖아?"

작별 인사로 손을 달랑달랑 흔드는 뒷모습이 다시 풀숲 속으로 들어갔다. 계속해서 만류하려는 두 사람을 향해 워커는 흔들림 없는 목소리로 말했다.

"괜찮아, 난 미궁에서는 안 죽어. …그럼 또 보자!"

그 말을 끝으로 생환자의 모습은 미궁의 어둠 속으로 사라졌다. 얼마간 멍하니 서 있던 끝에 고드프리가 요란하게 한숨을 내쉬었다.

"…변하지 않는군, 저 사람은."

"그러게. 정말로, 1학년 때부터 신세만 지고 있어."

카를로스도 웃으며 고개를 끄덕였다. 아무 의도도 없이 '선배'라 부르고 따를 수 있는 상대. 그의 삶의 방식을 곱씹으며 두 사람은 마음을 다잡고 자신들이 나아갈 길을 바라보았다.

"선배 덕분에 리아와의 거리가 많이 줄어들었어. …가자, 알."

"그래. 서두르지."

고갯짓을 주고받은 후 두 사람은 다시 걸어 나갔다. …갈 길은 아직 멀고 남겨진 시간은 적기에.

첫 번째 관문을 지나 2층에 들어선 네 사람을 기다리고 있던 것은 올리버 일행이 예상했던 것보다 훨씬, 그야말로 1층과는 완전히 다른 미궁의 환경이었다.

"이 과일은 딱 봐도 맛있어 보이지? 하지만 말이야…."

그렇게 말하며 사안의 마녀는 키 작은 나무에 달려 있는 과일로 손을 뻗었다. 순간, 과일의 중심이 쩍 갈라지더니 그대로 맹견처럼 손을 향해 달려들었다. 밀리건이 잽싸게 손을 무른 덕에 습격은 허공을 갈랐고, 과일은 세 명의 1학년생 앞에서 사냥감을 찾아 계속해서 딱딱 이를 부딪쳤다.

“이렇게 손을 뻗으면 거꾸로 이쪽이 먹히게 돼. 이 녀석한테 물려 손가락이 달아나는 게 2층의 세례라고 일컬어질 정도지. 함정치고는 그럭저럭 귀여운 부류지만, 주로 쓰는 손을 물리면 지팡이를 쥘 수 없어서 엄청 고생하게 돼. 미지의 존재를 건드릴 때는 단계적으로, 최소한 주로 사용하지 않는 손으로 하는 습관을 들이도록 해.”

밀리건은 곧장 이 계층에서의 수업을 시작했다. 나나오가 눈살을 찌푸린 채 사나운 과일을 바라보았다.

“흐음. 그럼 결국, 이건 먹을 수 없는 것이오?”

“아니, 먹을 수 있어. 주문을 맞혀서 기절시킨 다음에 베면 돼. 학생의 손가락을 꽤 많이 먹었을지도 모르지만, 그래도 괜찮다면야.”

“…나나오. 식재료를 조달하지 말라고는 하지 않을 테니, 저것보다는 나은 걸 찾아봐.”

흥미진진한 듯 쳐다보는 소녀를 올리버가 만류하는 목소리를 들으며 네 사람은 다시금 숲속을 걷기 시작했다. 숨이 막힐 듯한 풀냄새와 곳곳에서 느껴지는 크고 작은, 무수히 많은 생명의 기운. 주위를 경계하는 후배들 앞에서 밀리건은 그것들을 가슴 깊이 들이쉬며 말을 이었다.

“후후후, 즐거운걸. 난 마음 편히 어슬렁댈 때는 이 층이 제일 마음에 들더라. 다양한 동식물의 생태계를 관찰할 수 있어서 질리질 않거든. 얼른 캐티 양을 데려오고 싶어."

"마음 편히 어슬렁댈 때, 라고요…?"

어이가 없다는 얼굴로 셰라가 중얼거렸다. 언제 어떤 위협과 마주칠지 모르는 상황인 탓에 그녀들은 도저히 밀리건과 같은 감상을 품을 수 없었다. 긴장한 후배들을 곁눈질하며 밀리건은 쿡, 하고 웃었다.

"아무리 그래도 지금은 그렇지 않지만. 좌우간 오필리아의 키메라가 어디서 나올지 모르니까. 그래도 이렇게 잡담을 할 정도로는 익숙한 곳이다, 이거야."

"…그렇군요. 그럼 이 틈에 한 가지 도구를 시험해 봐도 될까요?"

아직 여유가 있다는 생각에 올리버는 그렇게 제안했다. "헤에? 뭔데?"라면서 얼굴을 들이대는 밀리건을 보고 소년은 말로 설명하기보다 보여 주는 게 빠르겠다고 판단했다. 우선 두루주머니에서 꺼낸 씨앗을 땅에 뿌리고 백장(白杖)을 뽑아, 거기에 성장촉진주문을 걸었다. 돋아난 새싹이 쑥쑥 성장해 어린나무가 되더니, 호를 그리며 성장한 끄트머리가 땅에 꽂혀 그들의 앞에서 아치 형태의 울타리를 형성했다.

"호오, 툴 플랜트구나. 이 생육속도에 이 정도 강도라니, 제법 질이 좋은걸."

완성된 울타리를 발로 걷어차고 밀어 보기도 하여 강도를 확인하며 밀리건이 말했다. 올리버도 고개를 끄덕였다.

"가이가 챙겨 준 물건입니다. 마수와 전투를 벌일 때, 상대의 행동을 제한하는 데 도움이 되지 않을까 싶어서요."

"미스터 그린우드가? …흐음, 대단한걸. 툴 플랜트는 나도 자주 다루지만, 이건 내다 팔아도 될 정도야. 2층의 흙에도 잘 적응했고."

"후후후, 그렇죠? 마법식물을 키우는 가이의 능력은 대단하답니다."

친구를 칭찬하자 셰라는 자신의 일처럼 자랑스러워했다. 마녀는 거듭 고개를 끄덕이며 올리버에게로 고개를 돌렸다.

"창의적인 시도는 언제든 환영이야, 마음껏 시험해 봐. 다소의 실패는 내 쪽에서 무마해 줄 테니까."

"…감사합니다."

고개 숙여 인사한 후, 올리버는 툴 플랜트의 씨앗이 담긴 두루주머니를 가방에 다시 넣었다. 그때 문득, 옆에서 그의 소매를 죽죽 잡아당겼다.

"올리버. 소생은 슬슬 배가 고프오."

그러한 주장과 함께 꼬르르르륵, 배에서 요란한 소리가 났다. 소년은 무의식중에 이마를 짚었다.

"말 안 해도 알겠어… 키메라의 귀에도 들릴 만큼 꼬르륵 소리가 요란하니까. 밀리건 선배, 슬슬 식사를 할까요."

"듣고 보니 벌써 다섯 시간 정도나 걸었네. 갈 길이 머니 잠깐 쉬도록 할까."

모두가 동의하여 네 사람은 얼마쯤 걸으며 쉴 곳을 찾았다. 이윽고 나무숲이 사방을 감싸고 있지만 그럭저럭 탁 트인 장소가 나와서, 주문으로 간단하게 풀을 베어 휴식 공간을 만들었다. 끝으로 툴 플랜트로 즉석 의자를 네 개 만들어서 다 같이 앉았다.

"잘 쉬도록 해. 장시간 탐색을 할 때는 쉬는 것도 움직이는 것만큼이나 중요하니까. 그리고 물론, 식사도 든든히 하고."

그렇게 말한 밀리건은 무릎 위에 올린 가방을 열어서 자신의 휴대 식량을 꺼냈다. 올리버 일행도 그녀를 따라 식사를 시작했다. 가이가 챙겨 준 꾸러미를 펼치자, 묵직한 직사각형 모양의 케이크가 고개를 내밀었다. 소박한 시골풍 빵이다.

"아직 이른 이야기지만 이 계층부터는 캠프 방법도 궁리해야 해. 아무 생각 없이 불을 피우거나 하면 안 돼. 눈 깜짝할 새에 마수가 모여드니까. 그리고 알아 둬야 할 포인트가 몇 가지 더 있는데…."

식사 중에도 밀리건의 강의는 계속되었다. 그 말에 귀를 기울이며 올리버는 지팡이검으로 자른 케이크를 한입 베어 물었다. …단단한 질감의 빵이었지만 입에서는 잘 풀어졌고, 반죽에 섞어서 구운 호두와 말린 과일의 씹는 맛이 좋다. 강한 단맛이 이곳까지 오는 동안 지친 몸을 달래 주었다.

"맛있구려, 올리버."

"…그러게. 맛있어."

"정말로, 맛있네요."

세 사람은 조용히 고갯짓을 주고받았다. 그 모습에 밀리건이 관심을 보이기에 셰라가 자신의 케이크와 상대의 휴대 식량을 한 조각씩 교환했다. 한입을 베어 문 순간, 마녀의 눈이 휘둥그레졌다.

"뭐야, 이거! 치사하잖아, 너희. 이렇게 맛있는 걸 숨기고 있었다니."

밀리건이 감탄하여 친구의 요리를 칭찬하자, 또다시 셰라가 의기양양해졌다. 온화하기만 한 그녀들의 식사 광경을 바라보며… 올리버는 남몰래 등 뒤를 의식했다.

(…거기 있지, 미즈 카르스테?)

목소리가 아니라 미세한 마력파로 말을 걸었다. 나머지 세 명은 감지하지 못할 정도까지 출력을 억제했다. 만에 하나 감지당한다 해도 암호를 아는 사람이 아니면 그것이 의미를 띤 '말'이라는 사실을 알아채지 못할 거다.

(…여기 있습니다. 사안이 알아챌 가능성이 있어서 곁으로는 갈 수 없습니다.)

얼마 안 되어 등 뒤… 아마도 나무 위에서 같은 방법으로 답변이 돌아왔다. 겉으로는 담소를 나누면서 쉬는 척을 하며 올리버는 근처에 숨은 은신의 명수… 테레사 카르스테와 대화를 이어 나갔다.

(잘하고 있어. 형과 누나가 어디까지 들어갔는지 알아?)

(여덟 시간 정도 전에 1층에서 뵀습니다. 지금쯤 2층을 지나고 있을 것으로 예상됩니다. 다른 '동지'와 그 외 상급생들의 모습도 드문드문 보였습니다.)

소년은 속으로 고개를 끄덕였다. 고드프리 총괄을 비롯해서 많은 상급생들이 이 사태를 수습하기 위해 움직이고 있다는 것은 분명하다. 믿음직스럽기는 하지만 1학년이라는 자신들의 입장을 생각하면, 마주칠 경우 일이 꼬일 것으로 예상된다.

(참고로 말씀드리자면… 지금의 미궁에서 당신을 발견할 경우, 즉시 교사로 돌려보내라는 분부를, 두 분에게서 받았습니다.)

잠시 침묵한 끝에 상대의 속을 떠보기 위해 올리버가 물었다.

(…왜 그렇게 하지 않는 거지?)

(대관식이 끝난 지금, 저의 군주는 명실공히 당신입니다. 섀넌 공, 그윈 공의 명령보다, 당신의 뜻을 우선하는 게 마땅합니다.)

테레사의 망설임 없는 답변에 올리버는 다소 놀랐다. …그녀 나름대로 강직한 신하라는 자부심을 가지고 있는 모양이다. 어떻게 설득할지 고민했건만 헛수고였던 것 같다.

(무엇보다도, 가까운 시일 내에 다리우스 그렌빌의 **다음**이 기다리고 있습니다. 저 마인들을 토멸하는 데에 따를 어려움을 생각하면, 지금 살바도리의 음부(淫婦) 따위에 애를 먹어서는 안 됩니다. 오히려 위력을 실험하기 위한 최적의 기회로 보아야겠지요. 그렇지 않습니까?)

그 말은 무엇보다도 강렬하게 소년의 등을 채찍질했다. 그렇다. 자신이 물리쳐야 할 적들은 훨씬 높은 경지에 있다. 평범한 방법으로 단련해서는 도저히 미치지 못할 정도다. 그런 의미에서 보면 이 상황조차 시련으로 기꺼이 받아들여야 하리라.

올리버는 테레사를 믿을 만한 부하라고 다시금 인식하며 과감한 제안을 했다.

(오필리아 살바도리의 키메라, 혹은 본인에게도 네 은신은 유효할까?)

(일정한 거리를 유지하면, 저 한 사람이 모습을 감추는 데에는 문제가 없습니다. 필요하시다면 척후를 맡겠습니다.)

(부탁할게. 진로상에 위험 요소가 있으면 말해 줘. 단, 절대로 무리는 하지 말고.)

(맡겨만 주십시오!)

기쁨으로 가득한 답이 돌아오자 그 순수함이 소년의 가슴을 괴롭게 했다. …자신은 이 소녀에게 앞장서서 사지를 탐색하라는 명령을 내린 것이다.

(부디 마음 쓰지 마십시오. 자고로 군주란 부하를 유용하게 부릴 줄 알아야 하는 줄로 압니다. 마음껏 명령하십시오, 마이 로드.)

마력파에까지 동요한 기색이 실려 있었는지, 테레사가 그러한 말을 건넸다. 다시금 씁쓸함을 곱씹으면서도 소년은 그것을 감내하고 (부탁할게.)라고만 답했다.

(그리고… 외람되지만 한마디만 드리겠습니다.)

소녀가 나직하게 말을 이었다. 다음 순간, 지금까지 일정 수준을 유지하고 있던 마력파의 출력이 단숨에 치솟더니.

(…제 말투는 늘 이렇습니다. 이전에 지적하셨던 것처럼, 표현을 지나치게 과장한 적은 없어요. …정말로요!)

육성으로 들었다면 귀가 먹먹해졌을 정도의 목소리로 테레사는 고집스럽게 주장했다. 올리버가 놀람과 동시에, 옆에 있던 나나오가 잽싸게 일어났다.

“응? 왜 그래요, 나나오?”

“…방금, 무슨 기척이.”

예민한 감각으로 여파를 감지한 것인지, 그녀의 눈동자는 나무숲 안쪽을 물끄러미 쳐다보고 있었다. 초조해지기는 했지만, 올리버는 한편으로 안심했다. …이런 실수를 하는 걸 보면 저 소녀도 아직 나이에 걸맞은 면이 남아 있구나, 라는 생각이 들었기 때문이다.

"마수가 지켜보고 있는 건지도 몰라. …너무 오래 같은 장소에 머무르는 것도 좋지 않겠어. 슬슬 출발하죠, 선배."

자연스러운 말로 얼버무리며 올리버도 자리에서 일어났다. 밀리건이 고개를 끄덕였다.

"맞는 말이야. …길을 서두르도록 하자."

휴식을 마치고 숲속을 두 시간 정도 더 걷자, 지금까지와 전혀 다른 광경이 네 사람의 앞에 나타났다.

"자아, 난관에 접어들었네."

"…이건…."

저절로 위를 올려다보게 되는 그 광경을, 올리버는 순간적으로 말로 형용할 수가 없었다. 너무도 거대한 나무다. 어느 것이 줄기이고 가지인지, 그리고 뿌리인지 모르겠다. 모든 것이 뒤틀리고 뒤엉켜서, 어떤 것은 하늘을 향해 잎을 내밀고 있고, 어떤 것은 땅에 꽂혀 스스로를 지탱하고 있다. 비교적 가느다란 부분을 잘라도 직경이 10야드는 족히 될 듯했다.

"미궁 제2층의 관문, 거대수(일루민술)야. 밖에서는 멸종 직전인 귀중한 종이지. 잘 봐 두도록 해."

해설을 덧붙이며 밀리건이 근처에 있던 나무껍질을 손으로 쓸었다.

"이 나무는 거수종(베헤모트)의 시체 위에서만 싹을 틔운다고 알려졌거든. 태곳적에는 이게 지표면을 뒤덮었던 시기도 있다는데, 재미있지 않아? …봐, 마중객이 왔어."

시선을 위로 들어 보았다. 앙상한 날개와 긴 꼬리, 커다란 부리를 지닌 생물이 네 사람의 머리 위에서 무리 지어 날고 있었다. 날카로운 울음소리가 끊임없이 울렸다.

"소형 조룡(鳥龍)이야. 사냥감에 따라 사냥 방법을 바꾸는 약은 녀석들인데, 강해 보이는 상대가 보이면 어부지리로 시체라도 파먹으려고 따라다니지. 약해지면 떼를 지어 일제히 공격하기도 하고. 뼈까지 남기지 않고 먹어서 거대수의 청소부라는 이명(異名)도 있어. 조장(鳥葬)을 희망하는 헤지스 선생님은 이 녀석들한테 먹히면 되지 않을까."

농담조로 말하며 밀리건은 거대수의 가지를 딛고 그 위를 걷기 시작했다. 올리버 일행도 그 뒤를 따랐다. 굵은 가지가 공간을 가로지르며 길을 이룬 것이 사방에 널려 있었다. 상공에 있는 조룡들은 주위를 경계하며 나아가는 네 사람을 계속 따라다녔다.

"…이 나무를 통과할 때까지 계속 하늘에서 지켜볼까요."

"그렇겠지. 하지만 나쁘기만 한 건 아니야. 근처에 커다란 마수가 있을 때는 무리의 행동이 바뀌거든. 저쪽이 멋대로 망을 봐 주고 있다고 생각하도록 해."

밀리건은 대범하게 말했지만 이곳에 처음 발을 들인 올리버 일행은 그렇게까지 대담해질 수가 없었다. 조롱 때문에 자꾸만 머리 위를 의식하게 되는 가운데, 이웃한 가지 위에서도 많은 기척이 느껴졌다. 어디서 무엇이 공격해 올지 알 수 없는 상황이다.

"일단 말해 두자면, 이곳을 우회하는 길도 있기는 있어. 그쪽이 여러모로 안전하기는 하지. 하루 정도 빙 돌아서 가야 하지만…."

"그렇다면 이대로 가는 게 좋겠소." "네, 지금은 한시가 급하니까요."

나나오와 셰라가 곧장 답했다. 올리버도 고개를 끄덕이며 앞장선 밀리건을 바라보았다.

"확인할 필요도 없었네. 그럼 올라갈까. 따라와."

그렇게 등산을 방불케 하는 나무타기가 시작되었다. 목적한 방향을 향해, 지금 오르고 있는 가지에서 다음 가지로 차례로 건너간다. 가지 사이가 벌어져 있거나 고저차가 있을 때는 빗자루의 힘도 빌려야겠지만 기본적으로는 본인의 발로 걸으라고 밀리건이 못을 박았다. 그녀의 말에 따르면… 지형과 생태계를 제대로 파악하기도 전에 편하게 날아다니려 하는 사람은 대개 혼쭐이 나곤 한다는 모양이다.

"제법 길이 험하구려."

"길을 정비해도 금방 다시 험해지거든. 체력이 바닥나지 않도록 조심해."

"…새삼스러운 이야기지만. 저 태양은 어떻게 된 건가요?"

가파른 가지를 오르며 머리 위에서 쏟아지는 빛을 바라본 채 세라가 물었다. 앞서 가던 밀리건이 길을 가로막은 덩굴을 쳐내며 답했다.

"대력 이전의 유산… 지금은 재현이 어려운 마법기술이야. 그런 식으로 치면 이 미궁 자체도 마찬가지지만. 하지만 술식의 해석은 거의 끝났고, 마력원은 이곳보다 훨씬 아래에 있는 심층에 있는 걸로 밝혀졌어. 그 정체까지는 나도 모르지만."

이야기에 귀를 기울이며 올리버도 눈을 가늘게 뜨고 인조 태양을 올려다보았다. 대력 이전의 마법기술에는 그 원전이 사라진 것들이 많아서 현대의 마법사는 술식을 재현하는 데 골머리를 썩이기 일쑤다. 그렇기에 마도공학에서는 역행공학(리버스 엔지니어링)을 중시하고 있는 것이다. 지금은 잊힌 천고(千古)의 지식을 다시 되돌리기 위해서.

"지상과 달리 저 태양은 지지 않아. 잠들지 않는 식물들에게 이곳은 낙원인 셈이지. 정기적으로 비도 내리고 말이야."

"…인공생태계(비오톱)인 걸까요? 마법생물을 위해 준비된 환경이라는 생각밖에 안 드는데요."

"그걸 알고 싶다면 미궁학을 배우도록 해. 하지만… 이곳이 만들어진 목적이 무엇인지는 아직도 명확하게 밝혀지지 않았다고 들었어."

마녀가 그렇게 이야기를 매듭짓자, 네 사람은 얼마간 말없이 길을 서둘렀다. 여전히 마음 편히 걸어 다닐 만한 장소는 거의 없어서, 급경사의 길을 오르락내리락하다 보니 체력이 뭉텅이로 깎여 나갔다.

"…후우…!"

캐티와 가이를 데려오지 않기를 잘했다. '묘석 차기(그레이브 스텝)'로 바닥을 가공해 다음 가지로 건너뛰며 올리버는 다시금 그렇게 생각했다. …이곳을 돌파하려면 일정 수준까지 보법을 수행해야만 한다. 지금의 그 두 사람은 설령 길 안내가 있어도 따라오지 못했을 거다.

"…흠. 꽤 모여든 것 같네."

걸음 속도를 늦추며 밀리건이 나직하게 중얼거렸다. 그 말에 소년이 퍼뜩 주변을 둘러보니… 가까이에 있는 사방의 가지에서 헤아릴 수 없을 정도로 많은 마수들이 눈빛을 번뜩이고 있었다. 옆에서 셰라가 마른침을 꿀꺽 삼켰다. 기척은 계속 느끼고 있었지만 이렇게까지 늘어났을 줄이야.

"…선배…."

"지팡이검은 뽑지 마. 저들을 자극하고 말 테니까. 단, 언제든

뽑을 수 있도록 대비는 해 두도록 해."

밀리건은 태연하게 답하여 후배들이 진정하도록 다독여 주었다.

"4인 파티로 아무 일도 없이 이 거대수를 지날 수 있는 건… 뭐, 두 번에 한 번 정도라고나 할까. 저들의 배가 얼마나 고픈지에 달린 일이기도 한 데다, 새끼를 키우는 시기에는 다짜고짜 덤벼들기도 하거든. 다행히도 오늘은 그렇게까지 흥분하지 않은 것 같아."

"…머릿수를 믿고 공격해 오지는 않네요."

"그랬다가 험한 꼴을 당한 경험이 있기 때문이야. 저들은 마법사를 두려워하거든. 우리 넷 중 세 명이 1학년이라는 사실을 알리도 없고."

밀리건의 한마디에 셰라의 걱정은 누그러들었지만, 그 내용에 올리버는 오히려 등줄기가 오싹해졌다. 네 명 중 세 명이 1학년으로 구성된 경우는 이곳에서 흔치 않다는 뜻이기 때문이다.

"하지만 여기서부터는 그렇게 넘어갈 수가 없어. 거물이 납셨거든."

그렇게 말하며 밀리건이 걸음을 멈췄다. 그녀의 시선 끝에서 지금까지 발판으로 삼아 온 것과 같은 굵직한 가지가 수십 가닥 뒤엉키듯이 합류하여, 유발(乳鉢) 모양의 커다란 '섬'을 형성하고 있었다. 축적된 낙엽이 부엽토가 된 것인지 나무 위인데도 불구하고 바닥은 두꺼운 흙으로 뒤덮여 있다.

그리고 그 섬의 가운데. 쓰러진 나무만큼이나 거대한 크기의 나뭇가지로 만든 '둥지' 안에서 묵직한 발소리를 내며 거대한 무언가가 모습을 드러냈다.

"…윽!" "……?!" "호오."

"겁먹지 말고 노려봐. 결코 두려움을 내보여서는 안 돼. 이 녀석이 거대수의 서쪽 지배자야."

다가오는 거구와 똑바로 마주한 채 밀리건이 말했다. …그것은 체격이 그녀 일행의 세 배에서 다섯 배는 되는 데다, 몸길이만 15피트를 거뜬히 넘는 크기의 원숭이였다. 얼굴을 제외한 온몸이 검은 털로 뒤덮여 있고, 다리와 몸통에 비해 팔이 늘씬하니 길다. 이족 보행도 가능한 몸으로 보이지만 지금은 두 손으로 땅을 짚고 다가왔다.

나무 위를 거처로 삼는 타입의 마수 원숭이는 올리버도 몇 종정도 알았지만 이토록 커다란 종이 있다는 이야기는 들어 보지 못했다. 어쩌면 거대수의 고유종일지도 모른다. 마녀가 이어서 입을 열었다.

"왜 그래, 서쪽 지배자. 평소의 여유는 어디 간 거야. 몇 명이 지나가는 정도는 너도 별로 신경 쓰지 않았잖아."

온화한 투로 말을 걸며 밀리건은 마수의 온몸을 꼼꼼히 확인했다. …곳곳의 털이 무참하게 빠졌고, 피부는 파여서 안쪽에 검

붉은 속살이 보였다. 자세히 보니 다치지 않은 부위가 거의 없을 정도인 데다 오른손의 손가락은 두 개가 사라져 있었다.

"…다친 건가. 과연, 오필리아의 키메라와 붙은 거구나."

밀리건은 언뜻 본 것만으로 부상을 입기까지의 경위를 간파해 냈다. 마수 원숭이가 이를 드러낸 채 쉬이익, 하고 위협을 했다. 올리버가 허리에 찬 지팡이검으로 손을 뻗었다. 지금까지 보아 온 마수들과 달리 이 상대는 명백하게 흥분한 상태였기 때문이다.

"이쪽에게는 적의가 없지만, 그걸 알아먹을 상태가 아닌 것 같아. …어쩔 수 없지."

밀리건도 같은 인상을 받았는지, '되도록 자극하지 않고 통과한다'는 방침을 그 자리에서 폐기했다. 마수 원숭이와 대치한 상태로 그녀는 왼쪽 눈을 가린 앞머리를 살며시 쓸어 올렸다. 바실리스크의 눈이 모습을 드러낸 순간, 마수 원숭이가 순식간에 털을 곤두세웠다.

"이 눈을 보고도 물러나지 않겠다면 교섭은 결렬이야. …셋 다 준비해."

등 뒤에 자리한 세 사람을 향해 그렇게 말하며 마녀는 자신의 지팡이검에 손을 댔다. 일촉즉발의 분위기 속에서 눈싸움이 이어졌지만 마수 원숭이는 물러날 낌새가 없었다. 싸움을 피할 수 없겠다는 예감에 올리버와 셰라도 허리로 손을 뻗은 순간….

"기다리시오, 밀리건 공."

조용한 목소리가 그들의 전의를 억눌렀다. 동방의 소녀가 그대로 마수 원숭이를 향해 걸음을 내딛자, 밀리건은 눈이 휘둥그레졌다.

"…나나오 양?"

"뽑기에는 이르오. 이쪽은 아직, 예를 다하지 않았소."

그렇게 말한 직후, 나나오는 천천히 무릎을 꿇고 앉았다. 칼을 허리에서 끌러 바닥에 내려놓고 비무장 상태가 되어 마수 원숭이와 마주했다. 꼿꼿하게 허리를 펴고 앉은 그 모습을 보고 후방의 세 사람은 입을 딱 벌릴 수밖에 없었다.

"벗을 구하고자 여행하는 도중이오. 한시가 급한 일인 탓에 귀공의 영지를 가로지르는 무례를 범하게 되었소."

자세를 유지한 채 온화한 목소리로 말한다. 그런 그녀와 몇 초 동안 마주 본 끝에 문득 마수 원숭이가 앞으로 몸을 숙여 얼굴을 확 들이댔다. 당장에라도 물어뜯을 듯한 거리까지 나나오에게 얼굴을 들이댄 마수는 흥흥, 코를 벌름거렸다.

"나나오…!" "기다려, 셰라!"

보다 못해 지팡이검을 뽑으려는 롤 헤어 소녀를 올리버가 순간적으로 제지했다. 뭔가가 다르다. 척 봐도 위험한 광경이지만 마수 원숭이가 내뿜는 적의가 조금 전에 비해 누그러들었다.

"칼을 휘둘러 길을 열기를 바라지 않소. 지나가게, 해 주시지 않겠소."

한 번도 시선을 피하지 않은 채로 나나오는 솔직하게 요구를 입 밖에 냈다. 한 소녀와 한 마리의 마수 사이에 얼마간 정적이 흐르는가 싶더니… 이윽고 한쪽이 천천히 몸을 돌렸다. 세 사람이 멍하니 지켜보는 가운데, 마수 원숭이는 그들에게 등을 돌려 보금자리 안으로 돌아갔다.

"…물러갔어…."

"이거 놀라운걸. 방금 그건 무슨 마술이야, 나나오 양?"

밀리건은 신이 나서 소녀의 얼굴을 들여다보며 어떻게 한 것인지를 물었다. 나나오는 칼을 다시 허리에 차며 그 말에 답했다.

"캐티에게 들은 말이오만. 짐승에 가까운 마법생물 중 대부분은 상대가 내뿜는 '마력'과 '냄새'로 적의가 있는지 없는지를 헤아린다고 하오. 그것들은 우리가 무의식중에 내뿜고 있는 것이라, 마음가짐에 따라 질도 변한다 들었소.

따라서 그러한 생물에게 적의가 없다는 것을 전하고 싶을 때는, 긴장을 풀고 온화한 마음으로 마주할 것. 상대가 흥분한 상태일수록 자신은 진정할 것… 이라고 캐티는 말하였소."

친구의 이름을 말하며 소녀는 미소 지었다. 예상치 못했던 방법에 셰라가 팔짱을 낀 채 생각에 잠겼다.

"…온화한 마음으로 마주하라고요? 논리적으로는 이해가 되지만… 저 마수가 눈앞으로 다가온 상태에서 그걸 실천해 내다니….”

“하지만 이치에는 맞아. 저 마수는 부상을 입어 흥분한 상태였지만, 그렇기에 불필요한 싸움은 피하고 싶다고도 생각했을 거야. 이쪽에게 적의가 없다는 걸 전하기만 하면 됐던 거야.

…놀랄 일이 끊이지 않는걸. 너랑 캐티를 보고 있으면.”

그렇게 말하며 올리버는 문득 가이에게도 툴 플랜트의 씨앗을 받았다는 사실을 기억해 냈다. 동시에 실감했다. 이 자리에 데려오지 못한 두 사람에게도 자신은 이렇게 도움을 받고 있다. 모두의 힘을 모아 피트를 구하러 가고 있다고.

“…검화단이라.”

무의식중에 그 이름이 입을 뚫고 나왔다. 셰라가 옆에서 훗, 하고 미소 지었고 그 모습을 본 올리버도 쓴웃음을 지었다. …그녀도 분명 방금 같은 생각을 한 것이리라.

계속해서 나나오에게 이야기를 듣던 밀리건이 문득 힘껏 고개를 끄덕였다.

“실로 흥미로워. 무엇보다 한 번이라도 싸움을 피해서 다행이야.

자, 길을 서두르자. 이곳만 통과하면 기슭까지 내려가기만 하면 돼.”

그렇게 말하며 밀리건은 앞을 가리켰다. 그녀의 인도에 따라

다시 걸음을 뗀 세 사람이 마수 원숭이의 둥지를 가로지른 직후, 올리버가 상공에서 일어난 이변을 알아챘다.

"…선배. 조룡들이."

지금까지 머리 위에 딱 달라붙어 따라오던 조룡들이 추적을 멈추고 다른 방향으로 날아갔다. 네 사람이 그 광경을 올려다봄과 동시에 그들의 등 뒤에서 커다란 소리가 났다.

모두가 반사적으로 돌아보자, 조금 전 마주쳤던 마수 원숭이가 둥지에서 뛰쳐나갔다. 네 사람은 순간적으로 경계태세를 취했지만… 당사자인 마수는 올리버 일행에게는 눈길도 주지 않고 그대로 그들의 옆을 지나쳐 갔다.

"서쪽 지배자가 달려갔어. 저쪽에서 무슨 일이 일어났나 보네."

이변의 기척을 느낀 밀리건이 달려 나갔다. 세 사람도 그 뒤를 따랐는데, 그 직후에 이웃한 가지 위에서 올리버에게 마력파로 된 암호가 날아왔다.

(조심하십시오. 앞에 키메라가 있습니다!)

테레사의 경고에 올리버의 표정이 굳어졌다. 그렇게 20초 정도를 달려 내리막길에 접어든 순간… 예상했던 대로 그 내용을 뒷받침하는 광경이 그들의 시야에 들어왔다.

그들이 가려고 하고 있는 길 끝. '섬'에서 가까운 가지 위에서 두 마리의 마수가 싸우고 있다. 한쪽은 조금 전 보았던 마수 원숭이. 나머지 한쪽은 그보다 더 큰 체구를 지닌, 사마귀와 갑충

(甲蟲)을 합쳐서 거대하게 만든 듯한 키메라다. 두 팔은 거대한 낫으로 되어 있고, 하반신에는 몇 쌍이나 되는 여러 마디로 이루어진 다리를 꿈틀대고 있으며, 몸통 곳곳에는 침봉처럼 바늘이 돋아나 있다. 녀석은 한 발짝도 물러나지 않고, 포효를 지르며 덤벼든 마수 원숭이와 정면으로 맞붙어 싸우고 있었다.

"…키메라가, 저 마수와 싸우고 있어요…!"

"저 덩치로 세력권에 들어왔으니 그럴 수밖에."

발각되지 않도록 울퉁불퉁한 지형에 몸을 숨긴 채 네 사람은 그대로 두 마리의 싸움을 관찰했다. 마수 원숭이는 커다란 몸집과는 딴판으로 날렵하게 공격을 퍼부었지만 접근할 때마다 몸에서 피보라가 일어났다. 낫은 맞지 않았을 텐데 대체 어째서…. 그렇게 의아해 하던 올리버의 눈과 귀가 직후에 해답을 찾아냈다. 마수 원숭이의 몸에 바늘이 꽂혀 있었다. 키메라의 몸통 부분에 빽빽하게 돋아난 바늘이 격렬한 분출음과 함께 몸에서 사출되고 있었던 것이다.

접근할 때마다 바늘로 반격을 당하는 바람에 마수 원숭이는 상대의 품 안으로 파고들지 못한 채 부상만 계속 심해졌다. 원래부터 온전하다 할 수 없는 상태였던 탓도 있어서 싸움은 오래가지 않았다. 피를 너무 많이 흘린 마수 원숭이가 무릎을 꿇은 참에 키메라가 낫을 가차 없이 내려쳤다. 일격에 목을 베인 거대수의 마수 원숭이는 하릴없이 절명했다.

“서쪽 지배자가 당했나. 부상당한 상태였으니 무리는 아니지만, 이거 난감해졌는걸.”

결판이 나는 걸 지켜보던 밀리건이 나직하게 중얼거렸다. 더 듣지 않아도 무슨 뜻인지 짐작이 되어서 올리버는 마른침을 꿀꺽 삼켰다.

“저 키메라가 선주민을 쓰러뜨리고 이 일대의 세력권을 가로챘어. 그것도 우리가 가야 할 길을 가로막는 모양새로. 일단 우회해서 피할 수는 있지만, 그 경우 훨씬 조건이 좋지 않은 지형에서 공격당할지도 모른다는 가능성을 염두에 두어야만 해.

…자아, 어떻게 할까.”

밀리건이 후배들에게 고개를 돌리고 확인했다. 그녀의 시선 앞에서 세 사람은 잠시 눈짓을 주고받은 후, 완전히 동시에 고개를 끄덕여 보였다. 어딘가에서 싸울 가능성이 높다면 발 디딜 곳이 부족한 가지 위보다 이곳이 낫다. 지금이라면 등 뒤에 있는 ‘섬’으로 적을 불러들일 수 있기 때문이다.

“이번에도 확인할 필요가 없었네. 좋아, 해 봐. 이번에 나는 보조에 전념하겠어. 너희 셋이서 저 키메라를 쓰러뜨리는 거야.”

고개를 끄덕이고서 기대감으로 눈을 반짝거리며 밀리건은 조언을 마쳤다.

“이미 봐서 알겠지만, 2층 직전에 마주친 녀석과는 타입이 달라. 저 녀석은 명확하게 살상용으로 디자인됐어. 힘도 공략법도 지난번과 완전히 다를 테고, 뭣보다 **지면 죽어**. 그렇게 알고 싸우도록 해."

이미 알고 있던 사실이지만 막상 직접 입을 통해서 듣자 그 말은 올리버의 가슴에 무겁게 울려 퍼졌다. 자꾸만 뻣뻣해지는 팔다리에 기운을 불어넣으며 소년은 지금부터 상대할 마수를 노려보았다.

"…아직 우리를 알아채지는 못했어요. 멀리서 계속 관찰할까요?"

"…아니. 몸의 구조는 이미 확인했고, 마수와의 싸움도 관찰했어. 한시가 급한 상황이라 이 이상 정보 수집을 할 여유도 없고."

현실과 타협하기로 한 올리버는 몸을 돌려 섬 쪽으로 돌아갔다. …그저 바닥이 넓기만 한 게 아니라 흙도 있어 다행이다. 부엽토로 된 바닥을 내려다보며 그렇게 생각했다.

"싸우자, 얘들아. …저 키메라를 쓰러뜨리는 거야."

그렇게 선언하며 짐에서 툴 플랜트의 씨앗을 꺼낸 그는 섬 이곳저곳에 그것을 뿌려 나갔다.

"울창하게 뻗어라—플로고롯시오!"

주문을 걸자 씨앗들은 차례로 싹을 틔웠고, 한 군데에서 세 그루씩 나란히 자라난 나무들이 저마다 짧은 벽을 형성했다. 자신들에게는 몸을 감출 차폐물이 되는 동시에 몸집이 큰 키메라의 움직임을 조금이나마 제한해 줄 거다. 임기응변으로 만들어 낸 벽이지만 없는 것보다는 훨씬 낫다.

"…다들 준비는 됐지?!"

그가 돌아보며 확인하고자 외치자 나나오와 셰라는 각자 힘껏 고개를 끄덕여 보였다. 곧장 올리버가 지팡이검을 들었다.

"번쩍이고 터져라—플라르고!"

머리 위에서 섬광이 작렬한 것을 호포(號砲) 삼아 전투가 시작되었다. 마수 원숭이의 시체를 뜯어먹던 키메라가 반응하여 고개를 쳐들더니, 곧바로 '섬'을 향해 일직선으로 달려왔다.

"출진이오!"

그 습격을 칼을 빼 든 나나오가 섬의 중앙 부근에서 맞받아쳤다. 선제공격으로 내려친 낫이 날아든다. 소녀는 그것을 어렵지 않게 회피했지만, 그 순간 올리버가 경고를 날렸다.

"바늘이 올 거야!"

그의 예상대로 회피 직후의 나나오를 노리고 마수가 체표면에서 바늘을 사출했다. 고압가스로 사출되는 것으로 보이는 그것들의 길이는 20센티미터 남짓. 기세로 미루어 볼 때 마법가공된 로브로도 관통을 막지 못할 듯했다. 맞으면 잘해야 중상, 재수 없으면 치명상을 입으리라….

"후욱…!"

그 위협적인 공격에, 나나오는 근처에 있던 차폐물에 몸을 숨겨 대처했다. 바늘은 툴 플랜트로 된 벽에 꽂혔다. 기대했던 효과가 나타나자 올리버가 좋았어, 라고 중얼거렸다. 나나오라면 칼로 튕겨 낼 수도 있었겠지만… 장시간의 전투를 염두에 둘 경우, 이렇게 하는 편이 공격에 맞을 위험성이 훨씬 낮다.

"잘했어! 급하게 승부를 내려 하지 마, 나나오!"

"알았소!"

대답과 동시에 소녀는 차폐물 뒤에서 뛰쳐나갔다. 키메라는 벽을 노리고 낫을 치켜들었다가 표적을 나나오로 바꾸고 내려쳤다. 그녀는 또다시 옆으로 뛰어 피했지만, 이번에는 바늘이 날아들지 않았다. 체내의 가스가 다시 충전될 때까지는 발사할 수 없는 것이다. 마수 원숭이와의 전투를 관찰하며 사전에 확인한 바와 같은 결과였다.

"꿰뚫어라 바람 창—임페투스!" "번쩍이고 터져라—플라르고!"

올리버와 셰라가 동시에 주문을 날려 공격했다. 마수의 신체 구조를 근거로 급소가 집중되어 있을 것으로 추측되는 상체 부분을. 그러나 두 사람이 날린 마법은 양쪽 모두 키메라의 체표면을 뚫지 못하고 튕겨 나왔다.

"단단하네요…!" "예상했던 대로야! 외골격을 뜯어내고 신경절을 노리자!"

일절주문 단독으로는 효과가 없으리라는 것은 예상한 바다. 키메라가 곧장 다음 주문을 영창하기 시작한 두 사람을 날카롭게 노려보았다. 하지만 주의를 돌려 생겨난 그 빈틈을, 동방의 소녀는 놓치지 않았다.

“다리 하나, 받아 가겠소!”

지체 없이 적의 발치로 몸을 날린 나나오는 눈앞에 자리한 마디로 된 다리를 가로로 후렸다. 두 동강이 난 키메라의 다리 하나가 풀썩, 바닥에 쓰러졌다.

“잘했어요, 나나오!”

“으음….”

하지만 다리 하나를 베어 낸 정도로 키메라의 자세는 무너지지 않았다. 거대한 몸은 미동도 하지 않고 바늘을 쏟아 냈고, 나나오는 다시금 차폐물 뒤로 뛰어들어 아슬아슬하게 그것을 회피했다. 올리버의 표정이 험악해졌다. …조금 전의 것은 피했지만 깊이 파고들면 공격을 맞을 위험성도 높아진다. 게다가 무엇보다도… 절단된 마디로 된 다리의 절단면에서 벌써 새로운 다리가 돋아나고 있었다.

“역시 재생하나…. 전투용으로 디자인된 만큼 재생력도 뛰어나군.”

“자세를 무너뜨릴 수 없다면 다리를 노리는 건 비효율적이에요. 이제부터는 다른 곳을 노리세요, 나나오.”

“알겠소. …과연, 이것이 시행착오로구려.”

위험을 무릅쓴다고 성과를 올릴 수 있다는 보장은 없다. 그 사실을 실감하며 동방의 소녀가 칼을 다시 겨누었다. 다리를 벤 것에 대한 보복인지, 키메라는 아직도 나나오를 경계하고 있었다. 올리버와 셰라는 그 빈틈을 노렸다.

"화염이여 일어나라—플람마!" "빙설이여 몰아쳐라—프리구스!"

화염주문과 빙설주문. 상대의 움직임을 예측하고 같은 부위를 향해 정반대 속성의 주문을 순서대로 날린다. 불에 그을린 외골격이 순식간에 냉기에 휩싸인 직후, 두 사람은 동시에 외쳤다.

""번쩍이고 터져라—플라르고!""

이번에는 완전히 동시에 폭렬주문을 날렸다. 그것이 이전에 주문을 날렸던 장소에 착탄하자, 작렬음과 함께 무언가가 깨지는 메마른 소리가 울려 퍼졌다. 두 사람이 마른침을 삼키며 올려다보자… 일부분이 도기처럼 깨진 외골격과 그 안에 자리한 노란색 체조직이 눈에 들어왔다.

"깨졌어요! 외골격은 단단하지만, 온도차에 의한 약화는 유효해요!"

"재생하기 전에 주문을 때려 넣자! **전광이여 내달려라—토니트루스!**"

올리버와 셰라는 곧장 추가공격에 나섰다. 하지만 두 사람이 세 번이나 같은 장소를 노리고 주문을 날리자, 키메라는 날렵하게 몸을 움직여 대응했다. 외골격이 건재한 부분을 가져다 대어 주문을 튕겨 내는 동시에 낫을 후린다. 직격하면 몸이 두 동강 날 수도 있는 그것을, 두 사람은 견실하게 뒤로 몸을 날려 피했다.

"파손 부위를 감싼 건가…!"

"하지만 장갑의 재생은 다리만큼 빠르지 않아요! 파손 부위를 늘리면 쓰러뜨릴 수 있어요!"

결과를 긍정적으로 받아들이며 셰라가 다시 주문을 영창하기 시작했다. 올리버도 망설임 없이 그녀에게 호흡을 맞췄다.

한편 그 무렵. 밀리건은 '섬'에 이웃한 가지 위에 자리를 잡고서 분투하는 그들의 모습을 지켜보고 있었다.

"…응, 응. 좋은걸… 아주 좋아."

분주하게 움직이는 세 사람의 모습을 보며 마녀는 기쁜 듯이 중얼거렸다. 키메라를 처음 상대하는 후배들의 모습은 그녀의 기대를 크게 웃돌았다.

"나나오 양이 공격을 이끌어 준 덕분에 올리버 군과 셰라 양의 시행착오 횟수가 현저하게 늘었어. 상대의 외형을 통해 대미지를 입히기 위해서는 우선 외골격을 벗겨 낼 필요가 있다고 판단한 것도 정답이야. 위험성과 그에 따른 이득을 저울질해서 빠르고 단호하게 다리를 노리는 작전에서 손을 뗀 것도 좋았고."

미소가 짙어진다. 일전에 자신과 싸웠을 때에 비해 동방의 소녀는 더욱 날카로워졌고, 소년은 더욱 노련해졌다. 롤 헤어 소녀도 그들에 뒤지지 않는다. 아직 어색한 부분이 많기는 하지만 그것도 지켜보는 동안 차차 개선되고 있다.

"시범을 한 번 본 것뿐인데 이만큼 싸울 수 있다니, 너희의 대응력에는 혀를 내두르지 않을 수가 없는걸. 다만… 알고 있을까. 처음 마주친 상대와의 싸움에서는 승산이 보이기 시작할 때가 가장 위험하다는 걸."

10여 분 정도 전투는 계속되었다. 올리버가 사전에 설치해 둔 툴 플랜트가 모조리 파괴되었을 무렵, 그들과 키메라의 싸움도 종반으로 치닫고 있었다.

"끈질기네요! 벌써 열 발도 더 내부에 명중했을 텐데…!"

"아니, 분명 효과는 있어! 날아오는 바늘도 현격히 줄었어, 결정타를 가할 단계야!"

상대의 '탄환'이 떨어졌다고 판단한 소년이 결단했다. 체내에서 생성하고 있는 이상, 바늘은 무한히 비축해 둘 수 없다. 지금까지의 싸움으로 잔뜩 쏘게 한 데다 마수 원숭이와의 전투로도 상당히 소비했을 거다.

외골격의 파손 부위는 이미 열 곳을 넘었고, 내부에 적중한 주문의 대미지 때문에 움직임도 갈수록 둔해지고 있다. 결판을 내야 할 때다. 그렇게 확신한 소년은 두 소녀에게 지시를 날렸다.

"내가 정면을 맡을게! 두 사람은 양측면으로 돌아가!"

"알았어요!" "알았소…!"

나나오와 교대한 올리버가 적의 정면에 섰다. 상처 입은 짐승처럼 미친 듯이 날뛰는 키메라를, 두 소녀가 양옆에서 일제히 공격했다.

"번쩍이고 터져라—플라르고!" "하아아아앗!"

귀가 먹먹해질 지경인 셰라의 폭렬주문에 이어 나나오가 다시금 다리를 노리고 공격한다. 비축된 바늘이 바닥난 탓에 반격할 수단이 없는지, 키메라는 두 팔에 달린 낫으로 좌우의 적을 후렸다. 두 사람은 가뿐하게 그것을 피했고… 그와 동시에 올리버가 곧장 품 안으로 파고들었다.

"울창하게 뻗어라—플로고롯시오."

왼손으로 좌우에 씨앗을 뿌리고서 나직한 목소리로 주문을 왼다. 하지만 금방은 아무 일도 일어나지 않았다. 직후, 그의 존재를 알아챈 키메라가 위에서 머리를 내려찍었다. 그렇다. 바늘이 바닥나고 두 팔을 좌우로 휘두른 탓에 바로 아래 있는 사냥감에 대항할 수단이 이빨밖에 남지 않은 것이다.

땅을 들이받을 기세로 육박해 오는 머리. 그것을 아슬아슬한 순간까지 끌어들인 후, 올리버는 바닥에 묘석 차기(그레이브 스텝)를 발동. 종이 한 장 차이로 뒤로 몸을 날려 턱을 피했다.

"…SHAA?!"

그와 동시에 좌우에 자리한 지면에서 돋아난 툴 플랜트가 키메라의 목을 억눌렀다. 지연 발동을 이용해 영창으로부터 시간이 지난 뒤에 발동하게끔 한 것이다. 머리를 내려찍었다가 다시 들려던 움직임이 나무에 의해 봉쇄되자, 무방비한 상체가 올리버의 눈앞에 드러났다. 처음부터 소년은 가정하고 있었다. 이 키메라의 바탕이 된 마수, 그 생명 중추에 해당되는 기간신경절의 위치는….

"여기다!"

땅과 머리 사이로 미끄러져 들어간 올리버는 눈앞에 자리한 적의 급소를 노려보았다. 승리가 눈앞이다. 그는 그 즉시 오른손에 든 지팡이검을 겨누었고….

"…큭!"

순간. 칼을 꽂아 넣으려 했던 그 장소에서 그를 비웃듯이 **바늘들**이 고개를 내밀었다.

이제는 귀에 익은 사출음. 그것만으로도 밀리건은 충분히 상황을 파악할 수 있었다.

"아아. 아까워라, 결국 맞고 만 거니."

한숨을 내쉬며 지팡이검을 뽑아 든 그녀는 방관하기를 중단하고 가지에서 뛰어내렸다. 지금까지 훌륭한 싸움을 펼쳤던 만큼 그녀는 아쉬움이 컸다. 후배들이 막판에 가서 잘못된 수를 두었다는 사실이.

"하지만 무리도 아니지, 의도가 너무 악랄하니까. 옛날부터 그랬어, 오필리아는 **약점을 간파당할 것까지 고려해서** 키메라를 디자인해.

즉사만은 하지 말아 줘, 올리버 군. 지금 구하러…."

하지만. 전투에 끼어들고자 달려가던 밀리건의 다리가 키메라를 10야드 앞두고 우뚝 멈췄다. 그 거리에서 목격한 광경에 오른쪽 인간의 눈은 물론이고 앞머리에 가려진 사안까지 휘둥그레졌다.

"…하하. 세상에나."

"예상했다, 그것도."

올리버는 단호하게 말했다. **왼손에 든 외골격의 파편을 방패 삼아** 마지막 기습을 막아 낸 상태로.

이 전개를 예상하고 소년은 전투 도중에 준비한 그것을… **나나오가 베어 낸 다리에서 도려낸 외골격**을 품 안에 숨기고 있었다. …본체에서 분리된 마수의 체조직은 빠른 속도로 열화되지만, 신선한 상태일 때는 영역마법으로 강도를 되살릴 수 있다.

작은 방패 하나로 모든 바늘을 막아 낼 수 있다는 확신은 없었지만 적어도 급소에 바늘을 맞는 것만은 막을 수 있을 거라 예상한 것이다.

"SHYAAAAA!"

자신의 최후를 예감한 것인지 키메라가 절규했다. 마지막 함정이 돌파당한 지금, 키메라에게는 저항할 수단이 전혀 없었다.

"빙설이여 몰아쳐라—프리구스!"

지팡이검을 코등이 부분까지 박아 넣음과 동시에 올리버는 결정타를 가하기 위한 주문을 입 밖에 냈다. 외골격을 관통한 칼끝을 통해 냉기가 체내를 휩쓸어, 마수의 생명 활동을 관장하는 부분을 몇 초 만에 얼려 버렸다. 키메라의 눈에서 문득 빛이 사라지더니 올리버가 몸을 날려 대피한 순간, 거대한 몸이 힘없이 무너져 내렸다.

"…해낸, 건가요?"

결판이 난 것을 보고도 셰라는 지팡이검을 내리지 않은 채 물었다. 꿈쩍도 않는 사체를 몇 초 동안 내려다보고 신중을 기하려고 같은 부위에 주문을 박아 넣고서야 올리버는 힘껏 고개를 끄덕여 보였다.

"그래, 해냈어. 기간신경절을 동결시켜 파괴했어. 이 녀석은 이제 완전히 죽었어."

그렇게 말함과 동시에 긴장이 풀려서 올리버는 온몸이 확 무거워지는 것을 느꼈다. 여전히 기운이 넘치는 나나오가 그런 그에게 일직선으로 달려왔다.

"훌륭하오, 올리버!" "내가 할 말이야, 나나오."

얼굴을 마주하고는 서로 오른팔을 들어 힘차게 교차시켰다. 그제야 올리버의 가슴에도 해냈다는 실감이 샘솟았다.

"셰라, 너도 대단… 우왁?!" "우웃?!"

또 한 명의 동료를 칭찬하고자 몸을 돌린 올리버와 나나오가 예상치 못한 충격을 받았다. 자세히 보니 그들에게로 달려온 롤 헤어 소녀가 감격에 겨워 두 사람의 몸을 두 팔로 끌어안고 있었다.

"…이겼어요… 쓰러뜨렸어요…! 우리 셋이서, 저 무시무시한 키메라를…!"

환희로 떨리는 목소리가 셰라의 입을 뚫고 나왔다. 세 사람이 성취감에 젖어 서로 부둥켜안고 있던 중, 밀리건이 손뼉을 치며 다가왔다.

"첫 승리, 축하해. 이것 참… 첫 전투에서 이런 결과를 내다니. 입이 떡 벌어질 정도야."

"…밀리건 선배…."

"솔직히 말해서 외골격을 벗겨 내고 소모시키는 것까지 해내면 이번에는 합격점을 주려고 했거든. 나나오 양이 위험을 무시하고 몸을 던지거나 셰라 양이 어쩔 수 없이 엘프로 변신하거나… 두 가지 경우 중 하나라도 일어났으면 그 즉시 내가 도우러 뛰어들 생각이었지.

그런데 맙소사. 끝나고 보니 도움이 필요한 타이밍은 끝까지 오지 않았어. 내 의욕이 완전히 갈 곳을 잃고 말았다고."

아쉽다는 투의 말과 달리 그녀의 입가에는 억누를 수 없는 미소가 걸려 있었다. 자신이 가르친 후배들이 예상을 뛰어넘는 성과를 올렸다. 후배를 돌보기로 한 선배로서 단순히 그 사실이 기뻤던 것이다.

"자아, 앞으로 나아갈까. 너희의 모험은, 아무래도 아직 끝이 아닌 것 같으니까."

크게 성장한 후배들을 재촉하며 밀리건은 다시 앞장서서 걸어 나갔다. 새로이 얻은 자신감을 가슴에 품은 채, 세 사람도 그 뒤를 따랐다.

제3장

살바도리

음마의 후예

"…야, 저기 봐." "그래. 저게 그…."

두려움과 질투, 호기심과 혐오. 그러한 감정들이 뒤섞인 시선이 킴벌리에 입학한 오필리아를 늘 따라다녔다.

"빨려들 것만 같아, 이 냄새…." "어이, 섣불리 다가가지 말라고. 홀릴지도 몰라."

"누구의 아이든 낳는다는 게 사실일까?" "그 정도야 일도 아니겠지. 마수에게도 안긴다던데."

이 무렵에는 아직 본인을 앞에 두고도 험담을 하는 목숨 아까운 줄 모르는 것들도 있었다. 귀에 거슬리기는 했지만 그녀는 그걸 잡음으로 치부하고 흘려들으며, 주변 사람들을 하염없이 멸시했다. 혈통도 정신도 나약하기 그지없는 녀석들이라 저렇게 무리 지어 험담이나 하는 것이라고.

"저, 저기. 미즈 살바도리…."

"왜?"

가끔 말을 걸어오는 이가 있어도 그녀는 멸시하는 태도를 유지한 채 답했다. 그 결과, 처음에 한 번 흘겨보기만 해도 대부분의 상대는 달아났다. 입학으로부터 실로 반년이라는 시간 동안… 그녀는 그렇게 카를로스 이외의 사람과는 제대로 대화도 하지 않고 지냈다.

"…친구가 안 생기네, 리아."

"…시끄러워."

1년 먼저 입학했던 카를로스는 시간이 허락하는 한 그런 오필리아와 함께 지냈고, 이날도 빈 교실에서 함께 점심 식사를 하고 있었다. 많은 학생들이 모이는 식당은 그녀가 가장 꺼리는 장소였던 탓에, 식사를 할 때는 이렇게 남의 눈에 띄지 않는 장소를 고르곤 했다.

"살바도리 집안이 사람들을 꺼린다는 건 알지만, 그렇다 쳐도 너는 다른 사람들한테 너무 벽을 세우고 있어. 좀 더 친근하게 받아들여 보지 않을래? 그러면 어울려 줄 희한한 사람이 반드시 나타날 테니까."

"친구 같은 거 필요 없어. 남자라면 얼마든지 꼬이게 할 수 있고, 그거면 되잖아."

그렇게 말하며 소녀는 치즈를 끼워 넣은 머핀을 우물거렸다. 입학 전에 품었던 희미한 기대감도 반년 동안 완전히 날아가 버린 탓에, 그녀는 다른 사람과 교류하는 일에 완전히 소극적인 상태였다. 카를로스는 난감하게 됐다는 듯이 고개를 가로저었다.

"너는 괜찮아도 내가 안 괜찮아. 친구들에게 둘러싸여 웃는 리아를 보고 싶어. 처음에 만났을 때부터 계속 그게 내 꿈이라고."

"멋대로 기분 나쁜 광경을 꿈꾸지 마…. 어쨌든 난 몰라. 친구 같은 거 안 만들어."

먹던 머핀을 바구니에 내던지며 소녀는 상대에게서 고개를 홱 돌렸다. 토라진 그 옆얼굴을 앞에 둔 채 카를로스는 가만히 생각에 잠겼다.

“…알았어. 그럼 내 친구라면 만날래? 소개 정도는 해도 괜찮지?”

“마음대로 해. 무시할 거지만.”

고개를 돌린 채 소녀는 냉랭하게 말했다. 하지만 그 말을 들은 카를로스는 미소를 지었다. 그는 허락은 받았다는 듯이 몸을 돌려 교실에서 나가더니, 오필리아가 멍하니 있는 동안 또 한 명의 학생을 데리고 돌아왔다.

“자, 데려왔어. 알, 이 애가 오필리아야. 자기소개를 해 줘.”

“그래.”

카를로스가 재촉하자 한 소년이 오필리아의 앞으로 나왔다. 훤칠한 키에 넓은 어깨, 곱슬거리는 것도 아닌데 척 봐도 뻣뻣한 검은 머리, 상대를 똑바로 바라보는 검은 눈동자. 무언의 압박감에 압도된 오필리아는 의자에 앉은 채 몸을 살짝 뒤로 젖혔다.

“2학년인 알빈 고드프리다. 만나서 반가워, 오필리아 양. 성으로 불리는 걸 싫어한다고 하니 예의에 어긋나는 줄은 알지만 이렇게 부르도록 하지.”

고드프리라고 자신을 소개한 소년은 고지식한 인사를 하더니 뜻밖에도 다정한 미소를 지어 보였다. 지체 없이 악수를 청하고

자 그가 내민 오른손을 오필리아는 신기한 동물이라도 보는 듯한 눈으로 빤히 쳐다보았다.

"……."

"카를로스에게 너에 관한 이야기는 들었다. 1년 차이지만 이래 봬도 선배니, 학교생활에 적응하기가 어렵다면 뭐든 상담… 음?"

거침없이 흘러나오던 말이 문득 멈췄다. 몇 초 동안의 침묵 끝에 소년은 천천히 몸을 돌려 백장을 뽑더니.

"고간(股間)을 꿰뚫어라—돌로르!"

오필리아에게 등을 돌린 채 자신의 다리 사이를 향해 격통주문을 날렸다. 소녀의 눈앞에서 장신의 소년이 요란하게 무릎을 꿇고 무너져 내렸다.

"…크…하아…!"

"…어? …어?! 자, 잠깐만, 뭐 하는 거야?!"

무슨 일이 일어난 것인지 이해가 되지 않아 오필리아는 반쯤 혼란상태에 빠져 의자에서 일어났다. 엎어진 자세로 쓰러져 있던 고드프리가 이를 악물고 떨리는 손을 바닥에 짚더니, 이마에 굵은 땀방울이 맺힌 채로 몸을 일으켰다.

"…미안하군. 후배인 너를 보고, 내 안에 품어서는 안 될 감정이 솟아오르려 했거든. 가랑이를 걷어차는 고통으로 상쇄했으니 부디 용서해 주었으면 좋겠군."

그 내용을 들은 소녀는 벌어진 입을 다물 수가 없었다. 바보 아닐까, 이 남자는. 용서를 하고 말고를 떠나서, 애초에 그렇게 하길 바란 사람은 아무도 없는데.

고드프리는 비틀거리며 일어나 거듭 심호흡을 하며 조금씩 자신에게 가한 벌로 입은 대미지를 회복해 나갔다. 그렇게 멍하니 서 있는 오필리아에게 카를로스가 귓속말을 했다.

"…어때? 처음 보는 타입이지?"

"……."

듣고 보니. 소녀는 순순히 그렇게 생각했다. 다른 모든 것은 둘째 치고 그 점만은 의심할 여지가 없다. 시키지도 않았는데 격통주문으로 자멸하는 바보는 아마 마법계 전체를 뒤져도 또 없을 거다.

끝으로 한껏 숨을 내쉰 후 소녀에게 다시 몸을 돌린 고드프리는 아무 일도 없었다는 듯이 태연한 얼굴로 다시 손을 내밀었다.

"생각보다 강렬하군, 야향(퍼퓸)이라는 건. 하지만 이런 건 기합으로 어떻게든 할 수 있지. 잘 부탁한다, 오필리아 양."

흥, 하고 코를 울리며 어깨를 으쓱한 소녀의 얼굴에는 오히려 바라던 바라는 듯한 표정이 떠올라 있었다. 그것을 무방비 상태로 직시한 순간, 그녀는 실로 생전 처음으로 남들 앞에서 '웃음을 터뜨리는' 꼴사나운 모습을 보일 수밖에 없었다.

첫 만남만으로 이건 상식을 초월한 바보라고 생각했다. 하지만 그 인식은 잘못된 것이었다. 오히려 그다음부터가 진짜 시작이었던 것이다. 알빈 고드프리가 어처구니가 없을 정도의 바보라는 사실을 알게 되는 것은.

"좋은 아침이군, 오필리아 양. 괜찮다면 아침 식사를 함께… **고간을 꿰뚫어라—돌로르!**"

"안녕, 오필리아 양. 도서관을 이용하는 방법은… **고간을 꿰뚫어라—돌로르!**"

"오필리아 양, 보라고! 이런 곳에 요정이 둥지를… **고간을 꿰뚫어라—돌로르!**"

안면을 튼 뒤로 교내에서 그녀와 마주칠 때마다 고드프리는 반드시 그 행동을 했다. 남들의 시선에도 개의치 않고, 당연히 무릎을 꿇고 쓰러지는 부분까지 세트로.

자신의 퍼퓸이 불러일으킨 욕정을 억제하기 위한 조치라는 것은 오필리아도 이해했지만, 아무리 생각해도 방법과 집념이 상식을 벗어나 있었다. …몸부림을 칠 정도의 고통에 휩싸이게 될 것을 알면서도 이틀에 한 번은 반드시 만나러 왔다. 지칠 줄을 모르기에 그런 성적 취향을 가진 건 아닐까 의심이 들 정도였다.

그 행동을 할 때마다 주변이 소란스러워지고 쓸데없는 주목을 받아서 오필리아에게 있어서는 민폐가 따로 없었다. 하지만 그럼에도 제지할 생각이 들지 않은 것은… 이 바보가 언제까지 할 생각인지. 그 바보스러운 행동의 끝을 확인하고 싶었기 때문인지도 모른다.

"안녕, 오필리아 양. 여기서 점심을 먹으려고?"

"…아, 네…."

그렇게 첫 만남으로부터 대략 두 달 후. 이때 마주친 곳은 교내의 뜰 한구석에 자리한 벤치였다. 서른 번도 더 얼굴을 마주친 뒤라 이번에도 **그것**이 시작되겠구나, 하고 소녀가 긴장한 순간.

"…~~후후후후후~~…."

"……?"

예상과 달리 옆에 앉은 고드프리가 기분 나쁜 웃음소리를 내기 시작했다. 의아해 하는 소녀의 눈앞에서 그는 두 주먹을 콱 움켜쥐었다.

"…극복했다. 내 본능이, 드디어 가랑이를 걷어차이는 고통에 굴복했다!"

목표를 달성했다고 소리치는 남자의 모습에 오필리아는 눈이 휘둥그레졌다. 놀랍게도… 바보는 결국 해낸 것이다.

남자가 시도한 것은 조건반사에 따른 각인 효과의 형성이었다. 오필리아를 만나 성적 흥분을 느낄 때마다 그는 격통주문으로 그 욕정을 다스렸다. 그녀에게 욕정을 품으면 엄청난 고통을 당한다… 육체가 그 인과관계를 기억할 때까지 끊임없이 같은 일을 반복한 것이다.

“이로써 더욱 친근하게 네 상담을 들어 줄 수 있겠군. 뭐든 말하도록, 오필리아 양. 눈앞에 있는 나는, 더 이상 너를 만날 때마다 아랫배를 움켜쥔 채 괴로워하던 남자가 아니니. 그 단계는 이미 넘어섰다! 이곳에 있는 것은 새로운 알빈 고드프리다!”

“저, 저기….”

그가 붙잡은 손을 위아래로 붕붕 흔드는 동안에도 오필리아는 압도되어 아무것도 할 수가 없었다. 몇 초 후, 그 사실을 알아챈 고드프리가 허둥지둥 손을 놓았다.

“미안하군, 기쁜 나머지 다소 흥분했어. …본론으로 돌아가, 점심 식사를 함께 해도 될까? 싫다면 물론 거절해도 상관없다만.”

그러고는 평소와 같은 투로 허가를 구했다. 한없이 고지식하기만 한 그의 모습에 오필리아는 조용히 숨을 죽였고… 이윽고 입에서 툭 하고 의문이 새어 나왔다.

“…어째서….”

“응?”

“…어째서, 그렇게 애를 쓴 거죠? 더 쉬운 방법이, 얼마든지 있을 텐데.”

소녀는 또렷하게 물었다. 그렇다. 무엇보다도 바보 같다고 느낀 것은, 상대의 노력에 의미가 없다는 점 때문이었다.

합리적으로 같은 결과를 내자면, 마법약이나 주문에 의한 저항(레지스트)을 시험하는 등의 훨씬 간단한 방법도 있었던 것이다. 애초에 욕정을 품었다 해도 아무렇지 않은 척하면 될 일이기도 하거니와 만약 퍼퓸에 의해 성적 흥분을 느끼는 것 자체가 싫다면, 아예 그녀에게 접근하지 않으면 그만이다. 여러 방향에서 생각을 해 봐도 남자는 쓸데없이 고통을 당하는 길을 스스로 택했다. 그녀의 눈에는 그렇게만 보였다.

그녀의 질문에 남자는 팔짱을 낀 채 흠, 하고 콧숨을 내쉬었다.

"…글쎄, 네가 무슨 말을 하려는지는 알겠다. 나로서도 내가 최선의 방법을 택했다고는 생각지 않아. 좌우간 최근 두 달 동안 너를 만나러 갈 생각을 할 때마다 몸이 벌벌 떨렸을 정도니. 친구가 같은 짓을 한다면 두말없이 말리겠지."

의외로 이상한 짓이라는 자각은 있었던 건가, 싶었다. 그런 생각을 하는 소녀의 눈앞에서 고드프리가 조용히 진지한 표정으로 말을 이었다.

"그럼에도 비교도 안 될 테니까. 고작 두 달 동안 이어진 나의 괴로움과 그 체질을 타고난 너의 고뇌는."

"…읏…!"

충격이 소녀의 가슴을 꿰뚫었다. 퍼퓸을 꺼려 그녀를 피하는 이는 많다. 그런 반면, 카를로스를 제외하고는 처음이었다. 그러한 체질을 타고난 그녀의 고뇌를 헤아려 주는 상대는.

“그러니, 이게 맞아. 네 옆에 당당하게 앉을 수 있게끔 되기 위해, 이 정도 고생은 하는 게 맞다고.”

고드프리는 그렇게 말하며 온화한 미소를 지었다. 긴 침묵 끝에 오필리아가 다시 입을 열었다.

“…그럼, 뭘 하고 싶으신데요? 그런 성가신 여자 옆에 앉아서.”

그렇게 짓궂은 질문을 던지자, 상대가 어리둥절한 표정을 지었다.

“성가시다고? 네가? …하하하, 바보 같은 소리!”

고드프리가 무릎을 두드리며 웃음을 터뜨렸다. 그는 웃음을 참으며 의아해 하는 오필리아에게로 고개를 돌렸다.

“잘 들어, 오필리아 양. 정말로 성가신 녀석은, 그런 기특한 생각은 조금도 하지 않아. 그저 웃으며 내 목을 치려 들지. 작년 후반에는 그런 녀석과 세 번 정도 얽혔다. 그중 두 번은 죽을 뻔해서 정말 난리도 아니었고. …아아, 다시 생각해도 화가 치미는군!”

이야기를 하는 도중, 이번에는 느닷없이 분노를 표출했다. 작년 후반에 무슨 일이 있었던 것인지 소녀가 궁금해 하는 동안, 고드프리는 감정을 추스르고 그녀에게 다시 시선을 보냈다.

“서먹서먹하게 군다 싶었더니 그런 걸 신경 쓰고 있었던 건가. 뭐, 분명 너에게는 한심한 모습을 여러 차례 보였지만… 그건 모두 내가 하고 싶어서 한 거다. 네가 신경 쓸 이유는 하나도 없어.
다시 한번 묻겠는데, 점심 식사를 함께 해도 될까?"

다시금 확인을 구하는 말을 듣고 잠시 망설인 끝에, 소녀는 고개를 끄덕여 답했다. 고드프리는 빙긋 웃으며 벤치에 내려놓았던 바구니를 무릎에 올려놓았다.

"그럼 대화를 하도록 하지. 수업은 어땠지? 마법생물학 교사는 정말 고약했지?"

그렇게 하잘것없는 잡담이 시작되었다. …끈덕진 바보가 옆에 있다, 단지 그뿐일 텐데. 그날의 점심시간이 오필리아는 무척이나 짧게 느껴졌다.

*

어두운 우리 안에서 탈출 방법을 모색하던 피트가 얼마 안 가서 도달한 결론은, 자신의 힘으로는 아무리 발버둥을 쳐도 불가능하다는 것이었다. 지팡이도 도구도 없는 비무장 상태로 상급생의 감금에서 벗어날 수 있을 리가 없다.

그 사실을 깨닫고 나자, 다음으로 취해야 할 행동이 자연스럽게 정해졌다.

"…이봐. 이봐, 일어나…!"

같은 우리 안에 감금되어 있는 학생들을 그는 닥치는 대로 흔들어 깨우고 다녔다. 협력자가 있으면 길이 열릴지도 모른다는 희박한 희망을 믿고. …하지만 아무리 깨우려 해도 학생들은 깨어날 기미가 없었다. 허벅지 뒤쪽을 꼬집어도, 뺨을 때려도 반응이 없다.

열 번째 사람을 깨우려던 시도도 헛수고로 끝났다. 절망할 것만 같은 마음을 필사적으로 다독이며 이번에야말로 깨우고 말겠다며 열한 번째 학생의 뺨을 있는 힘껏 꼬집어 잡아당긴 순간… 드디어 상황이 움직였다.

"…흠…?"

"아… 깨어난 거야?! 좋아, 자지 마, 자면 안 돼…!"

처음으로 반응다운 반응을 보인 학생에게 피트는 지푸라기라도 잡는 심정으로 말을 걸었다. 그게 효과가 있었던 것인지, 멍하니 허공을 훑던 눈이 서서히 초점을 맞추더니, 드러누워 있던 학생의 눈동자가 피트의 얼굴을 올려다보았다.

"…너는, 올리버와 함께 있던 송사리인가. …이곳은…."

상대의 입에서 그 말이 나온 순간, 피트는 화들짝 놀랐다. 어두운 데다 정신이 없어서 못 알아챘지만 이 상대는 1학년 최강 결정전에서 올리버와 싸웠던 남자, 조셉 올브라이트다. 미궁에서 벌떼를 조종해 공격했을 때의 기억이 아직 생생해서 피트의 가슴속에 불안감이 솟아났다.

상체를 일으켜 주변을 확인한 올브라이트의 표정이 순식간에 험악해졌다.

"…살바도리의 공방인가. 젠장, 하필이면…!"

피트의 앞에서 상황을 파악하자마자 그는 가장 먼저 자신의 온몸을 확인하기 시작했다.

"당연하게도 지팡이검과 백장은 빼앗아 갔군…. 그 밖에 가지고 있는 물건은… 큭!"

"괘, 괜찮아?!"

올브라이트가 갑자기 움직임을 멈추고 머리를 부여잡기에 피트가 그 얼굴을 들여다보았다. 하지만 본인이 한 손으로 그를 제지했다.

"소란 떨지 마라, 별문제 아니니. …크게 호흡하면, 대기에 가득한 퍼퓸에 당한다. 독이나 매료에 대한 내성은 남들보다 뛰어난 편이다만…."

올브라이트는 숨을 고르며 설명했다. 그러던 중, 그가 의아한 눈으로 피트를 쳐다보았다.

"…송사리. 너는, 왜 움직일 수 있는 거지?"

"뭐…?"

"자각이 없는 건가. …잠들어 있는 다른 녀석들을 봐라. 이곳에서는 이게 보통이다. 남자인 이상 퍼퓸에 거스를 수 없고, 나조차도 네가 계기를 마련해 주지 않았다면 정신을 차리지 못했을 거다. 그런데 너는 장기(瘴氣) 속에서 아무렇지도 않게 움직이고 있다. 상식적으로 불가능한 일이야."

지적을 받은 피트는 당황했다. 그도 계속 이상한 냄새가 난다고는 생각했지만 그것으로 인해 잠이 오지는 않았다. 주변에 있는 학생들의 모습이 자연스러운 것이라면, 왜 자신만 그렇게 되지 않은 걸까. 그 원인을 생각하던 중 어떤 사실이 그의 머리를 스쳤다.

"…아…."

무의식적으로 자신의 몸을 손으로 더듬었다. 예상했던 결과가 그곳에 있어서 피트는 굳어 버렸다. 행동거지를 빤히 지켜보던 올브라이트가 이내 알겠다는 듯이 눈을 가늘게 떴다.

"…과연, 알겠다. 너, 남자가 아니로군?"

지적을 받은 소년은 크게 동요했다. …하지만 한바탕 허둥댄 후, 비밀에 목을 맬 상황이 아님을 깨달았다. 망설임 끝에 그는 큰맘 먹고 자신의 체질을 상대에게 밝혔다. 설명을 들은 올브라이트가 콧방귀를 뀌었다.

"흥, 리버시인가. 송사리에게는 과한 체질을 지녔군. 하지만 납득이 됐다. 살바도리의 키메라는 너를 남자라고 판단하고 끌고 온 거다. 한편, 당사자인 너는 끌려와 잠든 사이에 여성체로 변했고, 동성에게는 효과가 미미한 매료를 깨고 각성했다. 그렇게 된 거겠지."

"사, 상황을 파악했다면 탈출하는 걸 도와줘! 여기서 나갈 방법을… 으읍?!"

당황해서 말을 쏟아 내던 피트의 입을 손바닥이 단단히 틀어막았다.

"떠들지 마. 너는 네가 어떤 입장에 있는지 모르고 있다. …**발각되면 죽는다**."

"……읍!"

"이곳에 네가 있는 건, 살바도리에게 예상치 못한 사고다. 수컷으로 이용하기 위해 우릴 끌고 온 것이니 말이야."

상대의 입을 막은 채로 올브라이트는 담담하게 설명했다. 머리에 찬물을 뒤집어쓴 듯한 기분으로 피트는 가만히 그 말에 귀를 기울였다.

"이렇게 앞뒤를 헤아리지 않고 일을 저지른 걸 보면, 아마 살바도리의 정신 상태는 이미 정상이 아닐 테지. 리버시의 희소성에 대한 흥미, 혹은 후배에 대한 배려심 같은 건 기대도 말아라. …저것만 보아도 알 수 있을 거다."

그제야 입에서 손을 뗀 올브라이트는 살로 된 창살 너머로 시선을 던졌다. 같은 방향으로 고개를 돌린 피트는 조금 전 확인하고 전율했던 광경을 다시금 보았다. 옷이 벗겨지고 벽에 매달린 채 몸 이곳저곳에 살로 된 파이프가 연결된 학생들. 그들 중에는 얼마 전 미궁에서 나나오 일행과 열전(熱戰)을 펼친 소년이 있었다.

"…미스터 윌록…."

"너와는 반대로 반인랑의 강한 생명력은 쥐어짤 가치가 있지. 저렇게 하기 위해 우리 모두를 끌고 온 거다. 쓰고 버릴 소모품으로 말이야."

올브라이트는 사실을 있는 그대로 말했다. 피트가 마른침을 꿀꺽 삼키고서 침묵했다.

"이해가 된 모양이군, 그럼 됐다. 지금의 상황은 생각을 바꾸면 역이용할 수도 있다. 이 공기 속에서 자유롭게 움직일 수 있는 너라는 존재는, 그 누구도 예상치 못한 만능 카드다."

현재 상황에 대한 인식을 공유한 후, 올브라이트는 상황을 타개하기 위한 이야기를 전개하기 시작했다. 피트가 기대감 섞인 눈빛으로 바라보는 가운데, 그는 천천히 자신의 옆구리에 손가락을 쑤셔 넣었다. 소년은 화들짝 놀랐다.

"뭐, 뭐 하는 거야…!" "닥치고 보고 있어!"

손가락으로 휘적휘적 몸 안을 뒤지더니 그는 그곳에서 작은 구슬을 끄집어냈다. 투명한 유리구슬 안에 무언가를 봉입(封入)한 듯 보이는 것으로, 각각 색깔이 달랐다. 올브라이트는 피가 흥건한 그것을 손바닥 위에 늘어놓았다.

"지팡이를 빼앗겼을 때를 위한 대비책이다. 두 개는 작렬구(炸裂球)… 마력을 주입하면 소규모지만 강력한 폭발을 일으킬 수 있다. 탈옥할 때 사용할 수 있는 물건이지. 또 하나는 연막구(煙

幕球), 뿜어져 나온 연기로 시야를 악화시켜서 탈출을 위한 빈틈을 만들 때 쓴다. 마지막 하나가 구난구(救難球). 요란한 소리와 마력을 발생시켜서 가까운 곳에 있는 동료에게 도움을 구할 때 쓴다."

놀란 얼굴로 설명을 듣는 피트의 눈앞으로 올브라이트가 불쑥 손을 내밀었다.

"너한테 모두 맡기마. 이 꼴로는, 내가 가지고 있어 봐야 소용없으니."

"…아…."

반사적으로 내민 두 손에 도합 여덟 개의 구슬이 얹어졌다. 체내에 보관하고 있었던 탓에 남은 온기가 피트의 손에 전해졌다. 터무니없이 무거운 책임감을 느끼고 굳어 버린 소년을 향해, 올브라이트는 계속해서 진지한 투로 말을 이었다.

"기회가 오길 기다려라. 살바도리가 공방을 비우고, 최대한 멀리 떨어지는 타이밍을 노렸다가 행동에 나서는 거다. …분명, 같은 계층에 구조하러 온 상급생들이 있을 거다. 이쪽의 위치만 전달하면, 상황은 뒤집을 수 있어."

그것이 유일하면서도 가장 큰 희망이다. 그렇게 우선 방침을 공유한 후, 올브라이트는 문득 생각이 났다는 듯이 피트에게 물었다.

"목숨을 맡길 송사리의 이름 정도는 들어 두도록 하지. 네 이름은?"

"…피트 레스톤, 이야."

굳은 목소리로 소년이 답했다. 그 말을 들은 올브라이트는 흥, 하고 콧방귀를 뀌었다.

"피트로군. 이 궁지에서 벗어나면, 그 이름도 기억해 주지."

거대한 키메라가 나무들을 쓰러뜨리고 무거운 발걸음으로 쿵쿵, 땅을 뒤흔들며 숲을 나아간다. 그 진로에서 약간 떨어진 위치의 나무 뒤에서 두 명의 학생이 숨을 죽이고 있었다.

"…이제야 지나갔네. 무서워라."

둘 중 키가 크고 상급생으로 보이는 여학생이 그렇게 중얼거렸다. 그러자 그녀의 옆에 엎드려 있던 소녀가 일어나 걸음을 떼었다. 숲속을 성큼성큼 걸어가는 그녀를, 상급생이 허둥대며 쫓아갔다.

"잠깐, 좀 조심하면서 가라고…! 들키면 진짜 큰일 난다니까!"

"시간이 없어요! 빨리 페이를 구해야 한다고요…!"

초조한 기색이 가득한 목소리로 그렇게 말한 것은, 요전의 1학년 최강 결정전에서 셰라와 격전을 벌였던 소녀… 스테이시 콘월리스였다. 피트가 끌려간 올리버 일행과 마찬가지로 그녀 역시 파트너인 반인랑 소년, 페이 윌록이 키메라에게 끌려갔다.

그녀를 따라잡은 상급생이 요란하게 한숨을 내쉬었다.

“계속 그 소리네…. 아~ 진짜, 괜히 데려왔어. 평소 건방지기만 한 네가 어쩐 일로 나한테 고개까지 숙여 가며 부탁하나 싶었더니만.”

그렇게 투덜대는 그녀 역시 눈앞에 있는 소녀와 출신이 같았다. 리넷 콘월리스… 동생인 스테이시보다 세 살이 많은 콘월리스 가의 딸이다.

위험을 아랑곳하지 않고 길을 서두르는 동생의 모습이 영 마음에 들지 않아서 리넷은 입술을 삐죽거렸다.

“…꽤 열을 올리고 있는데 말이야. 네가 키우는 개가 그렇게 목숨을 걸 정도로 소중해? 길바닥에 쓰러져 있던 걸 우연히 주워 온 반인랑이잖아. 대신할 만한 건 얼마든지….”

용수철 인형처럼 뒤를 돌아본 스테이시의 눈동자가 그녀를 죽일 듯이 쏘아보았다. 리넷은 항복이라는 듯이 두 손을 들어 보였다.

“…없다, 이거지? 그래그래, 알았어. 내가 잘못했어.”

그 말을 들은 스테이시는 한마디도 하지 않고 다시 앞을 보고 걸어 나갔다. 여기서 대화를 중단한다는 방법도 있었을 텐데, 리넷은 끈질기게 동생에게 말을 걸었다.

“정말 이해가 안 되네. 우리 콘월리스 가의 이름을 대면 남자는 얼마든지 골라잡을 수 있을 텐데. 게다가 말이야, 아무리 예뻐해도 어차피 그 녀석의 아이를 낳을 수는 없잖아? 아버님이 싫어하기는 해도 너는 콘월리스의 기대주니까."

"……."

"아니면 그냥 가문을 버릴래? 콘월리스를 버리고 맥팔렌 가문에 들어갈래? 넌 그러려고 테오도르 백부님한테 집적거렸잖아. …뭐, 어디 한번 잘해 보든가. 아무리 건방진 너라도 본가의 미셸라 님의 자리를 꿰찰 수는 없겠지만…."

완전히 화를 돋우기 위한 도발이었지만 그 속셈과 달리 동생은 아무 답도 하지 않았다. 리넷은 혀를 찼다.

"무시는 너무하잖아, 무시는. …하아~ 옛날부터 너하고는 왜 이렇게 대화가 성립되질 않는 걸까. 집에서 가끔 말을 걸어도 전혀 상대를 안 해 주잖아."

투덜대는 그녀의 머릿속에 아주 옛날, 미셸라 맥팔렌이 자신의 집을 찾았을 때의 일이 떠올랐다. 그 무렵부터 재능덩어리였던 본가의 소녀에게 동생이 화관을 만들어 선물했을 때의 광경이.

받는 쪽은 진심으로 기뻐했고, 선물한 쪽은 쑥스러워했다. …그때 두 사람의 모습은 자신과 동생이 마주하고 있을 때보다 훨씬 사이좋은 자매 같았다.

"…나한테도 좀 만들어 주지."

"……?"

나직하게 중얼거린 말을 들은 스테이시가 의아하다는 눈으로 언니를 바라보았다. 그 눈동자에서 도망치듯이 시선을 피하며 리넷은 어깨를 으쓱했다.

"아무것도 아냐, 얼른 가자. 서둘러야 한다며."

그 즈음. 선행하여 2층을 지나고 있는 올리버 일행은 한발 먼저 같은 계층의 종반부에 접어들었다.

"자아. 드디어 2층도 막바지야."

앞장을 선 밀리건이 그렇게 말했다. 그녀들은 이미 숲을 빠져나와 갈수록 초목의 키가 작아지고 있는 풀숲 속을 걷고 있었다. 문득 발치에서 훤히 드러난 흙바닥을 발견한 셰라가 의아하다는 듯이 눈살을 찌푸렸다.

"…뭔가, 녹음이 꽤 줄어들었네요. 생물의 기척도 안 느껴지고요."

"그러게, 흙이 없어진 것도 아닌데 이상하게도 말이야. 밀리건 선배, 어떻게 된 겁니까?"

같은 위화감을 느낀 올리버가 질문한 것과 동시에 밀리건도 걸음을 멈췄다.

"설명해 줘도 상관은 없지만… 이곳의 경우에는 백문이 불여일견이라고나 할까?"

마녀가 그렇게 말한 직후, 네 사람의 아래에 자리한 지면이 희미하게 흔들렸다. 의아함을 느끼고 바닥을 내려다본 올리버의 눈앞에서, 백골로 된 팔이 훤히 드러난 흙을 뚫고 나왔다.

"…뭐지…?!"

소년은 놀라서 뒤로 물러났다. 하지만 이변은 그때부터가 시작이었다.

그들의 시야에 보이는 광범위한 땅 곳곳에서 창백한 백골로 된 팔다리가 튀어나왔다. 칼과 창을 들고 예스러운 전투 복장을 한 백골 병사들이 땅을 헤집고 일어난 것이다. 그 숫자는 언뜻 보아도 수천… 느닷없이 엄청난 숫자의 죽은 자들이 나타나자 셰라가 깜짝 놀라서 외쳤다.

"뼈로 된 사역마(스파르토이)…?! 이렇게나 많다니!"

"장관이지? 뭐어, 일단 안심하도록 해. 저들은 **이쪽 진영**이니까."

상황과 달리 밀리건은 차분한 목소리로 선뜻 이해가 되지 않는 말을 했다. 당황한 올리버 일행의 앞에서 마녀는 지면에 주문을 걸어 높다란 발판을 만들고, 그 위에 올라가 무리를 이룬 죽은 자들의 건너편을 내다보았다.

"봐, **저쪽**도 도열하기 시작했어. 양측의 포진을 잘 봐 두도록 해."

그 말에 세 사람은 우선 밀리건을 따라 했다. 주문으로 형성한

바닥에 올라가 높은 위치에서 먼 곳을 둘러보니, 눈앞에 있는 죽은 자들과 떨어진 곳에서 또 다른 스파르토이의 집단이 일어나고 있는 것이 보였다. 두 집단의 병사는 서로 다른 전투 복장을 한 채, 마주 보는 모양새로 정렬하고 있었다.

"무기를 들고 전열을 형성하고 있소. 전투로구려, 이것은."

"바로 맞혔어, 나나오 양. 이곳이 2층 최후의 관문… 이름하여 '명부(冥府)의 전장'이야."

즐거운 투로 그렇게 말한 후, 밀리건은 천천히 세 사람에게로 고개를 돌렸다.

"간단하게 규칙을 설명하겠어. 이곳에는 수많은 스파르토이로 구성된 두 개의 군세가 있고, 너희는 그중 한쪽의 병사로서 싸우게 돼. 목적은 아군을 승리로 이끄는 것. 더 구체적으로 말하자면… 적장을 물리치면 승리야. 아군의 장군이 당하면 패배고."

그 말에 올리버가 숨을 죽였다. 이 시야를 가득 메운 죽은 자들의 전쟁에 자신들도 몸을 던져야 한다는 말인가. 전율하는 그는 아랑곳하지 않고 밀리건은 태연하게 설명을 이어 나갔다.

"적군에 가려서 보이지 않지만, 여기서 승리하면 3층으로 가는 문이 열려. 단, 주의할 점이 있는데 빗자루를 타는 건 반칙이야. 그 시점에서 패배한 게 되니 조심하도록 해. 한 번 지면 세 시간 동안은 다음 전투가 시작되지 않아.

참고로 너희 진영은 아무것도 안 하고 내버려 두면 반드시 지게끔 되어 있어. 그 결과를 너희 자신의 힘으로 뒤집는 게 이 게임의 목적인 거지. 잘 생각해서 이겨 봐."

그로써 이야기는 끝이라는 듯 마녀는 멀거니 선 후배들의 옆을 지나쳐 갔다. 세 사람이 순간적으로 그 뒷모습을 눈으로 좇는 가운데, 그녀는 20야드 정도 떨어진 곳에서 관전할 태세를 갖추었다.

"미안하지만 난 도울 수 없어. 올해 초에 벌써 해치워 버렸거든. 한 번 이기면 1년 동안 이곳을 그냥 통과할 수 있지만, 그동안 게임에는 참가할 수 없게 돼."

올리버의 표정이 굳어졌다. 그 말인즉, 1학년 세 명의 힘으로 이 관문을 돌파해야만 한다는 뜻이기 때문이다.

"패색이 짙어지면 도와줄게. 그때는 너희도 규칙을 무시하고 도망치도록 해. 아아, 물론 적병에게 죽기 전에 말이야."

태연하게 마녀가 덧붙여 말한 순간, 넓은 공간에 낮은 피리 소리가 묵직하게 울렸다.

"뿔피리가 울렸네. 5분 후에 시작이야. 작전회의를 할 거면 지금 해 두도록 해."

그러한 조언을 끝으로 밀리건은 입을 다물었다. 1초도 허투루 쓸 수 없음을 알아챈 세 사람이 그 자리에서 얼굴을 마주 보았다.

"이게 전쟁을 본뜬 게임이라면, 요령은 체스와 같을 거예요.

양측의 전력… 체스 말을 확인하는 게 우선이에요!"

"동감이야. 양측의 포진을 주변 지형과 함께 확인해 두자!"

고갯짓을 주고받은 세 사람은 행동에 나섰다. 그렇게 각자 다른 위치에서 전장을 관찰하고 다시 합류했다.

"평원에서의 전투로구려. 지형에 특필할 만한 요소는 없었소. 양측 병력은 거의 비등해 보였으나, 대열 양옆에 배치한 기병의 수는 저쪽이 더 많아 보이오."

"그 대신 이쪽의 전위에는 다른 종류의 병사가 있던데요…."

"사이즈와 골격으로 미루어 볼 때, 마수의 일종인 검각서(劍角犀·소드 라이노)야. 저걸로 적의 전위를 흩뜨리고 대열이 무너진 곳을 후속 보병이 단숨에 공격한다…. 초짜 나름의 분석으로는 그런 의도인 듯한데."

올리버가 자신 없는 투로 말했다. 마법전투가 아닌 싸움은 완전히 전문 분야 밖이라 이 판단이 옳은지 어떤지 알 수가 없었던 것이다. 물론 셰라 역시 마찬가지였다.

"말은 분명 이쪽이 더 적은 것 같지만, 나는 보통 사람의 전쟁을 잘 알지 못해서 그게 치명적인 단점인지 아닌지 모르겠어. … 밀리건 선배는 '내버려 두면 반드시 진다'고 했지. 나나오, 너는 뭐가 패배의 요인이 될 거라고 봐?"

"으으음…."

유일하게 제대로 된 견해를 기대할 수 있는 것은 비슷한 전쟁을 경험한 동방의 소녀뿐이다. 마른침을 삼키며 지켜보는 두 사람 앞에서 그녀는 10초 남짓한 동안 팔짱을 낀 채 생각에 잠겨 있더니….

"…음, 전혀 모르겠구려! 소생은 장수를 맡은 경험이 없다 보니!"

최종적으로 환한 얼굴로 그렇게 말했다. 어깨를 축 늘어뜨리는 올리버의 옆에서 셰라가 빠르게 마음을 다잡았다.

"군사(軍師) 흉내를 낼 필요는 없어요. 우리의 목표는 간단해요. 어떻게 적장을 물리칠 것인가, 그것만 생각하면 된다고요."

그 말을 들은 올리버도 마음을 바로잡았다. 그렇다, 분위기에 휩쓸려서는 안 된다. 자신들은 어디까지나 마법사니까.

"…보아하니 장수 주변의 녀석들이 만만치 않아 보여. 아마도 근위병(가즈)이겠지. 무장만 봐도 다른 병사들과 다른 데다 내뿜고 있는 마력의 수준도 월등하게 높아. 섣불리 돌격하면 반격에 당할 수도 있어."

"양측 군이 부딪혀서 난전이 벌어지는 타이밍을 노릴 수밖에 없겠네요. 주문의 사거리까지 접근하면 제가 일격으로 처치해 보이겠어요."

롤 헤어 소녀가 자신감 넘치는 목소리로 단언했다. 나머지 두 사람이 그 말에 고개를 끄덕인 순간, 또다시 뿔피리 소리가 울렸다.

"시간이 다 됐나. …셰라가 말한 방침대로 하자. 전위의 전투에 휘말리지 않도록 주의하면서 거리를 유지하며 적장을 칠 기회를 엿보는 거야. 나나오도 이의는 없지?"

올리버가 확인하자 동방의 소녀는 고개를 끄덕였다. 그 순간, 그들의 진영 최전선에 늘어선 소드 라이노의 뼈가 돌진을 개시했다.

"시작됐나…!"

마수들은 뼈만 남았음에도 무거운 몸으로 땅을 박차며 흙먼지를 피워 올렸다. 그들의 돌격으로 기선을 제압한다는 부분까지는 올리버의 예상대로 되었다. 하지만 다음 순간, 그의 예상은 순식간에 빗나갔다.

세 사람이 가만히 지켜보는 가운데, 소드 라이노의 습격에 당할 것으로 예상했던 적의 부대가 잽싸게 대열을 움직여, 마수의 진로상에 빈 공간을 만들었다. 소드 라이노들은 빨려들 듯이 그리로 들어갔고… 몇 초 후, 그 기세 그대로 대열 후방을 통과했다. 단 한 명의 병사도 쓰러뜨리지 못하고.

"…저럴 수가! 마수가 그냥 통과해 버렸어요!"

"돌격에 대비하고 있었구려. 저 병사 운용은… 이름 있는 장수가 지휘하고 있는 모양이오."

셰라가 놀라서 눈이 휘둥그레진 반면, 나나오는 그 용병술에 묘하게 감탄하고 있다. 올리버의 심정은 롤 헤어 소녀의 그것과 거의 같았지만… 머릿속 한구석은 기묘한 위화감을 호소하고 있었다.

"……?"

그 감각의 정체를 파악하지 못한 채 당황하고 있는 동안, 이번에는 양측 군의 기병대가 부딪혔다. 말의 숫자에서 밀리는 아군이 불리하다는 것은 올리버도 알았지만, 실제로는 예상했던 것보다 훨씬 어처구니없는 결과가 나왔다. 그들 진영의 기병들이 첫 격돌에서 밀리자마자 전의를 상실한 듯이 적에게 등을 돌리고 패주하기 시작한 것이다.

"기병도 패했어…! 큰일이야, 눈에 띄게 불리해졌어!"

"보고만 있을 수는 없겠네요! 엄호하죠… **번쩍이고 터져라— 플라르고!**"

소드 라이노의 돌진이 무력화되고 양쪽 끝에 배치된 기병도 패한 현재, 믿을 수 있는 것은 주력인 보병뿐이다. 창과 방패를 든 양측 군의 병사들이 정면으로 부딪힌 가운데, 셰라와 올리버는 그들의 머리 위로 포물선을 그리는 궤도로 엄호주문을 쏴 올렸다. 적 부대 내부에 착탄한 폭렬주문이 뼈로 된 병사 몇을 날려 버렸다. 하지만… 그렇게 발생된 구멍을 후속 병사들이 메우는 바람에 전체적인 형국에는 아무런 영향을 주지 못했다.

"…틀렸어! 이 규모의 전투에서 주문으로 다소 엄호를 하는 정도로는 대세를 바꿀 수 없어!"

"소생이 전위에 참가할 수도 있소만…."

"그만두세요, 나나오! 그럴 바에는, 이번에는 포기하고 도망치겠어요!"

동방의 소녀가 아주 자연스럽게 백병전에 참가하려 하자, 두 사람이 그녀의 어깨를 붙잡아 만류했다. 그렇게 그들이 쩔쩔매고 있는 가운데, 눈앞에서 또다시 전황이 움직였다. 전열에 선 병사들의 대열이 적군의 기세에 무너졌지만, 후열에 있던 보병이 그 위치로 나아가 교대하자 적의 전진이 딱 멈춘 것이다.

"…잠깐. 상황이 바뀌었어."

"전열의 병사는 돌파당했소만, 최후미의 부대가 버텨 내고 있구려. 사전에 숙련병들을 그곳에 모아 둔 듯하오."

나나오의 말대로 새롭게 앞으로 나와 싸우기 시작한 보병들이 선전을 펼쳤다. 원형 방패를 단단하게 들고 앞을 가로막은 채, 이 이상 한 걸음도 뒤로 보내지 않겠다는 듯이 적 부대를 밀어냈다. 그 광경을 본 셰라가 날카롭게 소리쳤다.

"되밀어 내고 있어요! 아직 승부는 나지 않았다고요!"

"……."

한편, 그 광경을 본 올리버는 조금 전 느꼈던 위화감이 더욱 짙어지는 걸 느꼈다. 막연한 인상에 불과했던 그것이 그의 머릿속에서 조금씩 구체적인 상을 이루어 나갔고… 이윽고 하나의 답이 도출되었다.

"…디아머 전투야."

소년이 나직하게 중얼거리자, 두 사람이 동시에 그에게 고개를 돌렸다.

"…올리버. 방금 뭐라고 했죠?"

"디아머 전투. 기원전 3세기에 두 개의 대국이 벌였던 고대의 전투야. 오랜 세월 계속된 루모아 제국과 쿠르투가 항국(港國)의 전쟁, 그 분수령이 된 전투… 피트가 그렇게 말하는 걸 들었던 기억이 있어."

기억을 되짚으며 올리버는 말했다. …금방 생각이 나지 않았던 것은 그것이 직접적인 기억이 아니었기 때문이다. 자신이 보고 들은 게 아니라 일상에서 대화를 나누다가 언젠가 안경 낀 소년이 말한 내용이었던 것이다.

"그 두 나라의 이름은 알아요. 양쪽 모두 연합(유니온)이 성립되기 이전에 멸망한 대국이죠."

"그래. 마법사는 이런 전쟁의 역사에 어둡지만, 보통 사람들 사이에서는 인기가 있는 모양이야."

고개를 끄덕이며 올리버는 그 상세 내용을 떠올려 보았다. 마법사의 절대수가 지금보다 적었던 고대… 국가 간의 전쟁에서는 보통 사람 병사의 운용이 그 추세를 결정짓고는 했다. 그중에서도 디아머 전투에서는 서로 악연이 깊었던 두 명장이 부딪쳤다고 한다.

"그 전투의 추이와 지금 눈앞에서 벌어지고 있는 전투의 흐름이 완전히 일치해. 우연이 아니라면… 이건 **재현**이 아닐까?"

그렇게 말하고서 눈을 감은 채, 올리버는 기억을 더듬는 데 집중했다. 보기 드물게 수다스럽게 말을 늘어놓던 피트의 목소리가 귀에 생생히 되살아났다.

…이전 전투에서 기병에 의한 포위 전술에 혼쭐이 난 제국의 장수는 같은 결과를 피하기 위해 쿠르투가 항국에 가담했던 기병 부족(部族)을 아군으로 끌어들였어. 그 사실을 안 쿠르투가의 장수는 그 대신 소드 라이노를 전위에 배치하지만, 제국의 장수는 그걸 예상하고 병사를 재빨리 움직여 대열에 빈 공간을 만들어서 돌진하는 소드 라이노를 통과시켰지. 한번 가속한 소드 라이노는 방향을 전환하기가 어렵거든. 길이 덜 든 탓에 그 이후 대부분의 개체는 전선으로 복귀하지 못했어….

나나오와 셰라에게도 전해지도록 떠올린 내용을 모조리 입 밖에 내어 말한다. 두 소녀도 말없이 귀를 기울였다.

…하지만 쿠르투가의 장수도 당하고 있지만은 않았어. 머릿수가 많은 적 기병과의 정면충돌을 피하기 위해 그는 일부러 아군의 기병을 일단 후퇴시켰던 거야. 최대의 위협인 적 기병을 전장 밖으로 끌어내기 위해서….

"역시 그것은 책략이었구려."

나나오가 납득했다는 표정으로 고개를 끄덕였다. 너무도 맥없이 패주한 것으로 보인 아군 기병의 움직임은, 적 기병을 주전장에서 떼어 놓기 위한 책략이었던 것이다. 그녀들과 지식을 공유하며 올리버가 말을 이었다.

"결과적으로 전투는 전장에 남겨진 보병들로 치르게 되었어. 기선을 제압당한 쿠르투가 측은 후열에 배치해 두었던 숙련 병사들의 분전으로 전황을 뒤집어. 그 결과, 전선은 옆으로 길게 뻗어 나갔고… 그게 지금의 상황이야."

거기서 올리버는 일단 말을 끊었다. 이야기의 내용을 곱씹으며 세라가 입을 열었다.

"우리 진영이 쿠르투가 항국, 적측이 루모아 제국이군요. 그럼… 이다음은요?"

그 부분이 중요했다. 그녀의 질문에 올리버는 다시금 기억을 더듬었다.

"…이쪽은 승리가 눈앞에 보일 정도로 루모아의 보병을 궁지로 몰아. 하지만 그 직전에 쿠르투가의 기병을 쓰러뜨린 루모아의 기병들이 이곳으로 돌아와, 쿠르투가 보병들을 후방에서 공격해. 전열은 하릴없이 붕괴되고… 그렇게 결판이 나."

기억의 재생은 거기서 끝났다. 모든 내용을 곱씹어 본 후, 올리버는 그것을 자신들의 현재 상황에 비추어 보았다.

"요컨대, 결론은 이거야. **곧 돌아올 적의 기병을 막아 내지 못하면, 역사대로 우리는 져**."

도출된 해답은 지극히 단순했다. 세 사람이 동시에 뒤를 돌아보니, 주전장에서 멀리 떨어진 곳에 있는 적 기병의 모습이 눈에 들어왔다. 아군 기병들은 수적으로 우세한 적을 끌어들이라는 명령을 충실하게 수행했고, 바야흐로 그 적의 공격을 받아 전멸하려 하고 있다.

"…뒤집을 방법은."

"당장 떠오르는 건 없어. 나나오, 너는 어때?!"

"흐음. 불과 세 명이 기마대의 돌격을 막을 방법이라… 그야말로 마법이 필요하겠구려."

자신의 전투 경험을 토대로 나나오는 솔직하게 답했다. 현재 전황이 명군사라도 지휘를 포기할 정도로 불리하다는 것을 알면서도 그 현실에 저항하듯이 올리버는 주먹을 콱 움켜쥐었다.

"그래. 하지만 우리는 마법사야. 그러니… 분명 방법은 있을 거야."

소년은 결연하게 말했다. 승리를 포기하지 않은 그의 의지에 두 소녀도 그 자리에서 동의를 표했다.

"…입학식날 썼던 외침. 그건 어떻겠소?"

"셋으로는 출력이 부족해. 설령 충분했다 해도 그건 생물의 생존본능에 호소하는 방법이야. 사령(언데드)에게 효과가 있을 것 같지는 않아."

"제 이절주문으로도 적 전체를 막는 건 불가능하겠죠. …직접 요격하는 건 아무리 생각해도 무리예요. 발을 묶어 두기만 해도 된다면, 지형에 손을 써 보는 건 어떨까요?"

"같은 생각을 했었지만, 방벽주문으로 만든 벽으로는 강도가 부족해. 충분한 길이의 방벽을 구축할 시간도 없고."

벽의 강도가 어정쩡하면 돌파당하고, 길이가 부족하면 우회해서 올 것이다. 어느 한쪽만 해도 짧은 시간 안에 달성하기 어려운 과제이건만, 지금은 양쪽 모두 충족시켜야만 한다. 생각을 하는 데 쓸 수 있는 시간은 얼마 남지 않았다. 그들의 눈앞에서 살아남은 기병들이 시시각각 줄어들고 있다.

"'평지에서 맞붙는 것은 우책(愚策)이니, 기마와는 숲에서 싸워라'. …지금 도움이 될지 어떨지는 모르겠소만, 아버지는 그렇게 말씀하셨소."

나나오가 중얼거린 말을 들은 순간, 올리버의 머리에 한 가지 방법이 떠올랐다.

"숲… 그래, 나무야!"

동시에 그가 손을 뻗은 가방 속에는 지금도 툴 플랜트의 씨앗이 잔뜩 담긴 두루주머니가 있었다. 같은 것을 하나 맡겨 두었던 롤 헤어 소녀에게 시선을 보내자 그녀도 그 자리에서 그 의도를 이해하고 자신의 가방을 열었다.

"셰라, 뭘 해야 하는지 알겠지?!"

"네! 지연 발동으로 타이밍을 맞추죠!"

"정확히 100초야! 나나오, 넌 거기서 대기하고 있어!"

동방의 소녀에게 그렇게 말함과 동시에 올리버와 셰라는 각각 좌우로 쏜살처럼 달려갔다. 이어서 두루주머니 안에서 씨앗을 집어 바닥에 뿌리고는 지팡이검을 겨누고 그 장소를 향해 주문을 외웠다.

""돋아나고 자라라—플로고롯시오!""

달리고 씨앗을 뿌리고 주문을 왼다. 정반대 방향으로 50야드 정도를 달리는 동안, 그들은 하염없이 그 작업을 반복했다. 중간에 흘끔 시선을 돌려 보니… 아군 기병은 이미 괴멸하여 적의 기병부대가 종렬 대형으로 돌아오고 있었다. 거리로 미루어 남은 시간은 10초 남짓뿐이었다.

"늦지 말아 줘! **돋아나고 자라라—플로고롯시오!**"

올리버가 마지막 주문을 외우는 것과 동시에 셰라도 반대쪽에서 작업을 마쳤다. 순간, 그들이 달린 직선 궤도를 따라 **일제히 나무가 자라났다**. 호를 그리며 성장한 줄기의 끄트머리가 땅에 박혔고, 그러한 것이 일정 간격으로 연결되어 실로 100야드에 이르는 즉석 울타리가 순식간에 세워졌다.

돌격 진로상에 홀연히 나타난 장해물에 적 기병들은 아무 반응도 할 수 없었다. 말의 속도를 늦출 새도 없이 대열의 선두가 툴 플랜트로 만든 울타리에 격돌… 무수히 많은 뼛조각이 되어 산산이 흩어졌다. 그 뼈가 다시 장해물이 되어 후속 기병들도 같은 운명을 맞았다. 그 결과를 확인한 세라가 쾌재를 불렀다.

"아슬아슬했네요…! 성공이에요, 올리버!"

소년도 주체하지 못하고 주먹을 치켜들었다. 또다시 가이의 덕을 보았다. 툴 플랜트의 장점은 편리하기도 하지만 사용할 때 마력 소비량이 적다는 것이다. 뿌려진 씨앗은 토양의 영양을 흡수해 성장하기 때문에 사용자는 발아의 계기가 되는 마력을 주문으로 조금 부여하기만 하면 된다. 비옥한 흙이 있어야 한다는 전제가 필요하지만, 그것만 충족시키면 방벽주문보다 훨씬 튼튼한 울타리를 만들 수 있다.

이곳의 지면은 얼핏 보면 몹시 황폐해 보이지만, 그것은 뼈로 된 병사들이 빈번하게 땅속에서 되살아나 일대를 짓밟기 때문이고, 흙 자체에 양분이 부족한 것은 아니다. 지금까지 보아 온 제2층의 특성으로 미루어 보건대, 잠재적인 지력(地力)은 충분해 보인다. 그와 더불어 가이의 툴 플랜트는 요전의 키메라와의 전투에서도 활약한 덕에 신뢰성이 증명됐다. 이상의 요소를 토대로 생각하면 결코 무모한 도박은 아니었다.

"좋았어…! 가자, 나나오! 기병이 다시 돌아올 때까지 적장을…."

궁지에서 벗어난 올리버는 곧장 반격으로 전환하고자 몸을 돌렸다. 하지만… 그 시선 끝. 조금 전에 헤어졌던 장소에 이미 동방의 소녀의 모습은 없었다.

후방을 치려 한 기병의 발이 묶인 시점에서 뼈로 된 병사들의 싸움은 역사상의 그것과 다른 양상을 띠게 되었다. 사전에 숙련 보병들을 순수 전력으로 모아 둔 쿠르투가 측이 우세했다. 그 결과, 루모아 측은 적의 공격을 되밀어 내기 위해 장수의 근위대까지 전선에 투입할 수밖에 없었다.

'……?'

그런 가운데, 죽은 자의 군대를 이끄는 장수가 무언가를 느낀 듯이 걸음을 딱 멈추고 주변을 둘러보았다. …더 이상 전술이 끼어들 여지가 없는 난전이다. 전열은 곳곳이 허물어져, 언제 적병이 장수가 있는 곳으로 닥쳐들어도 이상할 게 없다. 그런 상황에서 장수는 긴장감을 유지한 채 자신이 손에 든 칼을 의식했고.

"…그 목, 받아 가겠소."

그 순간 늠름한 목소리가 울려 퍼졌다. 호위 병사의 몸통이 두 동강 나며 허물어지더니, 뻥 뚫린 호위의 빈틈에서 칼을 손에 쥔 소녀가 뛰쳐나왔다. 장수는 그 습격에 칼로 대응할 수가 없었다.

베어 낸 두개골이 땅에 떨어져, 착지한 소녀의 뒤를 따라 그 발치로 굴러들었다. 눈알 없는 퀭한 눈구멍이 소녀의 등을 바라본 순간, 문득 그녀의 귀에 목소리가 들려왔다.

'훌륭하다. 육신이 있을 때 만나고 싶었다, 작은 용사여.'

나나오가 그 칭찬을 받아들인 순간, 전장 전역에서 모든 뼈로 된 병사가 일제히 무너져 내렸다. 와르르 소리를 내며 백골이 산더미처럼 쌓인다. 올바른 모습으로 돌아간 죽은 자들의 앞에서 셰라가 멍하니 지팡이검을 내렸다.

"…끄, 끝난… 건가요?"

소년 역시 결판이 났음에도 멀거니 서서 아무 말도 하지 못하고 있었다. 칼을 칼집에 넣은 나나오가 종종걸음으로 그들에게 다가왔다.

"미안하오, 올리버. 조금 전, 적의 방어에 빈틈이 보이기에."

"……."

소녀가 곧장 사과의 말을 입 밖에 냈다. 얼마간 그 얼굴을 바라본 후, 올리버는 말없이 두 손으로 상대의 뺨을 꼬집었다.

"으히이."

"…기회를 포착해 낸 네 판단력을 의심할 생각은 없어. 하지만… 우리와 합류하고 나서 쳐들어갔어도 늦지 않았을 거야."

저항하지 않고 볼살을 꼬집히고 있는 나나오를, 소년은 조곤조곤 타일렀다. 그리고 이윽고 뺨에서 손을 떼더니 이번에는 소녀의 두 어깨를 손으로 잡았다. 아플 정도의 힘과 걱정하는 마음을 담아서.

"부탁이야, 나나오. 혼자서 위험 속에 뛰어들지 마. …네가 무사한 게 훨씬 더 중요하니까. 이기는 것보다 몇 천 배, 몇 만 배는 더….”

“…올리버.”

그 모든 것을 받아들이듯이 나나오는 소녀의 얼굴을 지그시 바라보았다. 떨어진 장소에서 달려온 셰라가 그곳에 도착함과 동시에 밀리건이 박수를 치며 다가왔다.

“2층 돌파 축하해. 1학년이, 그것도 처음 온 세 사람만으로 이곳을 돌파한 학생은 결코 많지 않아. 정말 대단하구나, 너희.”

소녀의 어깨에서 손을 뗀 올리버는 나나오와 함께 마녀에게로 몸을 돌렸다. 그러자 셰라가 산더미처럼 쌓인 뼈를 바라보며 입을 열었다.

“…결국, 뭐였나요? 저 스파르토이들은….”

“글쎄, 뭘까? 사령술(네크로맨시)은 내 전문이 아니라 뭐라고 말을 못 하겠네. 저들의 정체도, 이곳에서 끊임없이 고대의 전장을 재현하고 있는 이유도 전혀 모르겠어. 리버모어 선배라면 조금은 알지도 모르지만.”

밀리건은 아무렇지 않게 답했다. 그러고는 한 박자 후에 어쩐지 대담한 미소를 띤 채 말을 이었다.

“하지만 상상력을 발휘하자면… 의외로 본인일지도 몰라. 저 장수들은.”

그 말을 들은 순간 올리버는 등줄기가 오싹해졌다. …육체는 썩어서 백골이 되었음에도 숙적과 결판을 내기 위해 같은 죽은 자의 군단을 이끌고 영원히 싸우는 먼 옛날의 명장들. 그 상상이 사실이라면 그들은 분명 앞으로도 영영….

"많이 피곤하지? 이 앞에 비교적 안전한 야영지가 있어. 여기까지 상당한 강행군이었으니 좀 느긋하게 쉬었다 가자고."

밀리건이 그렇게 말하며 걸음을 뗀 순간, 올리버의 온몸에 피로감이 쏟아졌다. 그렇게 승리의 여운에 젖을 겨를도 없이 그들은 휴식을 취하기 위해 마녀의 뒤를 따랐다.

2층과 3층 사이에 위치한 동굴 안에서, 미궁에 들어온 이후 처음으로 긴 휴식을 취하기로 했다. 캠프 중심에 불을 피우고 물을 끓여 차를 우린다. 2층을 지나는 동안 밀리건이 채취한 과일 등도 식탁에 늘어섰지만, 지금껏 쌓인 피로감 때문인지 그리 많은 대화가 오가지는 않았다.

"…둘 다 눈 깜짝할 새 잠들어 버렸네. 자는 얼굴이 참 천진해 보이는걸."

옆에서 고른 숨소리를 내고 있는 나나오와 셰라를 바라보며 마녀가 흐뭇한 투로 중얼거렸다. 한편… 올리버는 모닥불을 사이에 둔 맞은편 자리에서 잠을 이루지 못하고 있었다.

말없이 불을 바라보는 소년에게 밀리건이 온화한 투로 말을 걸었다.

“너도 쉬도록 해, 올리버 군. 곧장 통과하면 그만이었던 2층까지와는 달리, 3층에서는 오필리아의 공방을 찾아 곳곳을 돌아다녀야만 하니까. 지금 자 두지 않으면 몸이 못 버텨.”

“…네. 하지만 조금 더 불을 보다가 자겠습니다.”

그렇게 답하고서 올리버는 물끄러미 불을 쳐다보았다. …되도록 빨리 자야 한다는 것은 알지만, 어째서인지 눈이 말똥말똥했다. 사선을 넘어선 직후인 탓에 몸이 휴식을 받아들이지 못하고 있는 것이다.

“기분이 고양됐나 보네. 무리도 아니지. 그럼 허브티라도 한 잔 더 우려 줄까?”

“…고맙습니다.”

올리버는 고개를 숙인 채 마음을 쓰게 만들어 미안하다고 사과했다. 수중에 있던 허브에서 마음을 가라앉히는 효과가 있는 것을 배합해, 찻잎 위에 물을 부으며 밀리건은 불쑥 입을 열었다.

“그나저나. 하나만 물어도 될까?”

“…새삼스럽게 왜 그러십니까.”

“소박한 질문이야. 킴벌리에 와서 만났다면, 너희 중 누구도 피트 군과는 오래 알고 지낸 사이가 아닐 거야. 그렇지?”

그 질문에 올리버가 고개를 끄덕였다. 포트 안에서 우러나고 있는 찻잎을 바라보며 밀리건은 조용히 말을 이었다.

“새삼스럽지만, 왜 이렇게까지 하는 걸까 싶어서. …대놓고 버려 두지는 않더라도, 고드프리 총괄 일행에게 완전히 맡겨 둘 수도 있었을 텐데. 그 사람들이 실패한다 해도 그뿐이고, 아무도 너희를 나무라지 않을 것 아냐.”

“…….”

“리버시라는 체질은 확실히 희귀하지만, 목숨을 거는 이유가 그것 하나뿐인 것 같지는 않고. 너희가 이렇게까지 해 가며 피트 군을 필사적으로 구출하려 하는 이유는, 대체 뭐니?”

그 질문에 올리버는 쓴웃음을 지었다. 요전에 로시에게도 비슷한 말을 들었기 때문이다.

“…입학식 때 일어난 사건은, 물론 기억하시겠죠?”

“그야 그렇지. 내가 머리를 주물렀던 트롤이 날뛴 사건인데 잊을 수가 있겠어?”

“우리 여섯 명의 인연은, 그 일로 시작됐습니다. 마르코에게 짓밟힐 뻔한 캐티를 그 자리에 있던 다섯 명이 구해 낸 일로.”

“흠.”

“그중 피트만 유일하게 보통 사람 가정 출신이었습니다. 초심자를 위한 마법 참고서를 옆구리에 끼고, 분위기에 위축되지 않으려고 안간힘을 쓰고 있었죠. …누구보다도 여유가 없었을 거라고요. 마법사가 된 지 얼마 되지 않았는데, 하필이면 입학한 곳이 킴벌리였으니 말입니다.”

그렇게 말하며 올리버는 그때의 기억을 상세히 돌이켜 보았다. …그렇다, 와 줄 거라고는 생각지 않았다. 그럴 이유도 그에게는 없었을 터. 그때의 피트에게 자신들은 처음 만난 시끄러운 녀석들에 불과했으니.

"그런데 피트는 도망치지 않았습니다. …마르코가 날뛰었던 그때, 가장 무서웠을 텐데도. 다른 신입생들처럼 도망쳐도 나무랄 사람은 없었을 텐데, 그는 그 자리에 남아 우리와 함께 싸웠습니다."

그것은 소박한 선의였을 것이다. 아무런 계산도 하지 않고, 그저 눈앞에서 위험에 처한 상대를 내버려 둘 수 없다는 마음에 나선 것이었으리라. 그것은 많은 마법사들의 마음속에서 가장 먼저 마모되고 마는 감정이다.

"저는, 그게 기뻤습니다. 분명 다른 네 명도 마찬가지였겠죠. …킴벌리라는 마경에서 처음 만난 친구가, 그런 인간이었다는 것이."

솔직한 마음을 토해 낸 후, 올리버는 물끄러미 불을 들여다보았다. 밀리건이 팔짱을 낀 채 신음했다.

"그러니 너희도 도망치지 않겠다, 이건가. …그것 참, 아름다운 우정이네."

"어이없다고 생각하십니까?"

"아니? 그냥 순수하게 별나다고 생각한 것뿐이야. 그건 굳이 말하자면 '바깥'의 이치니까. 이곳, 킴벌리에서는 거의 동화 같은 이야기지.

하지만 난 싫지 않아. 약간 낯간지럽기는 하지만."

웃음 섞인 목소리로 그렇게 말한 후, 밀리건은 모닥불 위에 올려 둔 포트로 손을 뻗었다. 이야기를 하는 동안, 차가 다 우려진 것이다.

"별나다는 말이 나와서 말인데. …사실 나는, 너한테 가장 많이 놀랐어."

"……?"

갑자기 이야기의 흐름이 바뀌었다. 당황한 소년 앞에서 밀리건은 다시금 입을 열었다.

"셰라 양과 나나오 양은 뭐, 어찌어찌 납득이 돼. 타고난 재능도, 자란 환경도 모두 다 평범하지는 않으니까. 한쪽은 엘프의 피를 이은 맥팔렌의 영애, 또 한쪽은 극동의 섬나라에서 온 사무라이. 모순된 표현이기는 하지만, 예상을 넘으리라는 걸 예상할 수 있었지.

하지만 너는 어떨까? 아쉽게도 자라난 환경에 관해서는 아는 바가 없어. 하지만…."

김이 오르는 붉은색 액체를 컵에 따르며 마녀는 눈을 홉뜨고서 올리버를 바라보았다.

"…적어도. 타고난 재능에 있어선, 저 둘과는 비교도 할 수 없을 만큼 평범해. 마력량에 마법출력, 너의 그것들은 1학년생의 평균 수준에 불구하고, 눈에 띄는 특기 분야가 있는 것 같지도 않아. 재주는 있지만 크게 성공할 그릇은 아닌 타입…. 아마도 열 명에게 물으면 열 명이 다 그렇게 답하겠지."

"……."

"하지만 실제로 너는 저 둘과 어깨를 나란히 하고 싸우고 있어. 지금까지의 활약상도 저 애들에게 조금도 뒤지지 않지. 아직 1학년이라는 점을 감안해도… 정말이지 신기한 일 같지 않아?"

차가 담긴 컵을 내밀기에 소년은 말없이 그것을 받아 들었다. 그 침묵을 나무라지 않고 밀리건은 담담하게 말을 이었다.

"범상치 않은 재능을 지닌 사람이 각자 최고의 환경에서 심신을 갈고닦아 지금에 이른 것. …그게 셰라 양과 나나오 양의 경우야. 그렇기에 타고난 재능이 없는 이가 같은 경지에 설 일은 없지. 불가능한 일이라고 볼 수 있어.

무슨 소린지 알겠어? **네가 지금 이곳에 있다는 사실**. 그것 자체가 무슨 마법 같은 걸로 보인다는 거야."

올리버는 대답 대신에 차를 한 모금 홀짝였다. 답이 돌아오지 않으리라는 것을 알면서도 마녀는 계속해서 말했다.

"재능이 부족한 만큼 필사적으로 노력했다…. 그런 답에는 의미가 없어. **그걸로는 한참 부족하니까**. 뛰어난 스승을 만나고, 지금까지의 인생을 모두 수련에만 쏟았다 해도, 그것만으로는 절대 지금의 네가 될 수 없어. 적어도 내가 아는 방법으로는 절대로."

그렇게 다시금 소년을 물끄러미 쳐다보았다. 사람의 눈과 앞머리 사이로 보이는 바실리스크의 눈으로.

"분명, 있었겠지. 네 과거에는, 이 눈은 가소롭게 느껴질 정도의 무언가가."

눈빛에서 느껴지는 압박감에 저항하듯 올리버는 상대를 마주 노려보았다. 그것을 흘려 넘기듯이 밀리건이 웃으며 두 손을 들어 보였다.

"꼬치꼬치 캐물을 생각은 없어. 마법사들에겐 대개 사정이란 게 있으니까. 하지만 선배로서 영 신경이 쓰여서 말이야.

너는, 어딘가 위태로워. 캐티 양이나 나나오 양과는 다른 방향으로."

조금 전과 달리 후배에 대한 걱정이 배어나는 말에, 올리버는 의표를 찔려 눈을 내리깔았다. …이 선배는 아직도 어디까지가 친절함에서 비롯된 행동이고 어디부터가 그 이상인지를 가늠하기가 어렵다. 거기에 남을 잘 챙기고 포용력도 있어서 난감하기 그지없다. 과도하게 기대어 빈틈을 보일 수는 없는 일이다.

"미안해, 너무 떠들었지? …이제 잘 수 있겠어?"

"…누우면, 아마도."

자기 자신을 타이르듯이 소년은 말했다. 슬슬 휴식을 취하지 않으면 내일 이후의 행동에 심각한 지장이 생길 거다. 그런 생각에 남은 차를 한꺼번에 들이켜는 그의 모습을 바라보며, 밀리건은 문득 걱정스러운 투로 입을 열었다.

"흐음…. 정 잠이 안 온다면, 내가 긴장을 풀어 줄 수도 있는데."

그렇게 말하며 마녀는 앉아 있던 바위에서 조용히 일어났다. 그러고는 걸어서 그의 등 뒤로 돌아들어 어깨에 손을 두르며, 의아해 하는 그의 귓가에 대고 살며시 속삭였다.

"…야한 건, 싫어하니?"

"……윽."

올리버는 지체 없이 팔을 뿌리치고 일어섰다. 다 마신 컵을 거칠게 바위 위에 올려 두고는 그대로 모닥불 반대편까지 성큼성큼 걸어가서, 한마디도 하지 않고 마녀에게 등을 돌린 채 땅바닥에 누웠다. 그야말로 온 힘을 다한 거절이었다. 뿌리쳐진 팔에 남은 아픔에 밀리건은 쓴웃음을 지었다.

"어이쿠, 이런 농담은 질색인가 보네. 넘어가 줘, 마음에 든 상대를 일단 유혹하고 싶어지는 건 마법사의 본능이니까.

…잘 자, 올리버 군. 좋은 꿈 꾸고."

여전히 부드러운 목소리로 마녀가 말했다. 그 존재를 의식에서 쫓아내듯이 소년은 오기로라도 잠들어 주겠다고 생각하며 질끈 눈을 감았다.

한번 정상적인 교류를 하고 나자, 그다음부터는 거침이 없어졌다.

"…저기…."

"오오, 오필리아 양! 잘 왔어. 자아, 앉도록 해!"

오랜만에 방문한 저녁 식사 시간의 '우의의 방'. 주변에 있던 학생들이 불쾌한 시선을 보내왔지만 지금까지와 달리 오늘은 그녀를 환영하는 테이블이 있었다. 쓸데없이 잘 울리는 목소리로 고드프리가 부르기에 그녀는 그곳에 오도카니 앉았다.

"소개하지, 이들이 나의 동료다. 다소 까다로운 녀석도 있지만… 뭐, 알고 보면 다들 좋은 녀석들이야."

고드프리와 카를로스 말고도 테이블에는 두 명의 학생이 있었다. 한쪽은 작고 가녀린 체구의 1학년 남학생, 또 한쪽은 날카로운 분위기를 두른 드레드 헤어의 2학년 여학생이다. 남학생 쪽은 유니온 출신으로 보이지만 여학생 쪽은 검은 피부와 얼굴 생김새로 미루어 대륙 출신인 듯했다. 대륙 출신자는 이곳 킴벌리에서 동방 출신자만큼이나 보기 드물었다.

"…의도치 않게 인연을 맺고 말았다는 건 인정하지. 하지만 결코 동료가 된 적은 없는데."

"동료로 삼은 기억도 없지만 말이에요~"

소개 내용과는 상반되는 말을 하며 두 사람은 격렬한 눈싸움을 벌였다. 예상치 못한 살벌한 분위기에 오필리아가 어깨를 움츠리자, 고드프리가 그것을 보고 중재에 나섰다.

"이봐들, 오필리아 양이 무서워하잖아. 싸움은 나중에 하고 순서대로 자기소개부터 하지."

그가 그렇게 말하자 두 사람은 마지못해 눈싸움을 그치고 처음 만난 소녀를 향해 각각 자기소개를 했다.

"2학년인 레세디 잉웨다. 부르고 싶은 대로 불러."

"팀 린턴, 1학년. 딱히 기억할 필요는 없어."

두 사람은 퉁명스럽게 이름을 밝혔다. 오필리아도 쭈뼛거리며 대꾸를 했는데, 뜻밖에도 살바도리 가의 이름을 꺼냈음에도 아무런 반응이 없었다. 고드프리는 만족스럽게 고개를 끄덕였다.

"이 멤버로 교내의 자경단 같은 것을 하고 있다. 아직 2학년이면서 주제넘은 짓을 하고 있다는 자각은 있지만, 이 학교는 지나치게 흉흉하니까. 불필요한 사고에 휘말리거나 혹은 휘말릴 위기에 처한 학생을 힘이 닿는 범위에서 구하며 적절한 자기방어 방법을 전파하자. 그런 취지에서 활동하고 있지."

"…사람을, 구한다…."

익숙지 않은 말을 들은 오필리아가 입속말로 그것을 되뇌었다. 그런 반응이 익숙한지, 청년은 쓴웃음을 띤 채 어깨를 으쓱했다.

“이곳에서는 별종 취급을 당할 소리라는 건 부정하지 않겠다. 하지만 뭐, 이런 취미도 세상에는 있다는 뜻이야. 물론 너에게도 힘을 빌려줄 거고… 만약 괜찮다면 네 힘도 빌려주면 더욱 기쁘겠군.”

그렇게 똑바로 그녀를 바라보며 본론을 꺼냈다. 그때, 카를로스가 말을 보태었다.

“…말은 이렇게 하지만 지금까지 권유했던 후배들한테는 거의 다 퇴짜를 맞았거든. 가끔씩 관심을 보이는 애가 있어도, 들어왔다가 금방 관둬 버리고.”

“저요, 저~! 제가 남아 있다고요, 카를로스 선배!”

팀이 힘껏 손을 들며 말했다. 그 말을 들은 카를로스가 복잡한 표정으로 대꾸했다.

“기쁜걸. 하지만 난감하게도, 신입이 관두는 원인 중 60퍼센트는 너 때문이란 말이지.”

“우리는 정예주의(精銳主義)니까요! 각오가 어정쩡한 녀석은 동료로 필요 없어요!”

“훌륭한 마음가짐이라고 생각해. …그래서, 본심은?”

“고드프리 선배의 귀여움을 받는 건 저만으로 충분해요! 다른 녀석은 죄다 죽어 버리라죠!”

소년이 아주 속이 후련할 정도로 솔직하게 말하자, 그 말을 들은 레세디가 떨떠름한 얼굴로 머리를 싸쥐었다. 한 사람 한 사람의 얼굴을 둘러본 후, 오필리아는 마른침을 꼴깍 삼키고서 쭈뼛거리며 입을 열었다.

"…도움이 될까요, 제가…?"

그 반응에 팀과 레세디는 의외라는 표정을 지었다. 지금까지의 대화를 듣고도 그녀가 자신들과 관계하려 들 거라고는 생각도 못 했던 모양이다. 레세디가 살짝 허리를 세우고서 오필리아를 쳐다보았다.

"거꾸로 묻겠는데. 넌 뭘 할 수 있지?"

"어…."

질문을 받은 소녀는 순간적으로 답할 수가 없었다. 모임에 소속되려 하는 것도 처음이거니와 누군가가 자신에게 무언가를 요구한 적도 처음이기 때문이다. 옆에 있던 카를로스가 머릿속이 새하얘진 그녀에게 도움의 손길을 내밀었다.

"괜찮아, 이것저것 할 수 있으니까. 리아는 노력가거든."

그렇게 말하며 미소를 던지는 소꿉친구의 모습을 보고 오필리아는 어느 정도 차분함을 되찾았다. 지금까지 들은 이야기를 통해 상대가 원하는 바를 추측한 후, 그녀는 답을 입 밖에 냈다.

"…그게. 치유주문과, 간단한 마법약 조합이라면, 아마 어느 정도는…."

그녀의 답을 들은 순간, 레세디가 테이블에 두 손을 짚고 몸을 내밀었다.

“화상은 치료할 수 있고?”

“아, 네….”

“산(酸)에 닿아 짓무른 건? 독물에 의한 중독은?”

“……? 겨, 경우에 따라 다르지만, 대부분은….”

이상하리만치 구체적인 조건을 제시해서 당황스럽기는 했지만 오필리아는 자신의 기량을 토대로 질문에 답했다. 갑자기 상대가 의자에서 일어나더니 소녀의 어깨를 두 손으로 콱 잡았다.

“이제 도망 못 간다, 신입.”

“네…?”

“알려 주지…. 이 중에 두 사람, 주문 제어가 불안정해서 다른 사람까지 휘말려 들게 하는 화력 바보와 자기가 준비한 독의 해독제를 못 만드는 구제불능의 독살마가 있어.”

독살스럽게 말하며 레세디가 날카로운 눈빛으로 주변을 둘러보았다. 고드프리와 팀이 허둥지둥 목소리를 높여 항의했다.

“잠깐, 잠깐! 최근에는 그렇게까지 심하지 않을 텐데?!”

“맞아요! 저도 최근에는 안개로 만들어서 마구 뿌려 대는 걸 자제하고 있잖아요! 그게 제일 몰살하는 느낌이 나서 기분 좋은데!”

“닥치지 못해, 머저리들?! 너희 때문에 몇 번 죽을 뻔한 줄 알아?!”

그런 대화를 멍하니 지켜보고 있으니, 오필리아는 한편으로 납득이 되었다. 화상이며 산이며 독극물 등의 조건이 이상하리만치 구체적이었던 것은 그런 부상을 입은 원인이 같은 팀에 있었기 때문인 모양이다. 위험한 활동을 하고 있는 줄은 알았지만 그 정도인 줄은 몰랐다.

"저, 저기…."

"부탁이야, 도와줘! 나도 치료는 잘 못 해! 카를로스 혼자서는 어림도 없단 말이야!"

레세디가 소녀의 손을 잡고 애원했다. 오필리아는 누군가가 이렇게까지 애타게 자신에게 도움을 구하는 것도 처음이었고, 그러다 보니 거절하는 말도 알지 못했다.

자경단에 소속되고서부터 오필리아는 동료가 된 면면들에 관해 많은 것들을 알아 갔다. 예상대로 별종 중에서도 별종이라 할 수 있는 면면들이었지만, 유독 인상 깊었던 것은 알빈 고드프리가 생각보다 훨씬 요령이 없다는 점이었다.

"화염이여 일어나라—플람마!"

트레이닝을 겸해 빈 교실에 진을 친 고드프리는 어째서인지 로브를 벗고 셔츠의 소매를 걷어붙인 상태로 그녀의 앞에서 마법을 사용해 보였다. 백장의 끄트머리에서 눈앞이 아찔할 정도의 출력으로 불덩이가 사출… 되는가 싶더니 지팡이를 쥔 오른 팔이 갑자기 불길에 휩싸였다.

"…크…!"

"서, 선배!"

오필리아가 순간적으로 주문을 외워 불을 껐다. 교실 안에 살이 타는 냄새가 진동하는 가운데, 고드프리가 하아, 하고 한숨을 내쉬었다.

"괜찮아. …미안하군, 수고를 끼쳐서."

팔뚝에 심한 화상을 입은 그를 오필리아는 멍하니 바라보았다. 동시에 납득이 가기도 했다. 미리 로브를 벗고 셔츠의 소매를 걷어 올린 것은 이렇게 될 걸 알았기 때문이다.

"처음 주문을 배웠을 때부터 나는 계속 이랬거든. 발동한 주문의 제어가 불안해서, 위력이 불안정한 데다 자신의 팔까지 태우고 말지. …길크리스트 선생님의 말에 따르면, 타고난 마력량에 비해 마력제어가 너무 서툰 탓이라더군. 이래 봬도 조금은 나아진 것이지만."

떨떠름한 얼굴로 소년은 자신의 결점을 밝혔다. 화상으로 인한 고통보다 그 결점을 아직 극복하지 못했다는 사실이 더 괴롭다는 투로.

"지금까지는 계속 카를로스에게 신세를 졌는데, 앞으로는 너에게도 폐를 끼칠 것 같아. …정말이지 한심하군. 스스로 치유마법을 사용할 수 있게 되면 쉽게 해결될 일인데."

"…괘, 괜찮, 아요…."

말을 고른 끝에 그렇게 말하며 오필리아는 백장을 고드프리의 팔에 겨누었다. …이 결점을 극복하기 위한 요령을 하루아침에 익힐 수는 없을 테고, 나아가 섬세한 마력조정이 요구되는 치유 주문을 사용할 수 있게 될 것 같지도 않다. 그렇다면.

"…언제 화상을 입어도… 제가 있어요. …말끔하게 고쳐 드릴, 게요."

그 역할은 내가 맡자. 그렇게 결심하며 그녀는 화상을 치유하기 시작했다.

*

"…벌써 3년이나 됐네. 그리워라."

어슴푸레한 습지를 걷던 도중, 오래된 추억을 떠올리며 카를로스가 나직하게 중얼거렸다. 친구가 무슨 이야기를 하는 것인지, 옆에서 걷던 고드프리도 금방 알아챘다.

"오필리아 양이 함께 있었을 때인가. …나는 의욕만 앞서서 실수가 잦았지. 매사에 생각이 부족해 기세로 해결하려 들었고… 돌이켜 볼 때마다 부끄럽군."

"그 기세가 있었기에 사람이 모여든 거야. 난 지금도 그때의 네가 좋아."

그렇게 말하며 카를로스가 미소를 보냈다. 하지만… 그와 반대로 청년의 얼굴은 떨떠름한 후회로 물들어 있었다.

"…하지만 난 실수를 범했다. 그래서 그 아이는 우리 곁을 떠났고, 지금 이렇게 된 거지."

"그건, 네 잘못이 아니야."

친구가 고개를 가로저으며 부정해도 고드프리는 그걸 받아들일 수가 없었다. …자신이라면 뭔가 할 수 있었을 거라는 거만한 생각 때문이 아니다. 자신이 요령이 없다는 것은 자각하고 있다. 지금보다 더 미숙했던 시기니 오죽할까. 하지만 그렇다 해도.

"그렇다 해도, 내가 어떻게든 했어야 했다. …나는 그 아이의, 선배였으니까."

*

그 무렵. 정오에 접어든 지상의 교사에서는 캐티와 가이가 미궁에 들어간 친구들이 돌아오기를 기다리고 있었다.

"…아, 도와주는 거야? 고마워, 밀리핸짱."

담화실 한구석에 자리를 잡고 올리버 일행의 몫까지 오전 수업의 필기 내용을 베끼고 있는 두 사람. 그들이 차지한 테이블 위에는 두 사람이 다 베낀 타이밍에 노트의 페이지를 넘겨 주는, 실로 눈치 빠른 '조수(助手)'가 있었다. 나나오가 베어 낸 손을 밀리건이 장난삼아 사역마로 만든 유사 생명체… 이름하여 밀리햇짱이다.

등… 이라기보다는 손등을 캐티가 쓰다듬으며 칭찬하고 있자, 근처를 지나던 학생들이 놀란 얼굴로 그 광경을 다시 쳐다보았다. 가이도 넌더리가 난다는 얼굴로 입을 열었다.

"…징그럽지도 않냐. 밀리건 선배의 손이잖아, 그거."

"그건 그렇지만… 꽤 애교가 있는걸. 나를 엄청 잘 따르기도 하고."

그녀의 말대로 밀리햇은 노골적으로 친근감을 표출하며 캐티의 팔에 딱 붙어 있었다. 사역마로 만드는 단계에서 여러모로 손을 쓴 것인지, 그 행동거지에서는 놀랄 만큼 풍부한 감정이 느껴졌다. 눈 주변의… 다시 말해서 손바닥의 근육을 정교하게 움직여, 실로 다양한 '표정'을 만들어 보이기도 했다.

테이블 위를 힘차게 돌아다니는 밀리햇을 떨떠름한 얼굴로 바라보며 가이가 땅이 꺼져라 한숨을 쉬었다.

"하아. …괜찮으려나, 올리버 녀석."

"난 믿고 기다릴래. …약속했는걸. 다 같이 살아서 돌아오겠다고."

굳은 목소리로 단언하며 캐티는 필기를 계속해서 베껴 나갔다. 하지만 장신의 소년은 고개를 가로저었다.

"그것도 그렇지만 말이야. …그 넷 중에서 그 녀석만 남자잖아?"

순간적으로 무슨 말인지 이해가 안 되어서 소녀는 맹한 얼굴로 가이를 쳐다보았다.

"그게 왜?"

"…하아…. 너, 상대가 오필리아 살바도리라는 걸 잊은 거 아냐? 난 직접 보진 못했지만, 엄청 강한 퍼퓸을 하루 종일 뿜어대고 다닌다며. 그런 걸 오래 맡으면 그게… 자극을 받지 않을까, 여러모로."

눈을 이리저리 돌리며 가이가 거북한 투로 답했다. 몇 초 동안의 침묵 끝에 캐티는 얼굴을 붉히며 벌떡 일어났다.

"뭐, 뭐야, 그거! 무슨 뜻이야?!"

"무슨 뜻이냐니… 뭐, 여러모로 걱정이 된다고 해야 할지…."

"오, 올리버는 그렇게 안 될 거야!"

"쉽게 말하지 마. 쌓이면 힘들다고, 남자들은."

얼굴을 두 손으로 쓸어내리며 가이가 신음했다. 그런 방향으로 문제가 있을 줄은 꿈에도 몰랐던 탓에 캐티는 이제 와서 허둥지둥 동요하기 시작했다.

"뭐, 셰라라면 그런 사정도 알고 있으려나…. 밀리건 선배도 있으니 너무 걱정할 필요는 없을지도 몰라."

"아, 알고 있다니, 뭘?! 밀리건 선배 얘기는 왜 나오는데?! 말

좀 해 보라니까아!"

소년의 옆으로 달려간 캐티가 그의 어깨를 잡고 흔들었다. 그런 두 사람의 옆을, 이동 매점 일을 하는 학생이 커다란 손수레를 밀며 지나갔다.

"교내 신문 있어요~! 오늘 1면 기사는 '충격! 킴벌리의 성생활!'이야~!"

"한 부 줘!" "한 부 주세요!"

두 사람은 지체 없이 소리쳤다. 그렇게 그들은 지금까지 눈길도 주지 않았던 가십 기사를 전에 없이 진지하게 열독했다.

*

제3층에 들어서자 또다시 미궁의 양상이 확 바뀌었다.

숨이 막힐 정도로 짙었던 풀냄새는 자취를 감추고, 그 대신 불쾌한 습기를 동반한 진창이 펼쳐져 있었다. 섣불리 발을 들이면 그 즉시 복숭아뼈까지 발이 가라앉고, 곳곳에 바닥을 알 수 없는 늪이 펼쳐져 있다. 인공 태양 덕분에 내내 밝았던 2층과는 대조적으로 이곳은 광원으로 삼을 것이 천장을 뒤덮고 자라난 빛이끼뿐이라 전체적으로 어슴푸레했다. 물론 습지대에 적응한 마법생물도 다수 서식하고 있어서, 그곳을 통과하는 자들은 긴장의 끈을 놓을 수가 없었다.

"허억, 허억…!" "후우…!"

쿠웅, 묵직한 소리를 내며 키메라가 진흙 속으로 쓰러진다. 방금 처치한 커다란 사체를 바라보며 올리버 일행은 후우, 하고 한숨을 돌렸다. 그러한 환경보다도 그들을 두렵게 한 것이 있는데, 바로 키메라와의 조우 빈도가 지금까지와는 비교도 안 되게 늘었다는 점이었다.

불편한 지면에 고전하며 상대를 분석하고, 약점을 간파하고, 적절한 수단으로 그것을 찌른다. 3층에 들어서고서 불과 세 시간 동안 그러한 과정을 벌써 네 번이나 반복했다. 먼저 상대를 발견해서 교전을 피한 경우까지 치면 조우 횟수는 그보다 훨씬 많았다.

"흠, 이걸로 네 마리째인가. 역시 3층은 키메라의 숫자가 다른걸. 바로 이동하자."

밀리건의 재촉에 올리버가 다시 진창 속을 걷기 시작했다. 그러자 동방의 소녀가 종종걸음으로 그를 쫓아왔다.

"좋은 연계였구려, 올리버!"

"…그래."

불편한 바닥도 개의치 않고 나나오는 힘차게 어깨동무를 했다. 이 계층에 들어서기 전에 취한 휴식으로 회복한 것인지, 그녀는 2층까지를 돌파할 때와 비교해도 기운이 넘쳤다.

그런 모습은 참으로 믿음직스럽다. 믿음직스럽기는 하지만,

올리버 쪽의 사정은 조금 달랐다. 얼마간 고민한 끝에 그는 불쑥 입을 열었다.

"…나나오. 너무 달라붙지 말아 주겠어?"

"…어?"

그 말을 들은 소녀가 그 자리에 굳어 버렸다. 진흙으로 된 바닥에서 비틀거리며 몇 발짝 뒷걸음질을 치는가 싶더니, 그녀는 눈물이 그렁그렁해진 눈으로 셰라를 바라보며 말했다.

"…소생, 올리버에게 미움을 샀소…."

"아니야!"

소년이 허둥지둥 부정했다. 보다 못한 셰라가 두 사람 사이에 끼어들었다.

"맞아요. 아니에요, 나나오. …퍼퓸 때문에 괴로운 거죠, 올리버?"

그렇게 얼마 전부터 눈치채고 있던 사실을 지적했다. 소년은 쑥스러움에 시선을 돌린 채 떨떠름한 얼굴로 고개를 끄덕였다.

"부끄럽지만 그 말이 맞아. …3층에 들어서고서 지금까지, 앞으로 나아갈수록 농도가 짙어지고 있어. 물론 이성을 잃을 일은 없겠지만… 그게 아니라도 이 상황에서 집중력을 잃고 싶지는 않아."

한숨 섞인 투로 올리버는 말했다. 그렇다. 이 계층에 들어서고서부터 이성의 맨살이 이상하리만치 요염해 보였다. 평소 같았으면 그냥 넘겼을 일거수일투족에 눈길이 간다. 생각하고 말고 할 것도 없이 대기에 가득한 퍼퓸의 영향이다.

그 정도라면 자제심을 강화하기만 해도 대처할 수 있지만, 조금 전과 같이 이성이 극단적으로 접근하면 다소 난감해진다. 접촉한 부위에 의식이 집중되어 갑작스러운 습격에 대한 반응이 늦어질 수도 있다. 특히 상대가 나나오일 경우 그런 경향이 현저하게 나타났는데… 당사자는 그런 줄도 모르고 소년의 앞에서 고개를 갸웃해 보였다.

“음? 어떻게 괴로운 것이오?”

“나나오, 그 질문은 좀….”

“불끈불끈하는 거야. 이 퍼퓸 안에서는 어쩔 수 없어, 남자니까 말이야.”

밀리건이 너무도 직설적으로 설명했다. 올리버는 얼굴을 찌푸렸지만 그 말을 듣고서도 소녀는 감이 오지 않는지 팔짱을 낀 채 신음했다.

“…불끈불끈… 불끈불끈이 무엇이오…?”

“깊이 생각할 것 없어, 나나오. …대비는 해 왔으니까. 괜히 참견하지 마세요. 밀리건 선배.”

그렇게 단언하고서 의식적으로 호흡을 거듭하여 올리버는 퍼퓸의 영향으로 흐트러진 정신을 바로잡았다. 밀리건은 그 모습을 물끄러미 쳐다보았다.

"흠…. 확실히 충분히 저항하고 있는 것 같지만, 힘들어지면 참지 말고 말하도록 해. 갈 길이 머니까. 참기만 해서는 못 버텨."

"알아서 대처 가능한 범위입니다. 거듭 말씀드리지만, 참견하지 마세요."

단호하게 거절 의사를 밝히고서 다시 걸음을 떼었다. 그 뒷모습이 완강한 거절을 표명하고 있는 듯해서 마녀는 쓴웃음을 지었다.

"고집도 세네. 어젯밤에 이어서 저 애의 민감한 부분을 건드린 모양이야."

"…우리가 자는 동안, 뭔가 했었나요?"

"뭐어, 살짝 야한 유혹을…."

"1학년을 상대로 무슨 짓이에요!"

셰라가 참지 못하고 선배를 상대로 설교를 늘어놓았다. 그러는 동안, 앞서가는 올리버의 옆으로 나나오가 슬금슬금 다가갔다.

"…이 정도 거리는 괜찮소이까, 올리버?"

"그래, 괜찮아. 신경 쓰게 해서 미안해."

조금 전과 달리 나나오는 소년에게 손을 뻗으면 닿을 정도의 거리를 유지하고 있다. 하지만 그걸로는 불만족스러운지, 분주하게 손을 들었다가 내렸다가 하고 있었다. 평소와 같이 대할 수 없다는 게 당황스러운 모양이다.

"…답답하오."

"이게 보통이야. 애초에 너는 평소에 스킨십이 너무 과해."

"역시 싫었던 것이오?"

"글쎄, 그런 뜻이 아니라니까."

그 부분에 관해 올리버가 단호히 부정하자, 나나오는 어정쩡한 거리를 유지한 채 그와 나란히 걸었다. 셰라의 설교를 들으며 그 모습에 시선을 고정한 채, 밀리건이 눈을 한 손으로 가리고 말을 이었다.

"…뭐라고 해야 할지. 눈이 멀 정도로 눈이 부신걸, 저 둘의 모습을 보고 있으니."

"그렇게 생각하신다면 괜히 집적거리지 말고 지켜봐 주세요."

롤 헤어 소녀가 엄격한 투로 못을 박자 마녀는 흘끔 시선을 보내며 대꾸했다.

"나는 괜찮지만. 넌 그래도 괜찮겠니?"

"…무슨 뜻이죠?"

셰라가 입가를 구기며 되물었다. 하지만 그러는 동안에도 그녀의 눈은 앞서가는 두 사람을 바라보고 있었다. 부러운 듯이, 동경하듯이. 자신은 넘을 수 없는 선을 앞에 둔 듯이.

"아아, 정말이지… 어떻게든 무사히 돌려보내 주고 싶어지는걸, 너희들."

어깨를 으쓱하고서 그런 말을 입 밖에 내는가 싶더니, 밀리건은 문득 손뼉을 짝 쳐서 세 사람의 시선을 집중시켰다.

“자아, 슬슬 의논을 해 보자. 일단 퍼퓸이 짙은 방향을 향해 걷고 있는데, 그것만으로는 오필리아의 공방을 찾을 수 없어. 뭔가 단서를 발견해 따라갈 필요가 있다고.”

마녀의 그 말에 셰라가 팔짱을 낀 채 생각에 잠겼다.

“키메라의 뒤를 미행…해 봐야 소용은 없겠죠.”

“그렇지, 그렇게 쉽게 뒤를 밟게 해 주지 않을 거야. 지금 공방에서 풀어둔 키메라는 아마 대부분이 소모품일 테니까. 포획형을 복귀시킨 것도 초기뿐이었을 테고.”

올리버가 으음, 하고 신음소리를 냈다. 사전에 예상했던 대로 광대한 제3층에서 공방 하나를 찾아내는 것은 쉬운 일이 아니다. 그는 애써 사고를 전환했다.

“다른 시점에서 장소를 추려 보죠. …이 환경에 공방을 만든다면, 선배는 어떻게 하시겠습니까?”

그렇게 이 자리에서 가장 경험이 풍부한 상대에게 의견을 구한 것이다. 밀리건은 턱에 손을 댄 채 생각에 잠겼다.

“우선 입지부터 선정해야지. 당연한 이야기지만, 다른 학생이나 마수에게 발각되지 않는 게 제일 중요해. 이 계층이라면 물 걱정은 없을 테니 조건에서 제외하기로 하고, 조합 재료를 쉽게 채집하기 위해서 나라면 되도록 2층에 가까운 곳에 공방을….”

거기까지 거침없이 말하던 밀리건이 문득 입을 닫고서 생각에 잠겼다.

"…아니, 이건 내 생각에 불과해. 좋은 채집 포인트는 4층 아래에도 있어. 너무 위험해서 나는 그렇게 자주 들어가지 않지만, 오필리아라면 그쪽을 메인으로 생각해도 이상할 게 없지. 그렇게 생각하면 오히려 4층에 가까운 곳에 공방을 뒀을 가능성이 더 높을지도 몰라."

그 말에 오필리아 살바도리는 자신보다 한 수 위라던 그녀의 말이 올리버의 머릿속을 스쳤다. …베라 밀리건이 그렇게 말할 정도의 상대라면 이 3층조차도 안뜰처럼 돌아다닐 수 있을지 모른다.

"하지만 그렇다면 골치 아파지는데. 4층에 접근하려면 이곳을 건널 필요가 있거든."

밀리건은 그렇게 말하며 다시 걸어 나갔다. 그 뒤를 따라 5분 정도를 걷자, 진흙탕이었던 땅에 점점 물기가 많아지더니 이윽고 넓은 수원(水源)을 이루어 눈앞에 펼쳐졌다. 전체가 시야에 다 들어오지 않아 정확한 크기는 짐작도 안 되는 데다, 맞은편 물가도 안개에 가려 보이지 않았다.

탁한 수면을 물끄러미 내려다보며 셰라가 입을 열었다.

"…늪, 이군요. 아주 커다란…."

"제3층 '장기(瘴氣)의 늪지'. 이 계층에서도 최대의 난관으로 손꼽히는 곳이야."

밀리건이 해설했다. 그 호칭을 뒷받침하기라도 하듯, 조금 전부터 올리버 일행이 들이쉬는 공기가 따끔따끔 목을 찔렀다. 늪 자체에서 유독성 기체가 발생하여 일대에 감돌고 있는 듯했다.

“건너가는 방법은 크게 둘이야. 빗자루를 타고 하늘을 날아가거나, 배를 타고 늪을 건너거나. 단… 너희를 데려가야 하는 사정상, 이번에는 배를 쓸 수밖에 없어.”

“호오? 그 이유가 무엇이오?”

의아함을 느낀 나나오가 물었다. 지형상 빗자루를 쓰는 게 가장 빠를 듯하니, 그런 질문이 나올 만도 했다. 밀리건은 눈짓으로 이상하리만치 부옇게 보이는 십여 미터 상공의 천장을 가리켰다.

“우선 이곳의 장기는 천장에 가까워질수록 짙어져. 너무 고도를 높이면 그걸 온몸에 쐬게 돼서, 아주 큰 봉변을 당하지.”

“봉변이라고 하셨는데… 구체적으로는요?”

“온몸이 짓무르고 단계적인 실명, 호흡 곤란, 의식 혼미. 물론 대기 중의 마소를 흡수하는 빗자루도 악영향을 받아. 최종적으로는 늪에 떨어져 물고기 밥이 되겠지.”

생각보다 지독한 내용에 셰라가 눈살을 찌푸렸다. 밀리건이 설명을 이어 갔다.

“대비를 하면 어느 정도는 막을 수 있지만, 그렇게 해도 고도가 너무 높아지지 않도록 주의할 필요가 있어. 그러면 그걸 노렸다는 듯이 녀석들이 나타나지."

그렇게 말하며 마녀가 시선을 아래로 내렸다. 같은 방향을 바라본 세 사람의 시야에 수면 위를 날아다니는 무수히 많은 생명체가 들어왔다. 막대 형태의 몸에 레이스처럼 하늘하늘한 날개를 지닌 생물이 늪 위 곳곳에서 수백 마리 단위로 무리를 이루고 있었다.

"시어(翅魚·스카이피시)…."

"그래. 물에 살며 저공비행을 하는 마어(魔魚)야. 한 마리 한 마리는 별것 아니지만 좌우간 숫자가 많아. 저 녀석들이 들러붙어서 늪에 추락하는 게 이곳에서는 흔한 패턴이지. 아닌 게 아니라, 나도 예전에 한 번 당한 적이 있거든."

그렇게 과거의 실패담을 늘어놓았다. 그녀도 한 번은 떨어진 적이 있다. 그 사실이 여태 들은 설명보다 후배들을 신중하게 만들었다. 입을 다문 채 생각에 잠긴 그들에게 밀리건은 또 하나의 방법을 설명해 주었다.

"시간은 걸리지만 배를 타고 가면 스카이피시를 쫓는 향을 피울 수 있어. 그 대신 늪 속에 사는 마수를 경계해야만 하지만. 이곳에는 상당히 많은 종류가 사니까, 뭐가 공격해 올지는 운에 달렸어."

그 말을 들은 세 사람은 스카이피시 떼로부터 수면으로 시선을 옮겼다. …당연히 물속에는 물속의 위협이 도사리고 있다는 뜻이다. 이곳이 미궁인 이상, 어느 길을 택하든 완벽하게 안전할 수는 없다. 최종적으로는 각각의 위험성을 저울질해서 선택할 필요가 있는 것이다.

"하지만 네 명이나 있으면 공격을 받아도 대처하지 못할 건 없지. 그런고로 이번에는 배를 쓸 거야. 빗자루와 달리 서로 협력하기 쉽고, 최악의 경우에는 배를 버리고 빗자루로 탈출할 수 있으니까."

그러한 이유로 밀리건은 배를 이용하기로 결정한 것이다. 올리버가 고개를 끄덕였다. 지금까지 들은 이야기 중, 납득이 안 되는 점은 하나도 없었다.

"…찬성입니다. 시간은 아깝지만 다 같이 무사히 건너편으로 넘어가는 게 중요하니까요."

"저도 동감이에요. 나나오, 당신은요?"

"소생은 어느 쪽이든 상관없소. 모두가 좋다는 쪽으로 합시다."

이의는 나오지 않았다. 방침이 정해지자 올리버는 곧장 행동에 나섰다.

"결정 났군. 우선 배를 만들게. 이제 얼마 안 남았지만, 가지고 있는 툴 플랜트를 모두 다 쓰자."

"그렇다면 빨리 끝나겠는걸. 이거 참, 돌아가면 가이 군한테 단단히 답례를 해야겠어."

"…이상한 답례는 사절이에요."

"하하하, 안심하라고. 나도 그렇게까지 굶주리지는 않았으니까."

세라의 견제를 흘려 넘기며 밀리건은 배 만들기에 착수했다. 그렇게 네 사람이 작업에 집중하던 도중, 문득 올리버가 자신을 향한 마력파를 감지했다.

(…안 좋은 소식입니다, 마이 로드.)

(무슨 일이야?)

비밀리에 척후 임무를 수행하고 있는 테레사 카르스테의 연락이었다. 소년이 되묻자 그녀도 곧장 답했다.

(이곳을 배로 건너신다면, 항행 중에는 지금까지와 같은 거리를 유지할 수 없습니다. 제 쪽에서도 배를 준비해 두기는 했지만, 늪 위에는 차폐물이 없어서 어느 정도 거리를 두지 않으면 사안에게 들킵니다. 송구스럽지만 최선의 방법은 맞은편에서 합류하는 것이 아닐까 싶습니다….)

그 설명을 들은 올리버는 자신의 생각이 짧았던 것 같아 부끄러워졌다. …지금까지 너무도 자연스럽게 척후 임무를 수행해 주어서 그녀가 몸을 감추는 데 적합지 않은 지형의 존재를 염두에 두지 않았던 것이다.

하지만 지금으로서는 다른 길을 선택할 여지가 없다. 몇 초 생각한 끝에 올리버는 타협을 하기로 했다.

(알겠어, 그렇게 하자. 맞은편에 도착하면 흔적을 남기면서 갈

게. 그걸 보고 따라와 줘.)

(알겠습니다. …이 계층은 위험합니다. 모쪼록 조심하십시오, 마이 로드.)

그런 말을 남긴 직후, 소녀의 기척이 빠른 속도로 멀어졌다. 대화 도중에도 작업은 계속했던지라 나머지 세 사람이 이상하게 여기는 낌새는 없었다. 올리버는 다시 배 만들기 작업에 집중했고… 몇 개의 툴 플랜트를 조합해서 15분 정도 만에 배를 완성했다.

"응, 꽤 잘 만들어졌네."

밀리건이 팔짱을 낀 채 배를 내려다보며 만족스럽게 말했다. 완성된 것은 배와 뗏목의 중간쯤 되어 보였는데, 네 사람이 타는 건 물론이고 걸어 다닐 수 있을 만큼 넓었다. 중심에 세워진 돛대에는 바닥에 까는 이불을 마법으로 가공한 가로돛이 걸렸다. 그 자리에서 만든 나룻배치고는 제법 그럴싸했다.

"그럼 곧장 출항… 이라고 하고 싶지만, 그 전에."

네 사람이 배를 수면까지 밀어낸 직후, 출발할 생각으로 가득했던 후배들을 밀리건이 제지했다.

"모처럼 물가에 왔으니, 잠시 수업을 하고 갈까."

"수업…? 이런 곳에서 뭘 하시려는 거죠?"

"이런 장소이기에 가능한 거지. 라노프류에서 말하는 '호수 딛기(레이크 워크)'… 올리버 군과 셰라 양은 당연히 알고 있지?"

의아한 표정의 두 사람을 앞에 두고 밀리건은 배 위에서 늪으로 뛰어내렸다. 화들짝 놀란 올리버의 눈앞에서 그녀는 소리도 내지 않고 발로 수면을 딛고 섰다. 나나오의 눈이 휘둥그레졌다.

"…오오?! 물 위에 섰소!"

"반응이 좋아서 기분 좋은걸? 수상 보행은 마법사에게 중요한 기능이고, 영역마법의 기초가 모두 담겨 있다고들 하지."

설명을 겸해 밀리건은 수면에서 천천히 걸음을 떼었다. 발치에 잔잔한 파문이 떠오를 뿐, 그 발걸음은 몹시도 안정적이다. 올리버도 셰라도 넋을 놓고 그 모습을 쳐다보았다. '호수 딛기(레이크 워크)'의 시범으로는 거의 이상적이라 할 수 있었다.

"어느 정도의 마법출력이 필요해서 보통은 2학년이 되고 난 후부터 연습시키는 기술이지만 말이야. 내가 보기에 너희는 이미 이걸 실천하는 게 가능한 수준이야. 그렇다면 이 기회에 익혀두는 게 좋지 않겠어? 자아, 해 봐."

그렇게 말하며 마녀가 손짓했다. 세 사람은 동시에 수면을 내려다보았다.

"…저기, 실패하면 물에 빠지는데요."

"그렇기에 진지하게 임할 수 있는 거잖아? 마수투성이인 늪에 빠지지 않도록 조심하렴."

밀리건이 빙긋 웃었다. 그 정도 위험성은 기술 습득을 위한 추진력으로 삼으라는 듯이.

"흠. 그렇다면 소생부터."

올리버와 셰라가 몇 초 동안 각오를 다지던 중, 나나오가 곧장 승낙하며 늪 위에 발을 디뎠다. 두 사람이 제지할 새도 없이 그 발이 수면에 닿더니… 당연하다는 듯이 몸이 물에 빠졌다.

"끄응…!"

"하하하, 요란하게도 가라앉네. 괜찮니?"

밀리건이 수면에서 손을 내밀어 소녀를 일단 육지까지 끌어올렸다. 나나오가 흠뻑 젖은 채 고개를 갸웃했다.

"난감하게 되었소. 도통 요령을 모르겠구려."

"요령만 알면 너희에겐 그렇게 어렵지 않을걸. 올리버 군, 이번에는 네가 해 보도록 해."

지명을 받은 소년은 수면을 내려다본 채 다시금 호흡을 가다듬었다. …진정하자, 나라면 할 수 있어. 오늘까지 땅의 품새를 셀 수 없이 반복 연습해 왔잖아. 그 응용이야.

"…흡…."

마음을 굳힘과 동시에 발을 내디뎠다. 수면에 닿은 발끝이 순간적으로 가라앉으려 했지만, 직전에 물이 도로 밀어냈다. 동시에 왼발을 내밀었다. '묘석 차기(그레이브 스텝)'와 같은 요령으로 수면에 마력을 흘려보내고, 한 발에 체중이 집중되지 않도록 조심하면… 그렇게 일렁거리는 물 위에 소년이 두 발로 섰다.

"오오!"

"응응, 역시 성공했네. 땅의 품새를 그렇게 능숙하게 사용하는 너라면 가능할 거라 생각했어. 자, 그대로 걸어 보도록 해."

연달아 지시가 날아왔지만 이번에는 소년도 망설이지 않았다. 한번 익힌 감각을 놓치지 않고 재현하여, 수면에 약간의 물결을 일으키며 나아간다. …당연히 평범하게 땅을 걷는 것과는 비교도 안 될 정도로 소모는 심하다. 이대로 10분만 걸어도 아주 녹초가 될 거다.

셰라가 감탄한 얼굴로 소년의 움직임을 지켜보았다. 밀리건의 시범만큼 완성도가 높지는 않았지만 보기 좋게 수상 보행에 성공하고 있다.

"훌륭해. 걸을 때 체중을 분산시켜서 마력을 절약하며 물이 몸을 지탱하게 만들고 있어. 처음인데 그게 가능하다니 대단한걸."

"……."

"그 기술은 고위기술인 '허공 딛기(스카이 워크)'에 도달하기 위한 필수 과정이기도 해. 한 사람의 마법사로서, 그리고 마법검 사용자로서… 너는 아주 큰 한 걸음을 내디딘 거야, 올리버 군."

어쩐 일인지 마녀가 다정한 칭찬의 말을 보내왔다. 그를 마중물 삼아 올리버의 머릿속에 문득 기억이 되살아났다.

'멋지지? 괜찮아, 노르도 분명 할 수 있게 될 거야. 내 아들이니까.'

어릴 적의 자신은 공중을 딛고 선 그 모습을 동경했다. 그것이 얼마나 높은 경지인지도 모른 채… 자신도 언젠가 같은 곳에서 보이겠노라고 맹세했다. 재능이라는 단어의 의미조차 모른 채로.

눈을 감고 생각한다. …그날 발견한 길을, 자신은 지금도 계속해서 걷고 있는 거다.

"…나나오. 너도 와."

그렇게 정신을 차려 보니 소녀에게 손을 뻗고 있었다. 깊은 생각이 있어서 한 일이 아니다. 그저… 한 조각의 의심도 없이 그녀라면 같은 장소에 서 주리라는 생각이 들었기 때문이었다.

"…음!"

나나오 역시 그 바람에 응해 주었다. 소년이 내민 손을 바라보며 그녀는 다시 수면으로 몸을 던졌고… 착수 순간 휘청거렸던 몸이 가라앉지 않고 멈췄다.

"오? 오오? …해냈소!"

나나오가 수면을 단단히 딛고, 소년의 손을 꼭 쥔 채 외쳤다. 밀리건의 눈이 동그래졌다.

"어라, 해내 버렸네. 올리버 군을 통해 요령을 파악한 건가? 아니면 단순히… 그와 같은 장소에 서고 싶다는 간절한 마음이 가능하게 만든 건가?"

놀리듯이 말한 후, 마녀는 시선을 옆으로 옮겼다. 두 친구가 앞서가는 바람에 혼자서 땅 위에 남겨진 롤 헤어 소녀에게로.

"……."

물론 그런 상황에 만족할 그녀가 아니었다. 한 번 눈을 감고 불안감과 압박감을 떨쳐 낸 후, 다시 눈을 뜸과 동시에 수면을 향해 발을 뻗는다. 세 사람이 지켜보는 가운데, 오른발이 수면을 디뎠고… 직후에 왼발이 뒤따라 수면을 디뎠다.

"…후우. …저도 해냈어요, 두 분."

"오오, 셰라 공도!"

"역시 셰라야."

물 위에서 재회한 세 사람이 손을 마주 잡고 기쁨을 나눈다. 그 광경을 바라보며 밀리건이 미소를 띤 채 고개를 끄덕였다.

"모두 다 무사히 습득해 줘서 다행이야. 이로써 늪에 빠지더라도 활로를 열 수 있겠어. …그럼, 출항해 볼까!"

모두가 배에 오르자 마녀는 돛을 향해 주문을 외웠다. 갑자기 불기 시작한 순풍과 함께 그녀들을 태운 배는 물 위를 미끄러졌다.

배를 이용한 이동이 시작된 뒤로도 밀리건은 수다스러웠다. 배를 조종하면서 그녀는 세 사람에게 그 원리를 설명하고 있었다.

“빗자루만큼 일반적이지는 않지만, 범선(요트)도 마법사에게는 편리한 탈것이거든. 보통 사람들은 바람을 보고 돛을 조정해야 하지만, 우리의 경우에는….”

지팡이검으로 가리킨 돛의 표면에는 마법진과 주문을 사전에 빼곡히 그려 두었다. 그 때문에 노도 노꾼도 없는데 배가 나아가고 있는 것이다. 바다의 마법사들이 그러한 기법을 사용한다는 이야기는 올리버도 들은 바 있지만 실제로 보는 건 처음이었다.

“…이렇게 바람의 정령을 불러서, 돛 주변에 정착시켜 주면 돼. 요령이 좀 필요하지만 이렇게 하면 내버려 둬도 앞으로 나아가. 기억해 두면 쓸 데가 있을 거야.”

“과연…. 한 수 배웠네요.”

셰라가 흥미롭다는 듯이 귀를 기울였다. 올리버가 시선을 옮겨 보니 나나오는 배의 끄트머리에 웅크려 앉아 물속을 들여다보고 있었다. 그녀의 눈앞에 있는 탁한 수면 아래를 검은 그림자가 지나쳤다.

“…커다란 물고기가 헤엄치고 있소.”

“조심해, 나나오. 언제 공격해 와도 이상할 게 없어.”

“음…. 하지만 소금을 뿌려 구우면 맛있을 것 같소.”

“잡아먹을 생각을 하고 있었던 거야?!”

이 계층에 와서도 나나오는 여전했다. 그런 그녀의 모습에 어이없어하면서도 마음의 안식을 얻고 있던 올리버는 문득 분위기가 변화했음을 느끼고 입을 다물었다. 주변을 둘러보니 다른 세 사람도 마찬가지로 귀를 기울이고 있었다.

"…주변에서 기척이 사라졌어요."

"응. …이건 좀 이상한걸."

밀리건도 고개를 끄덕였다. 수면 아래를 맴돌던 생물의 그림자는 물론이고, 향을 피워 일어난 연기를 피해 멀리 떨어져 있던 스카이피시의 모습도 사라졌다. 물속에서의 습격을 어떻게 물리칠 것인가가 이 길을 지나기 위한 핵심이었을 텐데, 전혀 그럴 낌새가 없다.

"여기까지 왔는데 공격해 오지 않으니 더 부자연스러워. 게다가 너무 조용해. 물속에서도 뭔가 이변이 일어난 건지…."

그렇게 말하며 밀리건은 주변을 한 바퀴 둘러보았다. 그때 그 시야 한구석, 수면 아래에 순간적으로 하얀 그림자가 어른거렸다.

"응? 방금 뭔가가…."

"……."

마녀가 침묵했고, 같은 것을 본 듯한 셰라가 눈살을 찌푸렸다. 매우 불길한 예감이 들어 올리버는 슬그머니 허리에 찬 지팡이검으로 손을 뻗었고… 그 순간 배가 기우뚱 흔들렸다.

"우옷…?!"

중심을 잃은 몸을 돛대에 손을 짚어 지탱한다. 전조도 없이 가속하여 수면을 질주하기 시작한 배 위에서 셰라가 배를 조작한 선장에게 항의했다.

"무슨 일인가요, 선배?! 왜 갑자기 속도를 높인 거죠?!"

"위험한 게 있어! 셋 다 지팡이를 들어!"

날카로운 경고에 세 사람은 지팡이검을 빼 들었다. 순간, 그들이 바라본 배의 후방에서 수면이 크게 부풀어 오르더니 터져 나갔다.

물보라 속에서 나타난 것은 적어도 20야드는 되는 장대한 몸길이의 바다뱀… 의 것으로 보이는 **뼈**였다. 박물관에 전시된 표본처럼 피와 살은 전혀 보이지 않았다. 움직일 리 없는 그것이 생전과 같은 약동감을 뽐내며 배를 추적하기 시작했다.

"뭣…!" "으음, 또 뼈구려."

"해사룡골(海蛇龍骨·시 서펀트)…! 살바도리가 아니라 **다른 쪽**의 사역마야! 셋 다 꽉 잡아!"

경고를 들은 세 사람은 자세를 낮췄다. 그 직후, 밀리건은 돛에 거듭 주문을 걸어서 바람의 요정들을 재촉했다. 그 즉시 배가 지금보다 두 배 이상의 속도로 질주하여, 그를 쫓는 시 서펀트와의 수상 술래잡기가 시작되었다.

"키메라와는 위협의 정도가 달라, 일단은 꽁무니 빠지게 도망치자! 지상까지는 못 쫓아올 테니까."

"동감이지만, 이 배로 도망칠 수 있나요?!"

"따라잡혔을 때의 일은 그때 생각하고! 빗자루는 대기시켜 두도록 해!"

밀리건이 외쳤다. 올리버와 셰라가 고갯짓을 주고받고는 배를 몰아붙이고 있는 뼈로 된 마수에게 주문을 발사했다. 그로 인해 다소 멈칫하여 속도가 느려진 적과 조금씩 거리가 벌어지기 시작했다.

"공들여 배를 만든 보람이 있었네! 아슬아슬하게 도망칠 수 있을 것 같아!"

마녀가 대담하게 웃으며 말했다. 하지만… 몇 초 후, 그 미소가 돌처럼 굳어졌다.

"…아, 이거 큰일인걸."

"네?"

마녀의 입에서 나온 말을 듣고 올리버가 순간적으로 다시 정면을 쳐다보았다. 배의 진로상에, 무수히 많은 뼛조각이 둥둥 떠 있었다. 모종의 거대한 생물이 잡아먹히고 남은 잔해. 얼핏 그렇게만 보이는 광경이었지만….

"모여 형태 이루라—콩레간타."

영창 한마디에 그 정체가 드러났다. 그들이 바라보는 앞에서

뿔뿔이 흩어져 있던 뼈가 일제히 맞춰지기 시작했다. 우선 거목만큼 두꺼운 척추가 형성되더니 그것이 두개골과 접속되었고, 그와 동시에 갈비뼈와 지느러미의 뼈가 맞춰졌다. 후방에서 쫓아오는 개체와 같은 시 서펀트가 그 거대한 몸으로 똬리를 틀고 배의 앞길을 가로막았다.

"이런…." "큭…!"

이대로 가면 격돌하겠다고 판단한 밀리건이 순간적으로 방향타를 틀었다. 갑작스러운 방향 전환에 선체가 비명을 질렀고, 거대한 몸과 부딪히기 직전에 하얀 파도를 일으키며 물 위에서 호를 그렸다. 충돌을 피하기는 했지만 그로 인해 속도는 크게 떨어지고 말았다.

"이런, 이런…! 인사치고는 너무 격하네, 리버모어 선배!"

밀리건이 배 위에 무릎을 짚은 채 전방을 노려보았고, 올리버 일행도 그 즉시 같은 방향으로 시선을 던졌다. 앞을 막아 선 마수의 뼈 건너편을, 늑골 사이로 엿보기라도 하듯이.

"그럴 수밖에. 너무도 엉뚱한 광경이라 말이다."

한 마법사가 배 대신 거대한 거북이의 뼈에 올라타 그곳에 서 있었다. 사교(邪敎)의 신부와도 같은 위엄과 어두움을 띤 눈이 네 사람을 바라보고 있다. 강자 특유의 위압감과 소름 돋는 죽음의 기운을 온몸에 두른 채로.

"대체 뭐 하는 거냐, 사안(蛇眼). 어린 고기를 셋이나 사지로 데려오다니."

일전에 미궁에서 맞닥뜨린 적이 있는 그 모습을 보자 올리버와 셰라의 어깨가 부르르 떨렸다. 사이러스 리버모어… 독자적인 방법으로 뼈를 다루는 사령술사로 킴벌리에서는 오필리아 살바도리와 쌍벽을 이룬다고 알려진 위험인물이다.

"저 애들의 친구가 오필리아에게 끌려갔거든. 지금은 탈환하러 가는 중이야."

밀리건이 태연하게 대화에 응했다. 그러자 그 말을 들은 상대는 큭, 의미심장한 웃음소리를 흘렸다.

"집단자살의 다른 표현이냐?"

"그렇게 보일수도 있지만, 되도록 살아서 돌아갈 생각이야."

마녀는 어깨를 으쓱하며 말했다. 리버모어가 어이가 없다는 듯이 콧방귀를 뀌었다.

"지금의 살바도리에게 싸움을 걸고서 말이냐. …넌 좀 더 똘똘한 녀석인 줄 알았는데."

"속이 다 뜨끔하네."

반론의 여지가 없는지 밀리건은 쓴웃음을 지었다. 하지만 두 사람의 대화가 끊긴 타이밍에 다른 목소리가 끼어들었다.

"말씀 도중에 실례하겠어요. 오필리아 살바도리의 공방이 어디에 있는지, 당신도 찾고 계신 것 아닌가요? 리버모어 선배."

"셰라?!"

올리버가 놀란 눈으로 소녀를 바라보았다. 생각지 못한 각도에서 날아든 질문에 리버모어가 어둠을 머금은 눈으로 셰라를 쳐다보았다.

"…왜 내게 그렇게 묻는 거지, 맥팔렌의 딸?"

"가능성이 있다고 생각했기 때문이에요. 이 타이밍에 당신이 3층에 있는 건, 당연히 모종의 목적 때문이겠죠. 그리고… 마에 삼켜진 학생이 나타났을 때, 킴벌리의 학생이 자발적으로 그곳에 다가갈 이유는 그리 많지 않아요."

"……."

"추측 중 하나는 저희처럼 소중한 누군가가 잡혀갔을 경우. 이번에는 같은 경우에 처한 학생들이 많겠지만, 당신이 여기에 해당될 것 같지는 않네요. 그리고… 두 번째 추측은, 삼켜진 학생의 '마' 자체에 관심이 있을 경우예요."

까마득히 높은 경지에 있는 상대에게 소녀는 당당하게 지적했다. 그것이 겁이 없어 저지른 폭거가 아니라는 것을, 옆에 있는 올리버만은 바로 알 수 있었다. 움켜쥔 두 주먹이 덜덜 떨리고 있었기 때문이다.

그녀는 아는 것이다. 눈앞에 있는 상대는 오필리아 살바도리와 동등하거나 그 이상의 마인이며, 한때의 변덕으로 자신들을 전멸시킬 수 있다는 사실을. 하지만 그 사실을 알기에 가능성을 찾아낸 것이다. 이 상황을 피트를 구출하는 데에 이용할 수 있을

지도 모른다는 가능성을.

"당신은 여기에 해당된다고 봐요. 더욱 구체적으로 말하자면… 다른 학생들보다 먼저 오필리아 살바도리라는 마법사가 남길 연구 성과를 손에 넣고 싶은 거죠. 당신은 그럴 목적으로 이곳에 있는 게 아닌가요?"

소년이 마른침을 삼켰다. 확실히… 만약 그렇다면 자신들과 목적이 비슷한 반면, 이해관계가 충돌하지는 않는다. 이쪽은 피트를 구해 내는 것이 목적이니, 그것만 달성할 수 있다면 오필리아의 연구 성과에는 볼일이 없다.

"만약 그렇다면, 협력하지 않겠어요? 세 명이 1학년이기는 해도 이쪽은 인원수가 많아요. 서로가 가진 정보를 공유해 가며 탐색에 임하면, 공방을 찾아낼 가능성은 크게 올라가겠죠. 당신에게도 나쁜 이야기는 아니라고 보는데요."

마침내 그녀는 제안했다. 그렇다. 맞은편 물가까지 무사히 건너간다 해도 오필리아의 공방을 발견할 수 있다는 보장은 없다. 그렇기에 셰라는 지금 이 마인과 거래를 하려는 거다. 이쪽은 적이 아니라는 사실을 전하고, 상대가 가진 정보를 끌어내려는 것이다.

숨 막히는 침묵 속에서 오랫동안 셰라를 바라본 끝에 리버모어가 고개를 가로저었다.

"타당한 제안이라고 말해 주고 싶다만… 아쉽게도 틀렸다."

"…네?"

"나로 말하자면, 살바도리의 연구 성과에 큰 관심은 없다. 마법사로서의 지향점이 너무 다르거든. 솔직히 말해서 설령 얻는다 해도 살릴 방법이 없지. …뭐, 눈앞에 떨어져 있다면 줍기야 하겠지만. 굳이 호랑이굴로 뛰어들 이유는 없다."

예상치 못한 답변이었지만 셰라는 물러서지 않고 말을 이었다. 이 상대와 지금 이 자리에서 마주친 데에는 반드시 상응하는 이유가 있을 것이다.

"…그럼, 당신은 어째서 이곳에 있는 거죠? 연구 성과를 확보하는 것 말고 당신이 굳이 위험한 장소에 발을 들일 이유가 있나요?"

그 질문에 리버모어의 입가에 문득 허탈한 미소가 떠올랐다.

"이유라. …듣고 보니 그렇군. 그런 게 있는지 어떤지 모르겠어."

셰라에 대한 비웃음이 아니라 자신을 향한 것이었다. 동시에 단적인 증거이기도 했다. 그가 '이익'과는 무관한 이유로 지금 이곳에 있다는 증거.

"…혹시나 해서 말인데. 오필리아를 '배웅'하는 거야, 선배의 목적은?"

밀리건이 조용히 물었다. 리버모어는 그 말에 콧방귀를 뀌었다.

"바보 같은 소리. 나 같은 불청객이 뭐 하러.

하지만… 글쎄. 조문객 노릇 정도는 해 줄 수도 있지. 시신과 상주만 있는 장례식은 쓸쓸할 테니 말이다."

어쩐지 진지한 투로 그렇게 말했다. 하지만 듣는 이가 이해해 주기를 바라는 듯한 뉘앙스는 아니었다. 일종의 체념이 담긴 얼굴로 남자는 다시 셰라를 바라본 채 말했다.

"두 손의 손가락으로 헤아릴 수 없을 만큼 죽일 듯 싸웠던 후배에 대한, 소소한 의리 같은 거다. …이거면 답이 되겠나, 맥팔렌의 딸."

"……큭."

상응하는 각오로 교섭에 임했던 셰라도 그 이상 아무것도 물을 수가 없었다. 이해관계를 일치시키거나 절충안을 찾는 것. 그러한 세속적인 방법으로 대화를 꾀한 것 자체가 상대를 전혀 이해하지 못하고 있다는 사실만 드러낸 듯했기 때문이다.

"목숨 구걸은 끝이냐? 그럼, 계속하지."

남자의 뜻에 따라 두 마리의 시 서펀트가 머리를 쳐들었다. 교섭이 결렬되었음을 알아챈 셰라가 씁쓸한 얼굴로 지팡이검을 들었다.

"…역시, 이렇게 되는 건가요…."

"아니. 아주 잘했어, 셰라 양."

그런 그녀와 달리 밀리건이 대담한 미소를 띤 채 말했다. 올리버는 그 여유로운 태도가 의아했다. 게다가… 리버모어와의 대화가 시작된 이후로 계속 그녀는 배 위에 무릎을 짚고 있었다.

“예뻐하던 후배에 대한 의리로 이러는 거라면, 그 마음은 나도 알겠어. 하지만… 일개 조문객치고는 아무리 봐도 장례식장에서 너무 소란을 피우고 있잖아. 그렇게 생각하지 않아, 리버모어 선배?”

그 순간, 올리버는 문득 알아챘다. 밀리건이 배 위에 무릎을 짚고 로브로 가려 만들어 낸 사각… 그 아래에서 그녀가 쥔 지팡이검이 나무로 된 배의 틈새에 꽂혀 있었다. 칼끝은 수면에 닿아 있다. 마치 그를 통해 무언가를 늪 속에 흘려 넣고 있는 것처럼.

문득 옆에서 밀려든 물살이 배를 흔들었다. 출항하고서 지금껏 늪지의 수면은 잔잔했다. 올리버 일행도 알았다. **누군가가 일으키지 않는 한, 이곳에 물살이 발생할 리가 없다**는 것을.

“…칫.”

한 박자 늦게 리버모어가 마녀의 꿍꿍이속을 알아챘다. 그가 혀를 찬 직후… 그 양옆에 자리한 수면에서 수십 개의 촉수가 일제히 튀어나와서 넘벼들었다.

시 서펀트들이 즉시 그 위험요소와 주인 사이에 끼어들었다. 뼈에 들러붙은 촉수에 이어 미끈미끈한 질감의 거대한 물체 두 개가 수면에 떠올랐다. 생물이라기보다는 작은 섬과 같은 크기에 오징어와 문어의 특징을 합친 듯한 희한한 형태. 그 모습을 본 셰라의 눈이 휘둥그레졌다.

“수생 키메라…!”

“역시 그랬어!「크라켄과 스킬라의 혼혈에 발생되는 형질적 비약에 관한 논고」… 그 논문을 썼던 살바도리가 여기에 장기짝을 두지 않을 리가 없다고 생각했거든!”

밀리건은 목적했던 결과가 나오자 쾌재를 불렀다. 그렇다. 리버모어와 맞닥뜨리고서부터 그녀는 대화를 이어 가며 물속에 마력파를 방출해 키메라를 끌어들이고 있었다. 자신의 힘으로는 대처하기 어려운 뼈로 된 마수를, 동등한 수준의 위험요소를 끌어들여 싸우게 만든 것이다.

자신의 영역을 침범한 존재를 알아챈 키메라는 보다 강한 마력을 내뿜는 쪽을 공격할 가능성이 높다. 거기까지 계산해 낸 만만찮은 마녀의 역량에 올리버는 내심 혀를 내둘렀다.

“갈 길이 머니 대신 상대 좀 해 줘! 미안해, 리버모어 선배!”

“뻔뻔한 녀석 같으니…!”

리버모어는 미소를 띤 채 욕지거리를 했다. 하지만 제아무리 그라도 키메라들을 무시하고 사냥감을 몰아붙일 수는 없다. 전속력으로 항해를 재개한 배가 수면 위를 질주하자, 사투를 개시한 뼈로 된 마수들의 모습이 까마득한 후방으로 멀어져 갔다.

“어찌어찌 따돌렸네…! 정말이지, 살아도 산 것 같지가 않았어!”

위기를 벗어나자 밀리건이 땅이 꺼져라 한숨을 내쉬었다. 그러자 등 뒤를 가만히 쳐다보던 나나오가 문득 앞을 돌아보며 입을 열었다.

"…'배웅'이라는 게 무엇이오, 밀리건 공?"

그녀는 리버모어와의 대화 중에 마녀가 입 밖에 낸 단어에 관해 물었다. 질문을 받은 밀리건이 가볍게 놀란 얼굴로 소녀를 바라보았다. 올리버도 그 심정은 이해했다. 이 학교에서 그런 질문을 받을 일은 많지 않다. 이곳, 킴벌리의 학생이라면 누구나 따로 묻지 않아도 아는 사실이기 때문이다.

"그래, 너는 아직 모르는구나. …마법사의 관습 같은 거야."

전에 없이 엄숙한 투로 밀리건이 답했다. …그것에 관해 생각할 때만은 어떤 마법사든 자세를 바로 할 수밖에 없다. 언젠가 친한 벗에게, 그리고 자기 자신에게 찾아올 운명이기도 하기에.

"누군가가 마에 삼켜지면, 누군가는 그 마지막 모습을 지켜보러 곁으로 가지. 때로는 목숨을 걸어 가면서.

우리는 그 행위를 가리켜… '배웅'이라고 부르고 있어."

일곱 개의 마검이 지배한다

제4장

라스트 송
성가

사람이 무언가에 푹 빠졌을 때. 주위 사람들에게는 그렇다는 게 빤히 보여도 스스로는 알지 못하는 경우가 종종 있다.

"…이거랑 이것 중, 뭐가 더 나은 것 같아, 응? 카를로스!"

이 시기의 그녀는 바로 그런 상태였다. 좌우간 벌써 여섯 번이나 두 개의 액세서리를 양손에 들고 완전히 같은 질문을 카를로스에게 한 참이다. 아니 뭐, 그 반복된 질문에 싫은 표정 한 번 안 짓고 매번 다른 관점에서 대답을 해 주는 쪽도 대단하기는 했지만.

"둘 다 귀엽지만, 알의 취향은 왼쪽 거야. 걔는 너무 요란한 건 안 좋아하거든."

"그, 그래…. 그러면 이쪽으로…."

그 조언을 들은 그녀는 허겁지겁 왼손에 들고 있던 머리장식을 하기 시작했다. 하지만 고정쇠를 채운 순간, 자신이 어떤 말과 행동을 했는지 깨달은 듯 펄쩍 뛰며 카를로스를 쳐다보았다.

"……?! 무, 무슨 소리야, 그게! 누가 고드프리 선배한테 보여줄 거라고 했어?!"

"어머, 그래? 미안해, 내가 지레짐작을 했나 봐."

"당연하지! 이, 이건, 그냥 멋을 내려고 한 것뿐이야…!"

오필리아는 새빨개진 얼굴로 고개를 홱 돌렸다. 그 옆얼굴을 바라보며 카를로스는 미소를 지은 채 어깨를 으쓱했다.

"뭐, 너무 허둥대지 마. …알은 하도 단순한 애라서, 오랫동안

성실하게 함께 다니다 보면 그만큼 거리가 좁혀질 거야. 성급한 행동은 역효과를 초래할 뿐이라는 것만 알아 둬."

"아니, 글쎄…!"

계속해서 변명을 하려고 몸을 돌린 소녀를, 카를로스가 문득 정면에서 끌어안았다. 그렇게 해서 상대의 변명을 막았다.

"나 참, 일일이 부끄러워하지 마. 지금의 리아가, 얼마나 귀여운 줄 알아?"

정말로 알 수 없는 일투성이였다. 왜 그에 관한 생각만 하게 되는 걸까. 왜 그를 만나지 못하면 이렇게나 마음이 침울해지는 걸까.

그들과 많은 시간을 함께 보낸 반년 동안 그녀는 내내 당황스러웠다. 이유도 모른 채 그의 뒤를 졸졸 따라다니고, 말을 나눌 때 보이는 반응에 일희일우(一喜一憂)하는 일이 참을 수 없이 즐거웠다. …이제 와서 생각해 보니 정말이지 어린애가 따로 없었다.

"아야야야야야야야얏! 무, 물렸어! 누가 좀 도와줘~!"

"몇 번을 말해야 알아듣는 거냐, 넌! 벽 틈새에 섣불리 손 가져다 대지 말랬지!"

그렇게 이날도 암음해(크랙 크랩)에게 팔을 물린 팀의 상처를 치유해 주었다. 처음에는 쭈뼛거렸지만 지금은 완전히 손에 익었다. 그도 그럴 것이….

"…고마워…."

"이 녀석, 코 막지 마라. 그 아이한테 실례잖아."

"이건 정조를 지키기 위한 거라고요! 전 절대로 선배 이외의 사람에게 불끈불끈하지 않을 거라고요. …끄아아아아아아아파아아앗!"

치료를 하는 상대가 이런 녀석이라 배려나 걱정을 할 필요가 없다는 걸 깨달았기 때문이다. 상대가 퍼퓸을 야유하는 건 그녀에게 일상다반사였지만 그럼에도 '눈앞에서 코를 막는' 짓거리를 해 보인 바보는 이 소년이 처음이었다. 그 만용(蠻勇)에 경의를 표하는 의미에서 오늘도 그녀는 엄청 아프게끔 심혈을 기울여 치유주문을 걸어 주었다. 미궁의 어둠 속에 새된 목소리가 울려 퍼진다.

"…미안, 오필리아 양."

"하여간 뻔뻔하긴. 똑같이 흩뿌리기는 해도 의도적으로 독을 뿌리는 네가 더 악질적이잖아."

고드프리 일행은 이제 지긋지긋하다는 듯이 한숨을 내쉬었다. 그녀도 그러한 대화가 평소의 패턴으로 여겨질 정도로는 주변에 적응한 상태였다. 자신을 꺼리지 않는 사람들 사이에 있다는 것… 그것 자체가 오필리아에게는 너무나도 신선한 일이라, 마치 다시 태어난 듯한 기분마저 들었다.

"또 너희냐. …흠? 이번에는 보기 드문 고기를 데리고 있군."

물론 위험과 맞닥뜨리기도 했다. 활동 내용이 내용이다 보니 고드프리는 안 그래도 학생들 간의 암투가 일상인 미궁에서 적이 많았다. 어딜 가나 싸움의 불씨가 날아들었다.

"재미있군, 품질을 판별해 주지. **모여 형태 이루라—콩레간타.**"

"전원 경계 태세! **화염이여 일어나라—플람마!**"

덮쳐드는 뼈로 된 마수를 화염주문으로 요격한다. 완전히 제어되지 않은 화력에 자신의 팔이 타들어 가는 것도 아랑곳하지 않고 고드프리는 외쳤다.

"조금은 아까워하란 말이다, 네놈들! 타인의 목숨도, 자신의 목숨도…!"

교사의 온갖 곳에서, 출입이 가능한 미궁의 어둠 속에서 그들은 싸웠다. 동급생과도, 하급생과도, 때로는 마물이나 다름없는 상급생과도. 그러한 싸움으로 마경 속에 작은 질서를 만들어내, 상처 입고 약해진 학생들이 마지막으로 도망칠 수 있는 안전지대를 만들려 하고 있었다. 어쩌면 킴벌리라는 장소에서 진심으로 그러한 시도를 한 것은 그들이 처음이었을지도 모른다.

왜 그런 희한한 짓을 하는 것인지, 그녀는 도무지 이해가 되지 않았다. 아니, 애초에 알빈 고드프리라는 남자가 늘 무엇에 분노

하고 있는 것인지. 그 부분조차도 그녀는 이해할 수가 없었다.

입학했을 때부터 킴벌리는 그녀에게 아무 위화감도 들지 않는 장소였다. 학생들은 자신의 모든 것을 걸고 마도를 깨우치기를 바랐고, 그렇기에 다른 모든 것을 짓밟고 죽고 죽인다. 그러한 분위기는 자신이 살아온 본가와도 그 맥이 같았고, 무엇보다 어머니에게 배운 이 세계의 존재방식 그 자체이기도 했다.

"…나는 그저. 아주 조금이라도, 이 킴벌리를 편히 쉴 수 있는 장소로 만들고 싶은 것뿐이야."

때때로 한숨 섞인 투로 그는 그런 말을 했다. 애매하게 맞장구를 치면서도 그녀는 여전히 이해가 되지 않았다. …편히 쉴 수 있는 장소란 건, 자신에게 있어 그 안뜰 같은 장소를 말하는 걸까? 그렇게 예상해 보았지만, 아마도 아닐 것이라고 곧장 생각을 바꿨다. 자신은 짓밟을 풀과 꽃이 있기에 그곳을 그렇게 느끼는 것뿐이다.

이상하게도 그는 아무도 짓밟고 싶지 않은 듯했다. 아닌 게 아니라 '짓밟는 게 당연하다'는 상식 그 자체에 이의를 제기하고 있었다. 미궁 안에서 활동하는 데 있어 일정한 규칙을 두고, 학생 간의 싸움을 줄이는 것…. 그런 그의 목표를 들으면 십중팔구는 미친 사람을 보는 눈으로 그를 쳐다보았다. 솔직히 말해서 처음에는 그녀도 같은 감상이었다.

…하지만. 우직하게 같은 주장을 이어 가자 놀랍게도 그 말에

귀를 기울이는 이들이 적지 않게 나타나기 시작했다.

"너희가 소문이 자자한 고드프리 일당이야? 나도 끼워 줘, 응?"

"뭔가 재밌어 보이는데? 나도 끼워 주라, 조금은 도움이 될걸?"

학년이 올라갈수록 학생들은 킴벌리의 환경에 적응한다. 하지만 그걸 좋게 여길지 그러지 않을지는 별개의 문제다. 고드프리의 주변에는 좋게 여기지 않는 학생들이 모여들었다. 거창하게 뜻을 함께하는 이들이 모였다고 하기보다는, 단순히 살벌한 환경에서 살아가기를 강요받아 온 학생들의 입장에서는 그들의 '분위기'가 좋아 보였던 것이다.

"들어올 학교를 잘못 골랐다고 생각했는데…. 너희 근처에 있으면 조금은 나으려나."

개중에는 그런 소릴 하는 이도 있었다. 그들 대부분의 마음을 이해할 수 없는 오필리아도 그 부분만은 크게 공감이 되었다. 알빈 고드프리의 곁에 있으면 마음이 편해진다. 그와의 교류는 아주 잠시나마 자신이 마법사라는 사실을 잊게 해 주는 것이다.

그렇기에 어린 그녀도 알고 있었다. …이 신기한 시간은, 분명 오래 가지 않으리라는 것을.

고드프리가 사건 사고에 끼어들어 상처투성이로 돌아올 때마다 그들의 평판은 좋아졌다. 그리고 동료도 조금씩 늘어 갔다.

마치 모닥불에 모여드는 사람들 같았다. 킴벌리라는 장소에는 온기가 별로 없다. 모두가 평등하게 누릴 수 있는 온기는 더더욱 찾기 어려운 데다, 있다 해도 금방 사라져 버린다.

하지만 이 불은 전에 없이 끈질기다. 주변 사람들이 그렇게 인정하자 그를 기이하다는 눈으로 바라보던 시선이 존경심 어린 것으로 조금씩 바뀌어 갔다. 상급생까지도 경의를 표하게 되어, 알빈 고드프리의 이름은 교내에 널리 알려졌다.

"……."

하지만. 그렇게 그가 환하게 빛날수록 그 옆에 떨어진 얼룩 한 점이 눈에 띄기 시작했다.

되도록 눈에 띄지 않도록 행동을 해도, 자신의 의지와 무관하게 뿜어져 나오는 퍼퓸만은 어찌할 방도가 없었다. 모두가 고드프리처럼 그것을 극복해 줄 리가 없었고, 예상한 대로 새로 들어온 동료들은 점차 그녀를 꺼리기 시작했다.

"저 애, 어떻게 좀 안 될까? 아무리 그래도 너무 경박하잖아."

"그러지 마. 고드프리 선배가 마음에 들어 하는 사람이잖아."

"글쎄. 이런 소린 하기 싫지만, 선배도 저 녀석한테 홀린 거 아냐?"

불협화음은 여기저기서 들려왔고, 그것들은 조금씩 그녀의 마음을 몰아세웠다. …동료의 숫자가 크게 늘어나자 오필리아의 담당이었던 치유주문을 사용할 줄 아는 사람도 많아졌다. 그건 본래 바람직한 일이다. 찬동자가 늘어난 덕에 고드프리의 활동은 확실하게 진전되고 있으니.

"어느샌가 식구가 늘었군. …네 덕분이야, 오필리아 양. 너와 카를로스가 상처를 치유해 주지 않았다면, 나는 진작 미궁에서 송장이 되었겠지."

무엇보다도 고드프리가 그렇게 말해 주는 것이 더없이 기뻤다. 그 말을 몇 번이고 듣고 싶어서, 자신의 역할만은 누구에게도 양보하고 싶지 않았다. …지금의 그녀에게는, 그의 옆에 계속 있기 위한 방법이 그것뿐이었기에.

"네 존재가 그 사람을 방해하고 있어. 그 사실은 알지?"

새로운 멤버와는 끊임없이 마찰이 일어났다. 간절하게 설득을 해 오는 경우도, 집단으로 윽박질을 해대는 경우도 있었지만 그들의 요구는 매번 같았다. 고드프리의 곁에서 사라져라…. 그들은 하나같이 오필리아에게 그렇게 요구했다.

"네 퍼품은 무차별적으로 남자의 마음을 끌어. 그것만으로도 집단에 커다란 악영향을 미치지만, 리더인 고드프리와 거리가 가깝다는 게 무엇보다도 큰 문제야. 누구든 공평하게 대한다는 게 그의 미덕이지만, 네가 옆에 있으면 불명예스러운 의혹이 따라붙을 수밖에 없어."

"다들 수군거리고 있어. 저런 성가신 체질을 지닌 녀석을 곁에 두는 건 여색에 빠졌기 때문이 아닐까, 하고 말이야."

"…웃기지 마."

소녀는 어쩐 일로 목소리를 높였다. 자신의 퍼퓸이 혐오의 대상이 되는 일에는 익숙했지만 고드프리가 그것에 홀렸다고 보는 것은 용납할 수 없었다. 그가 자신과 똑바로 마주하게끔 되기까지 쏟은 노력, 시간, 성의… 그 모든 것은 소녀에게 무엇과도 바꿀 수 없는 보물이었기에.

"고드프리가 너를 곁에 두고 있는 것에 퍼퓸은 아무 상관도 없다고 우기겠다고? 그럼 묻겠는데, 넌 대체 무슨 재주로 그 위치에 있는 거지?"

"…윽…."

"모임 초기, 치유마법 사용자가 적었던 시기에 네가 들어온 건 알아. 그동안의 공적까지 부정할 생각은 없어. 하지만 지금은 상황이 다르잖아. 너와 마찬가지로 치유마법을 쓸 줄 아는 동료는 많아. 게다가 그들은 너와 달리 무차별적으로 퍼퓸을 뿌리고 다니지도 않지."

마땅한 사람에게 자리를 양보해라. 요컨대 그들의 주장은 그것이었고, 거기에는 어느 정도 설득력이 있었다. 오필리아도 알고는 있었다. 퍼퓸이라는 마이너스 요소가 있는 한, 치유마법의 기술만으로 지금의 자리를 지키기는 힘들 거라는 걸.

궁지에 몰린 소녀는 초조해졌다. …어떻게 해야 할까. 이 녀석들에게 무엇을 증명해야, 자신이 고드프리의 옆에 있는 것에 대한 필연성을 증명할 수 있을까?

하지만 한 가지는 확실하다. 포기한다는 선택지만은, 자신에게 없다.

"…당신들은, 나보다 강해?"

그래서 순간적으로 그녀는 입장을 바꿔서 대꾸했다. 치유마법 담당이 아니라 직접적인 전력으로서. 그 말을 들은 학생들이 코웃음을 쳤다.

"당연하지. …정 의심되면 여기서 시험해 볼래? 살바도리의 창부(娼婦)."

노골적으로 모멸감을 드러내면서. 마법검 수업에서도 주문학 수업에서도, 지금까지 그녀는 그다지 특출한 성적을 거둔 적이 없었다. 치유마법 담당자로서는 우수하지만, 앞에 나서는 전력으로서는 중하위권이다. …그것이 그녀에 대한 주변의 평가였다.

"…그래. 어디 시험해 봐."

긴장된 분위기가 퍼졌다. 학생들은 순간적으로 뒤로 물러나 소녀에게서 거리를 벌려 주문의 사정권에서 지팡이검을 뽑아 들었다. 오필리아는 그런 모습을 연민 어린 눈으로 지켜보았다.

그렇다, 저들은 착각하고 있었다. 지금까지 그녀가 전위에서 활약하지 않은 것은 결코 그럴 힘이 없기 때문이 아니다. 그것은 오로지… 자신의 본래의 전투방식을 고드프리라는 소년에게만은 보이고 싶지 않다는 생각 때문이었고.

"태어나 나오라—파르투스."

그녀가 예상한 대로. 그 순간부터 그저 일방적인 유린이 시작되었다.

내가 너희보다 강해. 고드프리의 옆이라는 자리를 지키는 데 있어 그것은 지극히 효과적인 '가치 증명'의 방법이었다. 얌전한 치유마법 담당에 안주하다가는 자신의 자리를 빼앗길 뿐이다. 주변의 반응을 통해 그렇게 확신한 그녀는 이전과 전혀 다른 자세를 취하기로 했다.

이후, 그녀는 누가 시비를 걸어오면 피하지 않기로 했다. 트집을 잡는 녀석은 모두 힘으로 입을 다물게 만들고, 약해지면 그 즉시 매료를 걸어 정신을 지배했다. 그것이 그녀 본연의 전투방식이었다.

동급생이 상대일 때는 아무 문제도 없었지만 싸움에 익숙한 2학년이나 3학년을 상대할 땐 방심할 수 없었다. 4학년 이상은 섣불리 적으로 돌릴 수도 없다. 언제 싸움을 걸어와도 대응할 수 있도록 늘 강력한 키메라를 배에 넣어 둘 필요가 생겼다. 그녀는 망설이지 않고 그렇게 했다.

“리아, 그만둬! 그렇게까지 하지 않아도 알은 널 버리지 않아….”

소꿉친구의 제지도 뿌리쳤다. 소극적이었던 이전과 달리 방침을 바꾼 오필리아는 망설임 없이 행동했다. 어떻게 고드프리의 측근이라는 입장을 사수할지, 발목을 잡으려 드는 많은 훼방꾼들을 어떻게 떨쳐 낼지. 그런 싸움이라고 생각하자 고민할 게 아무것도 없었다. 누구보다도 교활하게, 누구보다도 탐욕스럽게, **마법사로서 올바르게 행동하면 될 뿐이었다**.

그녀의 그러한 태도는 필연적으로 다른 멤버에게도 영향을 미쳤다. 자신의 힘을 증명하고 다른 이를 낙오시켜 원하는 자리를 확보한다. 그러한 싸움이 집단 안에서 일상화되었다. 급속한 인원 증가로 인해 고드프리의 눈길이 모두에게 미치지 못하게 된 것도 화가 되었다. 예전의 온화한 ‘분위기’는 점차 사그라져, 그들의 집단은 결정적으로 변질되어 갔다.

“그만들 해, 너희들! 동료끼리 싸워서 어쩌자는 거냐…!”

고드프리도 그러한 흐름을 알아채고 대처하려 했지만, 이 시점의 그는 리더로서의 경험이 너무도 부족했다. 발족 당시처럼 대여섯 명의 그룹이라면 모를까, 수십 명에 이르는 집단이 되면 전체의 고삐를 쥐는 것도 쉽지 않다. 날이 갈수록 살벌하게 싸우는 동료들의 모습을, 그는 속수무책으로 지켜보며 고뇌할 따름이었다.

"괜찮아요, 선배. …저는 변하지 않아요. 제가 계속 곁에 있을 게요."

한편, 그러한 고드프리의 갈등마저도 오필리아는 자신이 그의 곁에 계속 있기 위한 '빈틈'으로 이용했다. …아무 일 없이 조직이 돌아갈 때보다 이렇게 험악한 상황이 그녀에게는 오히려 반가웠다. 이전처럼 평화로운 집단일 때는 퍼퓸을 뿌려 대는 존재를 가장 먼저 이물질로 판단하고 배제하려 들었다. 그렇듯 맑은 물속에서는 몸을 둘 곳이 없었지만, 전체가 탁해지면 이질적인 존재도 그곳에 숨을 수 있는 것이다.

"…주변 사람들 부추기지 마, 오필리아. 더는 이 상황 못 봐주겠으니까."

하지만 그녀의 바람대로 집단의 분위기가 악화되자 그 꿍꿍이속을 알아채는 사람도 나타났다. 처음으로 지적한 것은 오필리아도 잘 아는 초기 여성 멤버, 레세디 잉웨였다. 단둘만 있는 자리를 마련해서 나무라지 않고 타이르는 모양새로 그녀는 그 사실을 지적했다.

"…무슨 소리죠? 난 아무것도 안 했는데요."

"시치미 떼지 마. …너, 일부 멤버를 매료로 너한테 종속시켰잖아. 시비를 건 상대에게 한 방 먹여 주는 정도일 때는 넘어가 줄 수 있었지만, 그건 명확하게 규칙 위반이다. 고드프리가 알면 가만두지 않을걸."

그 사실을 간파한 레세디는 날카로운 눈빛을 날렸다. 오필리아의 얼굴에서 문득 감정이 사라졌다.

"…당신도 싫어? 나 같은 여자가, 고드프리 선배의 옆에 있는 게."

"……? …무슨 소릴 하는 거야. 난 지금 집단의 규칙에 관한 이야기를…."

"자신이 훨씬 그에게 어울린다. 그렇게 생각해?"

말을 가로막고 오필리아가 일방적으로 몰아붙였다. 그 순간, 레세디의 오른손이 그녀의 뺨을 움켜쥐었다.

"야, 이 계집애야. 피해망상도 적당해야지. 적과 아군도 구분하지 못하게 된 거냐?"

"……."

"잘 들어. 내가 지금 말한 건, 네가 앞으로도 고드프리의 곁에 있기 위한 충고다. …지금의 너는 그러기 위한 행동을 하고 있다고 생각하겠지만, 사실 정반대 방향으로 가고 있어. 그 녀석과 결별하는 방향으로 온 힘을 다해 달려가고 있다고.

빨리 그 사실을 알아채. …더 늦기 전에!"

목소리를 높여 그렇게 단언함과 동시에 레세디는 오필리아를 밀쳐 내고 몸을 돌렸다. 멀어져 가는 그 뒷모습을 바라보며 홀로 남은 소녀는 나직하게 중얼거렸다.

"…그럼, 대체 어떻게 하라는 건데."

그렇다, 그녀는 몰랐던 것이다. 타인과 관계하는 방법도, 친구를 만드는 방법도, 사랑을 하는 방법조차도. 그래서 모든 면에 있어 마법사로서 행동했다. '고드프리의 곁에 있겠다'는 목적을 설정하고, 그것을 달성하기 위해 모든 수단을 용인했다. 그게 가장 확실했으니까.

"…구려."

필연적으로 그 방법은 결과를 제외한 많은 것들을 짓밟았다. 함께 시간을 보내면서 조금씩 형태를 이루어 가던 몇 안 되는 우정도.

"구려, 구려, 구리다고. …이전에는 그나마 참을 만했지만, 더는 안 되겠어. 지금의 너는 너무 구려."

2인 1조로 미궁을 걸으며 팀은 오필리아에게 그런 말을 쏟아냈다. 평소의 친근함이 섞인 거친 말과는 전혀 다른, 싸늘한 목소리로. 노골적인 비난의 뜻을 담아 그는 소녀를 노려보았다.

"아주 대놓고 퍼퓸을 흘리고 다니다니. …아예 제어를 안 하고 있잖아. 주변에 있는 남자들을 모조리 다 농락할 작정으로 하고 있는 거지, 너?"

지적을 받은 오필리아도 그 말을 새삼 부정하지는 않았다. 그 대신 시선을 슬쩍 상대의 하반신으로 옮겼다. 입가에 요염한 미소를 띤 채.

"…단단해졌나 봐, 네 **그것**도?"

"웃기지 마, 내 건 선배 이외의 사람한테는 안 서. 절대로, 너 따위를 상대로는 반응 안 해."

혐오감을 담아 팀은 단언했다. 가차 없이 전개된 퍼퓸은 그야말로 욕정을 강제하는 폭력이었다. 압도적인 매료는 때로 개인의 성적 지향성마저도 뒤바꾸고 만다. 그 폭거에 저항하기 위해, 자신이 자신으로 남기 위해, 그는 잠시도 긴장을 늦추지 않았다.

"그런 내 마음을, 너는 지금 흙발로 짓밟고 있어. 지금까지 종속시켰던 녀석들에게 했던 것처럼. 내 의지를 빼앗고 한낱 수컷으로 타락시킬 작정으로. …그렇지?"

"……."

침묵이 답을 대신했다. 움켜쥔 팀의 주먹이 떨렸다.

"결국은 고드프리 선배도 그렇게 유혹할 셈이야? …이렇게 오랫동안 우리랑 함께 해 놓고, 같은 빵을 나눠 먹어 놓고, 같이 몇 번이나 죽을 고비를 넘어 놓고… 그딴 게 네가 하고 싶었던 거야?"

분노와 같은 양의 슬픔이 담긴 소년의 눈동자가 흔들린다. 그 순간에 생겨난 가슴의 아픔을 오필리아는 곧장 기분 탓으로 돌렸다. 자신에게 친구는 없다. 잃었다고 해서 가슴이 아플 만한 우정은 애초부터 존재하지 않았다. 그러니 이건 기분 탓이다.

"부정하라고. …아니라고 말해, 오필리아아아!"

절규와 함께 팀이 지팡이검을 뽑았다. 비웃을 생각으로 무척 뻣뻣한 미소를 지은 채, 소녀는 그에 반격했다.

정신을 차리고 보니, 눈앞에 걸레짝처럼 너덜너덜해진 소년이 드러누워 있었다. 그때 달려온 고드프리의 표정을… 분노와 회한과 자책감이 뒤섞인 그것을, 그녀는 지금도 잊을 수가 없다.

"선배. 저는…."

눈앞에 있는 상대에게 말을 걸려다가… 그것이 먼 옛날에 있었던 일이라는 것을, 오필리아는 문득 알아챘다.

정신을 차려 보니 눈앞에는 고드프리가 아니라 소형 키메라들이 어슬렁거리는 낯익은 공방의 풍경만 펼쳐져 있다. 떨리는 손으로 회중시계를 쳐다보니, 이전에 봤을 때로부터 다섯 시간 이상 경과해 있었다. 잠이 든 것도 아닌데 계속 앉은 채 백일몽을 꾼 모양이다.

"…후후후… 꿈과 현실도 구분이 안 되기 시작했나. …때가 됐구나."

그녀의 몸에, 인간으로서 기능할 수 있는 한계가 다가오고 있었다. 이제 언제 마에 삼켜져도 이상할 게 없다. 그 사실을 자각한 그녀는 비틀거리며 의자에서 일어났다.

"…이곳에서 시작하기는, 싫어…. 밖으로…."

불안한 걸음걸이로 문에 손을 대고 공방 밖으로 나간다. 그렇게 그녀는 사람으로서 마지막 방랑에 나섰다.

"…기척이 멀어졌다."

마녀가 공방을 나간 것을, 옆에 위치한 감옥에서 귀를 기울이고 있던 올브라이트도 알아챘다. 그 말이 의미하는 바를 알아챈 피트가 마른침을 꿀꺽 삼켰다.

"지금이 기회다. 어쩌면 처음이자 마지막일지도 모르지. …각오는 됐겠지?"

"…응, 그래."

떨리는 몸을 억제하며 소년은 고개를 끄덕였다. 그도 이미 알았다. 살아남고 싶다면 벌벌 떨고 있을 때가 아니라는 것을. 각오를 굳힌 그 얼굴을 보고 올브라이트도 합격점을 주었다.

"시작해라. 키메라는 내가 유인할 테니."

신호를 받은 피트는 움직임을 개시해, 살로 된 창살 두 곳에 심어 둔 작렬구에 손가락으로 마력을 주입했다. 그 작업이 끝나자마자 물러나서 땅에 엎드려 귀를 막았다. 몇 초 후, 폭발음이 손바닥을 뚫고 귀로 들어왔고… 고개를 든 그의 시선 앞에는 살로 된 감옥의 돌파구가 뚫려 있었다.

"…큭!"

집어던진 연막구에서 연기가 솟아남과 동시에 피트는 감옥 안에서 뛰쳐나갔다. 키메라들이 상황을 파악하기까지의 짧은 시간이 성패를 가를 거다. 사전에 거듭 상상했던 대로 연기 속에 몸을 숨겨 가며 옆방을 향해 내달린다.

"와라, 짐승들! 내가 직접 상대해 주마!"

그러는 동안 올브라이트가 달려온 키메라들의 주의를 끌었다. 하지만 비장의 카드였던 마법도구마저 피트에게 건넨 탓에 그는 말 그대로 빈손이었다. 격하게 움직이면 퍼퓸을 대량으로 들이쉬게 될 테니 감옥 밖으로 도망칠 수도 없다. 피트가 한시라도 빨리 지팡이를 찾지 못하면 그가 키메라들에게 농락당하다 죽을 수도 있다.

"어디 있지…?! 지팡이, 지팡이는…?!"

피트는 방 안을 빙 둘러보며 지팡이를 찾아 눈에 띄는 수납공간을 닥치는 대로 뒤졌다. 이미 처분했을 가능성도 있으니 대충 찾아보고 발견하지 못하면 체념하는 수밖에 없다. 그가 마음속으로 정한 20초라는 제한시간이 째깍째깍 지나갔고….

"…찾았다!"

결국 행운은 그의 편을 들어주었다. 지팡이를 처분할 만큼 학생들을 경계하지 않은 것인지, 오필리아가 그들에게서 빼앗은 백장과 지팡이검은 방구석에 놓인 상자 안에 처박혀 있었다. 우선 자신의 것을 찾아내고, 이어서 사전에 들었던 특징을 근거로 올브라이트의 지팡이검을 찾아냈다.

"지팡이를 찾았어! 받아!"

곧장 감옥으로 다시 돌아가 끈질기게 키메라를 걷어차고 있던 올브라이트를 향해, 피트는 살로 된 창살 사이로 그 지팡이검을 던졌다. 무기를 손에 넣은 소년의 입가가 씩, 치올라갔다.

"잘했다! **빙설이여 몰아쳐라―프리구스!**"

올브라이트는 그 즉시 주문을 외워 덤벼드는 키메라들에게 반격을 개시했다. 안도의 한숨을 내쉬는 피트를 향해 그는 날카로운 목소리로 소리쳤다.

"뭐 하는 거야! 넌 밖으로 나가서 도움을 구해!"

"하지만 너는…."

"빨리! 이변이 일어난 걸 알아챈 살바도리가 돌아오기 전에!"

공격해 오는 키메라들을 혼자 상대하며 올브라이트가 외쳤다. 그 말에 피트도 망설임을 내던지고 다시 달리기 시작했다. 마녀가 잠그지도 않고 나간 문을 통해 공방 밖으로 뛰쳐나간다. 어디인지 짐작도 안 되는 늪지의 광경이 시야 가득 펼쳐졌다.

"허억, 헉…!"

공방에서 나오긴 했지만 안심할 수는 없다. 위험이 다가오는 게 먼저일지, 아니면 구조가 오는 게 먼저일지…. 여기서부터는 거의 운에 달렸다. 그 사실을 염두에 두며 그는 올브라이트에게 받은 구난구에 마력을 쏟아부었다. 요란한 소리와 마력파가 주변 일대에 퍼져 나간다.

"제발, 누가 좀 들어 줘…!"

필사적으로 퍼뜨린 그 소식은 직후에 한 소년의 귀로 들어갔다.

"…구난구야! 가까워!"

들려온 순간에 소리쳤다. 그때, 이미 늪을 건너 맞은편 물가에 도착한 올리버 일행 네 명은 배에서 내려 다시 걷고 있었다.

곧장 소리가 들려온 곳으로 눈길을 돌리자 나머지 세 명도 일제히 같은 방향을 바라보았다. 키메라들도 물론 이 소리를 들었을 거다. 다시 말해서 이 소리가 들린 방향에 구조 대상자가 있을 경우, 그를 구하려면 한시바삐 움직여야 한다.

"함정인지 의심할 상황이 아니야. 서두르자!"

밀리건이 재촉하기도 전에 올리버 일행 세 명은 일직선으로 달려 나갔다. 저 앞에 도움을 구하는 동료가 있으리라고 믿고, 진창을 힘껏 딛고 달려 나간다….

제3층은 광대한 탓에 구난신호가 도달할 범위는 전체의 10분의 1도 안 된다. 하지만 이 순간, 해당 영역에 있던 마법사는 결코 올리버 일행 네 명만이 아니었다.

"구난구야!"

대기를 타고 전해진 희미한 소리를 귀로 들은 순간, 카를로스가 걸음을 멈추고 외쳤다. 고드프리도 곧장 그의 옆에서 귀를 기울였지만 몇 초 후에 고개를 가로저었다.

"…틀렸어, 내 귀에는 안 들려. 상당히 거리가 있는 듯하군."

"내가 앞장설게. 서두르자, 알!"

카를로스가 달리기 시작했고, 고드프리도 곧장 그 뒤를 따랐다. 소리에 대한 민감성으로 치면 그는 이 친구에게 상대도 되지 않았다. 그의 감각이 이끄는 대로 두 사람은 온 힘을 다해 길을 서둘렀다.

"이 방향이다. …노르의 친구가 있을지도 몰라. 서두르자, 섀넌."

마찬가지로 올리버의 친척이자 '신하'이기도 한 그윈 셔우드와 섀넌 셔우드도 달리기 시작했다. 구난구의 소리는 지각 가능한 범위의 끄트머리에서 들려왔지만, 그윈의 음감 역시 카를로스에 뒤지지 않았다. 하지만 한편… 같은 계층에 사촌 동생이 있다는 사실을 이 두 사람은 아직 알지 못했다.

"…리아…!"

이 사태의 원흉인 마녀의 이름을, 섀넌이 비통한 목소리로 중얼거렸다. …그저 적일 뿐이라는 한마디로 단언할 수 있는 관계가 아니다. 그러한 심정을 공유하며 그윈은 계속해서 냉철하게 답했다.

"대화가 통할 거라 생각하지 마라. 맞닥뜨리면… 그땐 싸울 뿐이다."

"…윽…."

억양 없는 오빠의 목소리에 섀넌은 입술을 깨물었다. 그녀가 어떻게 생각하건 그 사실은 바꿀 수 없다. 마에 삼켜진 상대와 마주한다는 것은 그런 뜻이기에.

"…흠."

그때, 앞장을 선 그윈이 문득 걸음을 멈췄다. 섀넌 역시 동시에 멈춰 섰다. 한시가 급한 상황임에도 두 사람의 판단력에는 한 치의 어긋남도 없었다.

"쳐라 바람 망치—임페투스!"

지팡이검을 뽑아 드는 것과 동시에 그윈이 수십 야드 떨어진 땅을 바람의 주문으로 내리쳤다. 착탄점을 중심으로 주변의 진흙이 일제히 튀어 오르더니, 예상한 대로 그 안에서 하얀 뼈로 보이는 무언가가 드러났다.

"…흠? 셔우드 남매인가."

뼈를 조합해 만든 기괴한 구체가 노출되더니 내부에서 남자가 웃으며 말했다. 매복을 알아챈 그윈이 낯익은 상대의 얼굴을 노려보았다.

"…리버모어인가."

"오랜만이다, 그윈. …이 소리를 들은 거겠지만, 관둬라. 가면 무조건 살바도리와 마주치게 될 테니. 네놈들이라 해도 이제 와서 달갑게 맞지는 않겠지."

리버모어를 감싸고 있던 뼈로 된 구체가, 쥐고 있던 주먹을 펼치듯이 열리더니 안에서 나온 발이 그윈 일행과 같은 땅을 밟았다. 경계하는 두 사람을 앞에 두고 남자는 어깨를 으쓱했다.

"나대는 것들이 너무도 많군. 이쪽은 '연옥(煉獄)'과 '성가(聖歌)' 이외의 녀석들을 막고 있는 것뿐이건만. 1학년생 녀석들을 셋이나 데려온 사안도 그렇고… 뭐, 나도 남 말할 처지는 아닌가."

자조 섞인 투로 넌지시 중얼거렸다. 하지만 눈앞에 있는 두 사람은 그 내용을 그냥 넘기지 않았다.

"잠깐. 방금 뭐라고 했지?"

그윈이 곧장 확인했다. 질문을 받은 리버모어가 크크, 의미심장한 웃음소리를 냈다.

"말 그대로다. 사안이 1학년생들을 데리고 이 계층까지 왔더군. 끌려온 친구를 구하고 싶다고 후배가 부탁을 했다면서."

"누구였지, 그 1학년생들은."

초조함이 표정에 드러나지 않도록 주의하며 그윈은 거듭 물었다. 리버모어가 턱에 손을 대고서 조금 전의 일을 돌이켜보았다.

"맥팔렌의 딸에 목숨 아까운 줄 모르는 사무라이… 또 한 명은 뭐랬더라.

…아아, 그래, 올리버 혼이었다. 입학식 직후에 1층에서 가볍게 놀려 줬더래서 얼굴은 알고 있었지."

그 이름이 나온 순간, 그윈과 섀넌이 동시에 땅을 박찼다. 허를 찔러 리버모어의 양옆을 통과하려 했지만… 그 의도를 간파한 듯이 등 뒤에 자리한 진흙 속에서 튀어나온 시 서펀트가 두 사람의 앞길을 가로막았다.

"어이쿠, 못 간다. 말했을 텐데? 지금은 나나 네놈들이나 환영받지 못할 거라고."

"비켜라, 리버모어!"

그윈이 지팡이검을 뽑아 들고 소리쳤다. 그 반응을 보고 상대는 의외라는 듯이 고개를 갸웃했다.

"흠? 평소 그렇게나 새침하던 네놈치고는 뜨거운 반응이로군. 그렇게나 올리버라는 녀석이 신경 쓰이는 거냐?"

남자의 미소가 짙어졌다. 물론 그 사실을 알아챘다고 해서 태도를 바꾸지는 않았다.

“하지만 못 간다. 정 지나가고 싶다면 뚫고 가라. 이곳, 미궁에서는 그게 규칙 아니냐.”

서로 물러설 뜻이 없다면 더는 방법이 없다. 셔우드 남매는 서로 눈짓조차 주고받지 않고 사촌 동생에게 가는 길을 열기 위해 전투에 돌입했다.

“허억, 허억, 허억…!”

소리를 들은 마수들이 늪지에서 우르르 기어 나온 탓에 피트도 한곳에 머물러 있을 수가 없었다. 오른손에는 지팡이검을, 왼손에는 구난구를 쥔 채 숨을 헐떡이며 늪지를 달린다. 순식간에 바지의 무릎까지가 진흙범벅이 됐다.

“대체 어디야, 여긴…! …젠장, 발이…!”

한 걸음을 디딜 때마다 진흙 속에 발이 빠지고 몸이 앞으로 기울어진다. 지금의 피트는 보법이 미숙한 탓에 이 늪지를 제대로 걷기도 힘들었다. 그럼에도 어찌어찌 진창을 헤집듯이 걸음을 옮겼고….

“…윽…?!”

그 걸음이 문득 멈췄다. 두 다리가 무릎까지 가라앉은 데다 진흙의 무게 때문에 발을 들 수가 없었다. 어떻게든 빼 보려고 발버둥을 치자 그 동작 때문에 몸이 더더욱 진흙 속으로 가라앉았다. 소년의 얼굴이 순식간에 파랗게 질렸다.

"바닥없는 늪…?! 마, 말도 안 돼…!"

혼란에 빠지려 하는 머리를 필사적으로 진정시키며 그는 오른손에 든 지팡이검을 의식했다. 바닥없는 늪에서 탈출하기 위한 주문은 뭐였더라… 방법은 얼마든지 있을 텐데 생각이 안 난다. 공포와 같은 양의 분함이 그의 마음속에 치밀었다. 대체 지금까지 뭘 배운 거란 말인가!

"윽…! 누, 누구 없어?! 아무도 없냐고…!"

생각을 하는 동안 결국 지팡이검을 쥔 손까지 늪 속에 묻히고 말았다. 이제는 지팡이를 쥘 수도 없다. 차츰차츰 옷 속으로 스며드는 차가운 진흙의 감촉이 강압적으로 그에게 '죽음'을 의식케 했다.

"…후우… 후우… 후우…!"

하지만 피트는 울부짖으며 날뛰고 싶은 충동을 아슬아슬하게 꾹 참아냈다. …움직이면 움직일수록 가라앉는 속도가 빨라질 거다. 더 이상 스스로는 할 수 있는 게 없으니 남아 있는 최선의 행동은 '움직이지 않는 것'뿐이다. 숨을 쉴 수 있는 시간을 수십 초, 혹은 몇 초라도 늘리기 위해서.

"…어푸…!"

그렇게 해서 번 시간마저 눈 깜짝할 새 지나, 결국 진흙이 입

가까지 밀려들었다. 마지막으로 허락된 숨을 한껏 들이켠 순간, 피트의 얼굴이 가차 없이 늪에 파묻혔다.

나는 여기서 죽는구나. 마음이 절망에 빨려들기 직전, 어째서인지 부모님의 얼굴도 고향 풍경도 아닌… 여러모로 자신을 돌봐 주었던 룸메이트 소년의 얼굴이 머리에 떠올랐다.

'올리버…!'

마음속으로 그 이름을 외친 순간. 무언가가 그의 손목을 콱 잡고는 몸과 영혼을 힘껏 '삶' 쪽으로 끌어당겼다.

"괜찮아, 피트?!"

목소리가 들려와서 꼭 감고 있던 눈을 쭈뼛거리며 떴다. 마지막으로 떠올렸던 상대의 얼굴이 어째서인지 바로 앞에 있었다.

"…어…?"

넋이 나가 있는 동안 몸이 밖으로 나왔다. 온통 진흙투성이가 된 그를, 상대는 개의치 않고 두 팔로 힘껏 끌어안았다. 전해지는 체온이 진흙의 차가운 감촉을 거짓말처럼 날려 버렸다.

"…애 많이 썼어. 잘했어, 정말 잘했어, 피트…!"

상대를 품에 안은 채, 올리버는 울음 섞인 목소리로 이름을 불렀다. 순간… 피트의 마음속에서 온갖 감정의 둑이 터져 나갔다.

"…으, 아… 아아아아아아…!"

올리버는 대부분의 짐을 팽개치고서 흐느껴 우는 친구를 업고 일어섰다. 그를 뒤따라 온 나나오, 셰라, 밀리건이 고갯짓을 주고받더니 일제히 달려 나갔다. …이곳에서 재회의 기쁨을 나눌 여유는 없다.

"서두르자! 이대로 무사히 도망치면 우리의 승리야!"

네 사람은 숨을 죽인 채 늪지를 달린다. 마음은 급하지만 그렇다고 빗자루를 탈 수는 없다. 이 계층에서 날아가면 무조건 지상에서 보일 테고, 무엇보다도 피트가 추가되었으니 한 자루는 반드시 둘이서 타야만 한다. 마찬가지로 빗자루를 타고 추적해 올 경우, 그래서는 붙잡힐 게 뻔하다.

"늪만 건너면 빠져나갈 수 있어요…! 조금만 더 참으세요, 피트!"

되찾은 친구를 격려하며 셰라가 계속 달렸다. 다시 배를 타고 늪을 건너는 것… 네 사람은 적의 추적에서 벗어나기 위한 목표를 그것으로 설정했다. 아무리 그래도 피트의 신병을 되찾기 위해 오필리아 본인이 늪 건너편까지 쫓아올 거라고 보기는 어렵다. 거기까지 무사히 가면 그다음부터는 키메라의 눈을 피해 왔던 길로 되돌아가기만 하면 된다.

"…올리버…! 올리버어…!"

등에 업힌 피트가 아플 정도의 힘으로 어깨에 매달렸다. 상황

이 허락된다면 올리버는 그 몸을 언제까지고 안아 주고 싶었다. …마녀의 공방으로 끌려가서 얼마나 무서웠을까. 얼마나 큰 용기를 쥐어짜서 그곳에서 도망쳐 나온 걸까. 그야말로 종이 한 장 차이로 구출해 낸 셈이었다. 그가 찾아냈을 때, 그 친구는 늪에 빠져 죽기 직전이었으니 말이다.

"…그래…."

최대한 빠른 속도로 습지를 달리는 그들의 앞에서 문득 밀리건이 걸음을 멈췄다. 올리버가 눈살을 찌푸리며 멈춰 섰다. 왜 여기서 멈춘 걸까. 지금은 한시가 급한 상황이 아닌가. 그런 질문이 목구멍까지 올라온 순간.

"…역시, 그렇게 호락호락하게 풀릴 리가 없지."

그 말을 듣자마자 사안의 마녀가 걸음을 멈춘 이유를 짐작할 수 있었다. 저절로 짐작이 되었다.

그들의 앞길을 완전히 가로막는 모양새로, 늪지의 어둠 속에서 여러 개의 눈이 빛나고 있다. …그것들이 이곳에 사는 원생생물이 아니라는 것은 금방 알 수 있었다. 너무도 살기가 순수하다. 그것은 지금까지 싸워 온 키메라들과 마찬가지로 그렇게 만들어진 생물만이 가질 수 있는 살의였다.

"…뜻밖의 얼굴이, 잔뜩 있네에. …이건 꿈일까? 아니면, 현실…?"

아마도 열 마리는 더 될 사역마를 등 뒤에 거느린 채, 한 마녀가 습지 위를 걸었다. 진흙 속에 핀 연꽃*… 이라고 비유하기에는 그 모습이 너무도 요염하다. 올리버는 온몸에 소름이 돋았다.

만나고 말았다. 이 상황을 만들어 낸 원흉… 오필리아 살바도리를.

"…아아, 그런 거구나. 어떻게 도망친 걸까 했더니… 너는, 수컷이 아니구나."

올리버의 등에 업힌 피트를 보고 마녀가 나직하게 중얼거렸다. 의문점이 하나 풀렸다는 듯이.

"잡아 왔을 때와는 완전하게 성별이 다른데… 리버시, 인가? 적당하게 잡은 것 중에, 꽤 희귀한 애가 섞여 있었네…."

어쩐지 잠에 취한 듯한 투로 그렇게 말하더니 오필리아는 다른 면면들에게로 시선을 옮겼다. 나나오를 보고, 셰라를 보고, 그리고 올리버를 보더니… 피곤함이 잔뜩 묻어 나는 한숨을 내쉬었다.

"아아, 정말이지, 미스터 혼… 너는, 몇 번이나 내 충고를 무시해야 만족하겠니. 그 애를 포기했으면 그만이었잖아. …그런데, 이런 곳까지 친구를 둘이나 데려오다니…."

이 사태를 일으킨 원흉이 피해자에게 할 말은 아니다. 하지만 그런 반론은 입밖으로 낼 수 없었다. 올리버는 등 뒤에서 떨고

※진흙 속에 핀 연꽃 : 번뇌가 가득한 속세에 피어나면서도 그에 물들지 않고 순결하고 아름답다는 의미로 사용되는 말.

있는 피트의 존재를 강하게 의식하며 하염없이 상황을 타개하기 위한 활로를 찾았다. 그것이 얼마나 어려운 일인지 알면서도.

그런 그의 심정을 아는지 모르는지, 오필리아는 나머지 한 명… 이곳에서 유일한 동급생에게로 시선을 보냈다.

"그 멤버로, 용케 이 계층까지 도착했네…. …사안, 대체 뭐 하자는 거야?"

"어떻게든 친구를 구하고 싶다지 뭐야. 선배가 돼서 귀여운 후배의 부탁을 무시할 수는 없는 일이잖아."

역시 4학년이라고 해야 할지, 밀리건은 평소와 같은 투로 대화에 응했다. 하지만 그 답변에 오필리아는 표정을 구겼다.

"옛날부터 싫었어, 너의 그런 면. …'선배'는 무슨. 가면을 벗으면, 너도 우리랑 같은 부류잖아."

"하하하… 틀린 말은 아니지."

쓴웃음을 지은 채 어깨를 으쓱한 후, 밀리건은 말을 돌렸다.

"그건 둘째 치고, 부탁 좀 할까 하는데. …못 본 척해 주면 안 될까? 피트 군을 구했으니 우린 이제 여기 볼일이 없어. 바쁜데 방해한 것도 미안하니 이대로, 지금 당장 네 시야에서 사라져 주겠다고."

"……."

"피트 군 하나가 빠진다고 네가 지금부터 할 일에 지장이 생기지는 않잖아? 우리에겐 너를 방해할 이유가 없고, 너도 우리와 으르렁거릴 상황이 아닐 거야. 이해관계는 완벽하게 일치해, 안 그래?"

온화한 말투로 이야기를 나누는 듯 보였지만, 올리버는 살얼음판을 걷는 듯한 심정으로 그 대화를 듣고 있었다. 그렇다, 못 본 척해 달라고 하는 수밖에 없다. 이 계층에서 오필리아 살바도리와 맞닥뜨리고 만 이상, 자신들의 생사 여부는 90퍼센트 정도 눈앞에 있는 마녀의 손에 달려 있기 때문이다. 분위기에 휩쓸려 전투에 돌입하는 것만은 어떻게든 피해야만 한다.

"이번에는 원만하게 헤어지자고. 아아… 물론 피트 군을 데려가는 대가는 치를게. 희귀한 마법약 하나를 두고 가려고 하는데, 어때?"

밀리건도 명백하게 그런 방향으로 교섭을 시도하고 있었다. 그 교섭의 성사 가능성이 어느 정도나 될지, 올리버로서는 알 방도가 없다. 한 가지 분명한 것은, 낙관적인 생각은 조금도 떠오르지 않는다는 것뿐이다.

"…재미있네, 사안. 너… 아직도, 인간하고 대화하고 있다고 생각하니?"

그의 직감을 증명하기라도 하듯, 오필리아의 입가에 연민 어린 미소가 떠올랐다. 그로써 올리버도 셰라도 확신하고 말았다. 이 대화에는, 처음부터 아무 의미도 없었다.

"착각하지 마. 이곳에는 말이야, 딱히 그 애를 다시 데려가려고 온 게 아니야. …그저, 북적이는 분위기가 느껴지는 곳으로 멍하니 걸어온 것뿐이지. **시작할 장소**를 찾아서. 그게 우연히 이곳이었을 뿐이고….”

아무도 그녀를 막을 수 없다. 곧 해가 질 걸 알지만 사람이 그것에 아무런 간섭도 할 수 없는 것처럼.

짐승은 날개를 바라고—베스티아 알라스 베테이토　새는 팔을 부러워하고—어비스 마누스 인비디트　물고기는 다리를 갈구하며—피스키스 페데스 쿠비도　초목은 살을 동경한다—플란토 카르넴 데시데라트.

그렇게 시작되었다. 가득 찬 잔에서 술이 흘러넘치듯이, 그녀의 입에서 그것이 흘러나왔다.

“**저 영창을 막아**!”

밀리건의 얼굴에서 모든 여유가 사라졌다. 나나오와 셰라가 즉시 반응해 지팡이검을 뽑았고, 올리버도 피트를 땅에 내려놓고 동참했다. 뒤에 버티고 있던 키메라들이 전진해 주인을 보호하듯 앞을 가로막았다.

갈라져 나간 종(種)은 만(万)에 달하여—콰콰 데켐 밀리아 피운트 세미나　우리 안에—콰에 사타순트 세드 타멘 네모　결여되

지 않은 자 없으니—노스투룸 비티움 논 하페트.

이 마당에 와서 일일이 약점을 간파해 가며 격퇴할 여유는 없었다. 마녀를 보호하는 마수의 벽에 구멍을 내기 위해 엘프로 변신한 세라가 온 힘을 다해 이절주문을 날렸다. 한 마리가 번개에 불탔지만, 그렇게 뚫린 구멍을 다른 개체가 순식간에 메워 버렸다. 그곳을 통해 돌파할 생각이었던 나나오와 올리버는 걸음을 멈출 수밖에 없었다.

조각을 모아—코트리겐스 프라그멘타 에트 콘티누안스　이어 붙여 묻노니—데인켑스 해크 올레밤 스킬레　생명의 답은 어디에 있는가—우비 솔티오 위타에 에세트?

밀리건이 연달아 영창을 하자 상공으로 날아오른 화염과 얼음으로 된 창이 극단적인 포물선을 그리며 오필리아를 덮쳤다. 지상에서 뻗어 나온 키메라들의 촉수가 그 습격을 모조리 요격했다. 빗자루를 타고 돌격하려 하는 나나오를 올리버가 순간적으로 제지했다. 대공태세는 완벽하다, 섣불리 날아올랐다가는 그 즉시 먹잇감이 될 거다.

물음은 끝이 없네—퀘스티오 인피니타　영원을 넘어서도—콰

비스 베르 물토스 안노스 해크　생의 탐구는 만족을 모를지니—인베스티가티오 데 아니마 팩타 에세트 논둠 엑시툼 인베니아트.

밀리건의 온몸을 마력이 가득 메웠다. 자궁에 저장되어 있던 마력을 개방하여 증강된 출력을 그녀는 다음 영창에 실었다. 그것은 이절조차 아닌 화염주문의 **삼절영창**… 마법사로서 성숙된 몸이 아니고서는 실현이 불가능한 위력으로 승부에 나건 것이다. 올리버 일행이 바라보는 가운데, 세 마리의 키메라들이 일제히 화염의 파도에 삼켜졌다.

그렇다면 되었다—시 이타 시토 베네 에스트　끝나지 않는 식(式)을 답으로 삼을 터이니—레스폰데보 이기투르 아드 에암 퀘시탐페르 훈크 리툼 인피니툼.

이게 마지막 기회라고 확신하며 올리버 일행은 일제히 돌진했다. 화염 틈새에 몸을 숨기고 키메라의 벽을 통과한다. 세 사람이 돌파한 순간, 그 앞을 틀어막는 모양새로 하늘에서 새로운 적이 떨어졌다. 온몸이 바위로 뒤덮인 미지의 키메라다.

녹아서 섞여라 생명들—리퀴에아미니 미스케아미니퀘 인테르세세 아니미　여기서 무한의 시행을 허할 터이니—히크 보비스

리케트 템프타레 에트 에츠랄레 인 페르페투움.

네 사람의 움직임이 멈췄다. 모두 다 돌파할 가능성이 조금이라도 있다면 억지로라도 시도할 각오는 되어 있었다. 하지만 빈틈이 없었다. 이 방어를 뚫고 나가는 모습을 도저히 상상할 수가 없었다. 올리버가 순간적으로 할 수 있었던 것은 키메라들에게 포위되기 전에 나나오, 셰라와 함께 밀리건 가까이 돌아오는 것뿐이었다.

끝없는 음탕함에 취하라—델레크테미니 라스키비레 아드 셈피테르눔　그것이야말로 생명이 자아내는 식일지니—쿼니암 히크리투스 스피리투스 게네라트.

아무도 그것을 막지 못한 채, 오필리아의 영창만이 낭랑하게 울려 퍼졌다. 올리버는 필사적으로 방법을 생각해 보았지만, 좋은 방법은 전혀 떠오르지 않아서 아무런 행동도 할 수가 없었다. 나나오와 셰라, 밀리건조차도 마찬가지였다.

나의 태내에서 놀아라 사랑스런 아이들아—루디테 인 메아 플라켄타　죽었다면 몇 번이든 낳아 줄 테니—아마빌리 페투스 쿠오티에스 모리에미니 토티에스 에고이프사 콘카피암.

모두가 엄청난 귀울림을 느꼈다. 소리가 일그러지고 시야가 일그러지고 세계를 이루는 법칙이 흔적도 없이 무너지고 있다. 똑바로 보는 것조차 무서워서 피트는 머리를 감싸고 웅크리고 있었다. 그는 그런 것을 보고도 제정신을 유지할 자신이 없었기 때문이다.

끝없는 첫 울음으로 가득차라—우티남 투 크라모립스 나티비타티스 유기테르 인프레아리스 오 '자궁전(子宮殿)—팔라티움 아니마룸'!

영창이 끝나자. 모든 것이 사라지고 뒤바뀌었다.

네 사람이 퍼뜩 정신을 차리고 둘러보니, 맥동하는 살로 된 벽이 사방을 뒤덮고 있었다. 딛고 선 땅에는 크고 작은 무수히 많은 혈관들이 종횡무진으로 뻗어 있고 피가 흐를 때마다 수축되었으며, 그 모든 것이 생물 특유의 열기를 머금고 있었다.

"…큭…!"

하지만 구역질이 날 만큼 끔찍한 광경은 이상하게도 그들에게 그리움을 안겨 주었다. 본능이 **이 장소를 안다**고 말하고 있다. 기억에는 없어도 몸은 안다. 자신이라는 생명이 시작된 지점을.

지금 그들은 태내(胎內)에 있었다. 이 광대한 자궁이 바로 그들을 집어삼킨 '마'의 형상인 것이다.

"…올리버, 이건."

"절창(絕唱), 이야…."

나나오의 물음에 신음하는 듯한 목소리로 소년이 답했다. 농밀한 퍼퓸이 콧구멍을 통해 뇌로 스며들어, 숨만 쉬어도 미쳐 버릴 듯했다. 순간적으로 입안에서 볼살을 깨물어 고통을 주어 이성을 유지했다. 셰라가 이어서 뒷내용을 설명했다.

"…절계영창(그랜드 아리아). 하나의 마도를 깨우친 자가 다다르는, 마법사의 도달점이에요.

어디까지나 세계 안에서 마법현상을 일으킬 뿐인 주문과 달리, 이를 통해 전개된 '마'는 현실 그 자체를 뒤바꾸며 현현해요. 마치 그림 위에 새로운 그림을 그리듯이…."

공포와 전율, 그리고 일종의 존경심을 담아 셰라가 말했다. … 마법사가 '마에 삼켜지는' 형태는 숱하게 많지만, 절창의 결과로 그것에 도달하는 경우는 지극히 드물다. 오랜 역사를 지닌 가계의 후예이거나 도리를 넘어서 격리된 개체이거나…. 어찌 되었건 누구보다도 특출한 '무언가'를 손에 쥔 자만이 그 영예를 누릴 수 있다. 그것은 그야말로 마법사의 궁극의 모습이라 해도 과언이 아닌 것이다.

"그런 거야. 열여덟 살이라는 젊은 나이에, 그녀는 결국 살바도리의 마도를 완성하고 만 거지. …두말할 여지 없는 천재라고."

목소리에 배어난 선망이라는 감정을 곧장 뿌리친 후, 밀리건은 날카로운 눈빛으로 주변을 둘러보았다. …그녀들을 집어삼킨 세계에는 출구란 것이 도무지 보이지 않았다. 자궁이 마법의 모티브가 되었다면 그 개념상 '바깥'으로 이어진 산도(産道)가 존재할 텐데…. 그러나 그곳을 지나가게 해 주길 기대하는 것은 낙관적인 생각 정도가 아니라 망상이라 해야 하리라.

"이곳은 바깥세계와 격리된, 술자가 만든 새로운 법이 지배하는 별세계로 탈바꿈됐어. 우리 스스로는 이곳에서 나갈 수 없고, 바깥에서 구조가 오지도 않겠지. …술자 본인이 술식을 풀거나 죽지 않는 한은."

밀리건은 말했다. 굳이 희망을 논하자면 그 방법뿐이라는 듯이.

"저건…."

어찌어찌 상황을 받아들인 올리버 일행의 앞에서 살로 된 대지에 여러 개의 융기가 발생했다. 그들이 바라보는 가운데 거대한 혹처럼 부풀어 오른 그것들이 차례로 안쪽에서 갈라지더니, 이형의 존재들이 귀를 찢을 듯한 첫울음과 함께 기어 나왔다. 그렇게 해서 태어난 키메라들 중 같은 형태의 것은 하나도 없었다.

"…**끝나지 않는 식을 답으로 삼을 터이니**…."

인상 깊었던 한 구절을 올리버가 나직하게 중얼거렸다. …조금 전에 들었던 영창의 의미를, 지금은 어렴풋이 알 듯했다.

키메라라는 존재는 '완전한 생명'을 만들어 낼 의도로 탄생된 것이라고 한다. 이 세상에 존재하는 생물은 모두 모종의 결함을 지녔다. 하지만 그러한 생물이 지닌 인자의 유한한 조합 속에서 '정답'을 찾으려 한 자들이 있었다. 자연계에 존재하지 않는 조합을, 자신의 손으로 모색하기 시작한 것이다.

살바도리의 조상인 순결한 서큐버스는 종이라는 단위에서 그 '정답'을 추구한 일족이라 할 수 있다. 하지만 그런 그녀들은 목적한 곳에 다다르지 못한 채 절멸되는 결말을 맞이했다. 하나뿐인 정답을 추구한 탓에 그것을 찾아내지 못한 그녀들은 그 무엇도 되지 못했다.

"…윽…."

퍼퓸의 침입에 저항하고자 이성적인 사고를 하여 올리버는 짐작해 냈다. 살바도리 가문의 마술사들은 그 실패를 교훈 삼아 '완전한 생명'이라는 목표 설정 그 자체에 이의를 제기한 게 아닐까. 그녀들은 변화와 진화, 끝없는 시행착오의 반복이 생명의 본질이라고 본 것이다. 그 과정에 생겨나는 무한한 다양성이야말로 생명을 가장 오래 지속되게 만든다는 결론하에….

"잠깐… 뭐야, 이거?! 뭐야, 뭐냐고…?!"

매우 당황한 목소리가 귀를 파고들어서 올리버는 순간적으로 그쪽을 돌아보았다. 다섯 명에게서 20야드 정도 떨어진 곳에, 허둥대며 주변을 둘러보는 여학생과 그보다 어려 보이는 소녀가 있었다. 두 사람의 모습이 시야에 들어온 순간, 셰라의 눈이 휘둥그레졌다.

"스테이시?! 당신, 어째서 이곳에…?!"

"…휘말려 든 건가. 참 운도 없네."

밀리건의 말이 곧 답일 거라고 올리버는 생각했다. …아마도 구난구의 소리를 듣고 달려온 뒤 일단 멀찍이서 자신들과 오필리아가 접촉하는 모습을 관찰하고 있었는데, 그 도중에 절창이 전개되어 휘말려 든 거다. 그녀들에게는 미안하지만, 그야말로 불운이 겹쳤다고 말할 수밖에 없었다.

"미안하지만 90퍼센트 정도 가망이 없는 상황이야. …셋 다 뭘 해야 할지 알겠어?"

밀리건이 확인을 구하자, 세 사람은 말없이 지팡이검을 들어 답했다. …약속했다. 반드시 다 같이 무사히 돌아가겠다고, 남겨두고 온 동료들과 약속했었다. 그러니.

"…그래. 절망 같은 사치스러운 짓은, 우리 마법사들에게 허락되지 않았으니까!"

사안의 마녀의 입가에 대담한 미소가 걸렸다. 그에 답하듯이 나나오가 기합을 지르자 머리카락이 눈부신 순백색으로 물들었고… 그렇게 그들의 마지막 저항이 시작되었다.

"땅을 불태우고—포르티스, 초열로 뒤덮어라—플람마!"

전투 개시와 동시에 화염이 솟구쳤다. 밀리건이 첫 공격으로 엄청난 화력을 퍼부어 절창 전개 전부터 살아 있던 키메라들을 견제했다. 이만한 숫자를 상대하려면 진을 칠 필요가 있다. 그녀는 한없이 냉정하게 그 작업에 착수했다.

"리넷, 결계를 쳐! 방어 담당이 필요해! 영역마법은 그럭저럭 잘했잖아!"

"이 상황에?! 그런 게 이 상황에 얼마나 도움이 된다고…!"

불쑥 협력을 구했음에도 스테이시의 언니, 리넷 콘월리스가 반쯤 울상이 되어 땅에 마법진을 그리기 시작했다. 그것은 올리버에게도 솔직히 고마운 일이었다. 4학년생이 온 힘을 다해 유지하는 결계라면 아무리 키메라들이라 해도 종잇장처럼 찢고 들어오지는 못할 테니. 일시적인 안전지대가 그곳에 생겨날 거다. 다른 장소보다 몇 분 정도 오래 살아남을 수 있을 뿐이겠지만.

"오, 올리버…!"

"여기서 기다리고 있어, 피트! 반드시 어떻게든 할 테니까!"

형성 도중인 마법진 안으로 피트를 피신시킨 후, 올리버는 육박해 오는 키메라들에게 눈길을 돌렸다. 어느 개체부터 상대할지, 어떻게 싸울지. 아무리 궁리를 해도 부족하다. 한 마리를 상대할 때도 목숨을 걸고 공략해야만 하는 무시무시한 마수들이 지금은 그의 시야를 가득 메우고 있다.

"페이를… 페이를 돌려줘어어어어!"

"진정해요, 스테이시! 호흡을 맞추세요!"

당장에라도 뛰쳐나갈 것만 같은 소꿉친구 옆에 서서, 세라는 엘프의 몸을 유지하며 영창을 시작했다. 이 상황에서 요격의 핵심은 엄청난 화력을 지닌 그녀와 밀리건이다. 올리버와 나나오의 역할은 어떻게든 그 둘에게 적이 접근하지 못하게 하는 것이다.

"하아아아아아앗!"

"우오오오오오오!"

그렇게 그들은 시작했다. 무한으로 밀려드는 파도를 떨쳐 내려는 듯한, 끝이 보이지 않는 싸움을.

쉼 없이 밀려드는 촉수, 주변을 휩쓰는 낫, 날아드는 독액. 그 모든 것을 옆으로 피하고, 흘려내고, 밑으로 피하기도 하며 나나오는 칼을 휘둘러 적의 살을 베었다. 섬광으로 시야를 가리고, 화염으로 온도를 속이고, 노이즈를 일으키는 미끼(디코이)로 청각에 혼란을 일으키며 올리버는 주문을 날려 적의 몸을 꿰뚫었다.

밀리건에게 배운 기술이 지금 이 순간 빛을 발했다. 아니, 그 경험이 없었다면 1초도 살아남지 못했을 것이다. 단 한 번의 실수, 단 1초의 판단 지연이 그 즉시 죽음으로 이어질 상황이다. 한 사람이 쓰러지면 그로 인해 모두가 무너지리라. 모든 능력을 총동원해서 온 힘을 다해 저항하지 않으면 이곳에서는 잠시도 삶을 붙들고 있을 수가 없다.

"…근사한, 걸…. …너희 실력이, 이 정도일 줄이야…."

순간, 목소리가 울렸다. 끝도 없이 태어나는 키메라들 사이에서 아름다우면서도 섬뜩한 모습의 여성이 솟아났다. 허리 아래는 사람의 형태를 하고 있지 않아서, 그 모습은 살로 된 대지에서 돋아난 상반신이라 형용하는 게 적절할 듯했다. 지금은 이 세계의 주인이 된, 혹은 세계 그 자체가 된 오필리아 살바도리다.

"아직 인격이 남아 있다니 놀라운걸…! 마에 삼켜지니 기분이 어때, 살바도리!"

나타난 그녀를 보고 밀리건이 큰 소리로 물었다. 놀랍도록 변해 버린 자신의 몸을 내려다보고 감각을 시험하듯 몇 번인가 손을 쥐었다 폈다 한 후, 오필리아는 미소를 지어 보였다.

"…최악이야… 생각했던, 대로…. …하지만… 조금은 더, 버틸 수 있겠어…. 너희가 죽는 광경 정도는, 지켜봐 줄게…."

"하핫! 아주 고마워 죽겠네!"

말을 섞으며 나나오가 막고 있던 개체를 이절주문으로 처리한다. 잡담을 할 여유는 전혀 없는 상황임에도 밀리건은 몰라보게 변한 마녀를 바라본 채.

"끈질기기도 한걸! 그 모습을 보아하니, 미련이 많이 남았나 봐!"

비수와도 같은 비아냥거림을 날렸다. 그 순간, 오필리아의 어깨가 움찔했다.

"…뭐, 라고…?"

"그렇잖아? 그게 아니면 그렇게까지 무리하면서 멈춰 있을 리가 없으니까. 4년도 안 되는 학교생활에서 못 다한 일이라도 있나 보지? 하하하… 무리도 아니지! 네 첫사랑은 아주 처참했던 모양이니까!"

밀리건이 요란하게 웃어 댔다. 노골적인 비웃음에 오필리아의 주먹이 부르르 떨렸다.

"…닥, 쳐…."

"어라, 정곡을 찔렀나? 그거 미안하게 됐네. 그나저나… 아무리 어렸다고는 해도, 너도 너 자신을 너무 몰랐네. 아무리 그래도 고드프리 총괄은 무리잖아. 늪지에 사는 뱀이 지상을 달리는 일각수(유니콘)를 보고 사랑에 빠진 격이야. 이뤄질 리가 없지, 그 정도는 어린애들도 알지 않을까."

그 시점에서 올리버도 밀리건의 의도를 알아챘다. 동요를 부추기고 있는 것이다. 오필리아에게 아직 인격이 남아 있다면, 그것은 파고들 빈틈이라 할 수 있다. 이 무시무시한 세계의 지배자에게 아직 비아냥거림에 흔들릴 마음이 남아 있다면 말이다.

"네가 할 수 있는 거라곤 기껏해야 타고난 요염함으로 유혹해서 그의 아기 씨를 낚아채는 것 정도겠지. 사람의 마음을 무시하고 결과만 먼저 채 가는 것, 그게 대대로 전해지는 너희의 방법이잖아. 이것 참 감탄스러운걸. 역시 서큐버스의 후예야. 나는 흉내도 못 내겠어. 같은 마법사로서 **나는 도저히 그렇게까지 천박해질 수 없거든!**”

“닥쳐어어어어어어!”

그 시도는 결국 성공을 거뒀다. 그 자리에 있던 모두를 표적으로 삼고 있던 키메라들이 그 순간부터 일제히 밀리건에게 쇄도한 것이다. 어미의 분노를 그대로 공유하기라도 한 듯이.

“‘빛이여 눈을 태워라—마그누스, 소리여 귀를 찢어라—플라르고!’”

그것이 바로 마녀의 노림수였다. 키메라들의 감각기관이 모두 자신을 향한 순간, 셰라와 함께 최대출력으로 주문을 전개… 섬광과 폭음이 일대를 가득 메웠다.

“윽…?!”

그것은 이 자리에 있는 모든 키메라와 오필리아에게 강한 빛을 정면으로 본 것과 같은 결과를 초래했다. 하얗게 물든 세계에 아무것도 감지할 수 없는 시간이 도래했다. 불과 몇 초… 하지만 그것은 사안의 마녀가 행동에 나서기에는 충분한 시간이었다.

영창과 동시에 밀리건은 빗자루를 타고 날아올랐다. 그러고는 요격을 담당하는 촉수가 멈춘 몇 초 동안 오필리아의 머리 위에 도달하여 망설임 없이 빗자루에서 뛰어내렸다.

“크…!”

접촉 직전 오필리아의 시야가 회복되어 코앞까지 다가온 적을 즉시 요격했다. 살로 된 대지와 융합한 하반신에서 돋아난 촉수가 밀리건의 팔다리를 순식간에 구속했다.

"…읏?!"

지팡이검을 찌르기에는 한 걸음이 모자라다. 그렇게 보이지만, **눈싸움을 벌이기**에는 충분한 거리였다. 흐트러진 앞머리 안쪽에서 바실리스크의 눈이 빛을 내뿜자, 그 섬뜩한 눈빛을 맞은 오필리아의 모든 동작이 봉쇄되었다.

"꽤나 동요했네. 이 지경이 되고도 제법 인간다운 반응인걸, 살바도리!"

상대를 노려본 채, 밀리건은 순간적으로 로브를 벗어던져 촉수의 구속에서 탈출했다. 양쪽 다리는 붙들린 상태지만 지팡이와 입만 자유로우면 주문은 쓸 수 있다. 빗맞히려야 그럴 수 없는 거리에서 마녀는 결판을 내기 위한 영창을 시작했고….

"…컥…."

그녀의 가슴을, 뒤에서 뻗어 나온 새로운 촉수가 폐와 함께 관통했다.

"…멍청하긴. 진작 극복했어, 석화의 저주 같은 건."

"밀리건 선배!"

작전이 실패했음을 알아챈 올리버가 소리쳤다. 하지만 오필리아는 그를 거들떠보지도 않고 촉수에 붙들린 사냥감을 노려보았다.

"아까 그 말, 다시 한번 해 봐. 내가 뭐라고?"

엉켜붙은 촉수가 팔을 조이자 밀리건이 쥐고 있던 지팡이검이 땅에 떨어졌다. 폐까지 관통당해 아무런 저항도 할 수 없는 상태였지만, 그럼에도 그녀는 입을 다물지 않았다. 상대를 비웃는 걸 멈추지 않았다.

"…안 들렸나, 보지? …미련이 뚝뚝 흐른다고 했어. 마법사로서 최고의 경지에 다다르려는 지금, 너란 녀석은 아직 숫처녀 같은 후회에 집착하고 있어. 음탕함과 육욕을 누구보다 능숙하게 다루어 온 그 살바도리가! …하하하하핫! 이거 안 웃을 수가 있어야지…!"

새로 돋아난 촉수 둘이 이번에는 복부를 통해 밀리건의 몸 안으로 파고들었다. 입을 틀어막지는 않는다, 그래서는 비명을 들을 수 없기에. 고통에 몸부림치는 사냥감에게 오필리아는 싸늘한 목소리로 물었다.

"…최악의 죽음을 바라나 보네. 고르게 해 줄게. 다음은 어디를 쑤셔 줄까?"

"…크…아…악!"

몸 안을 유린당하는 감촉에 밀리건은 몸부림을 쳤다. 그 모습을 코앞에서 바라보는 오필리아는, 즐거워하기는커녕 얼굴을 찌푸린 채 어금니를 악물고 소리쳤다.

"…안 해… 안 한다고. 나는, 아무것도 후회하지 않아…!"

밝은 장소에서 쫓겨나자 자연스럽게 깊고 어두운 미궁 안으로 발걸음이 향했다.

그마저도 2층은 너무 밝았다. 하지만 3층은 마음이 편했다. 어딜 보아도 어슴푸레한 데다, 찾아오는 사람이 적다. 모두가 피하고 싶어 하고, 온다 해도 조금이라도 빨리 지나가려 한다. 그녀가 보금자리를 두기에는 더없이 좋은 장소였던 것이다.

"…리아."

그럼에도 그런 곳까지 쫓아온 별종이 있었다. 저학년일 때 이 계층까지 단신으로 오는 건 위험하기 그지없는 짓이다. 그럼에도 그는 혼자서 그녀를 만나러 왔다. 그녀가 지금 아무도 만나고 싶지 않다는 걸 알면서. …물론, 그를 포함해서 말이다.

"……꺼져, 카를로스. 이곳은 내 영역이야."

소꿉친구에게 등을 돌린 채, 소녀는 쌀쌀맞은 목소리로 그를 떼쳐 냈다. 그러는 수밖에 없었다. 그를 이런 곳에 오게 하기는 싫었고, 지금의 자신을 보여 주고 싶지도 않았다. 하지만… 그런 마음을 다 알면서도 카를로스 위트로는 말을 걸어왔다.

"학교로 돌아가자. 사람들한테는 내가 잘 말해 줄게."

"바보 같은 소리 마."

고개를 끄덕일 수 있을 리가 없었다. 이제 와서 무슨 낯으로 돌아가라는 말인가. 퍼퓸을 흩뿌려 집단을 엉망으로 만든 것도 모자라 동료였던 소년을 반쯤 죽여 놓고 도망쳐 왔다. 신뢰도 우애도 모조리 다 짓밟고서.

"자포자기하지 마. 똑바로 이야기하면 알은 용서해 줄 거야. 너도 알잖아…."

소꿉친구가 그렇게 말하리라는 것은 그녀도 알았다. …그리고 아마 그 말은 사실일 거다.

진지하게 마주하는 한, 알빈 고드프리는 결코 자신을 버리지 않을 것이다. 몇 번 실수를 저지른다 해도… 그때마다 그는 몇 번이고 용서해 줄 거다.

"…윽…."

그래서 안 되는 것이다. 그의 용서를 받을 때마다 이 마음이 삐걱댈 테니. 자신을 용서할 때마다 그의 마음이 깎여 나갈 테니. 아무리 그라는 빛을 동경해도, 이 몸에 흐르는 서큐버스의 피는 바꿀 방법이 없다.

그에게 호감을 느낄수록, 함께 있는 시간이 길어질수록, 그 존재를 모조리 빼앗아 버리고 싶다는 충동 또한 부풀어 오른다. 정신을 차려 보면 최대한의 퍼퓸으로 그를 자신의 것으로 만드는 순간을, 머릿속 한구석으로 늘 달콤한 악몽처럼 그리고 있다. 그런 자기 자신을 자각할 때마다 절망했다.

그 괴로움에서 벗어나기 위해, 그의 다정함을 떨쳐 내기 위해 그녀는 자기 자신을 몰아세웠다. 다시는 돌아가지 못하도록. 두 번 다시 해가 비치는 장소로 나가려는 생각을 못 하도록.

"…윽?!"

돌아선 오필리아의 모습에서 카를로스는 그런 결심을 하게 한 계기를 발견했다. 커다랗게 부푼 소녀의 배… 그 안에 깃든, 키메라가 아닌 생명을.

"리아. 너…."

"…상급생이 부탁하기에, 적당히 배 줬어. 이게 내 역할이잖아."

할 말을 잃은 소꿉친구 앞에서 오필리아는 메마른 목소리로 말을 내뱉었다. 이 역시 살바도리에 태어난 자의 의무다. 오랜 세월 교류한 가문의 요구가 있으면 그에 응해 피를 나누어 주는 것. 마법사에게는 희한한 일도 아니거니와 오필리아가 그걸 피할 이유도 없었다. 그녀의 몸은 출산에 익숙하다. **몇 명을 낳건 끄떡도 않는다**. 그녀에게 아기 씨를 주입한 상급생도 분명 그렇게 생각했으리라.

"……."

그렇다, 몸은 끄떡없다. 언제나 삐걱대는 것은 마음이다. …그것도 최근에는 느끼지 않게 되었다. 자신이 편리한 그릇이라는 사실을, 마음은 그 부속품에 불과하다는 사실을 그녀는 이미 받아들였기 때문이다.

그런데… 왜 눈앞에 있는 소꿉친구는 얼굴을 엉망진창으로 구기고 있는 걸까. 자신은 이제 아무 고통도 느끼지 않건만. 어째서 그는 자신 대신 고통을 호소하는 걸까.

"…하다못해, 3학년까지는 삼가라고…."

"그건 네 의견이었지. 들어줄 이유는 없었어."

소녀는 매정하게 말했다. 오필리아는 마법사로서 도리를 지켰을 뿐이다. 감시인에 불과한 그에게 살바도리라는 가문의 일에 참견할 권리는 없다.

"한 번만 더 말하겠어. 꺼져, 카를로스. …아니면, 여기서 나랑 목숨 걸고 싸울래?"

지팡이검에 손을 대며 오필리아가 물었다. 카를로스가 뜻을 관철하고자 한다면, 그 역시 한 사람의 마법사로서 싸우는 수밖에 없다. 살바도리의 역사를 눈앞에 있는 소녀와 함께 짓밟고 자신의 마도를 관철하는 수밖에 없는 것이다.

"…윽…."

물론 그녀는 알고 있었다. 그가 결코 그 길을 선택하지 않으리라는 것을.

"……또 올게. 네가 내 말을 들어줄 때까지, 몇 번이고."

굳은 맹세의 말을 남기고서 카를로스는 어쩔 수 없이 발걸음을 돌렸다. 그렇다… 그는 몇 번이고 올 거다. 그때마다 그녀는 쫓아낼 것이다. 차갑게 얼어붙은 마음으로, 자신에게 내미는 다정함을 모조리 뿌리칠 거다.

"흥… 떨어졌나, 서큐버스. 웃음밖에 안 날 정도로 예상대로로군."

그런 그녀와 동류라 할 수 있는 이들도 미궁의 심층에는 놀랄 만큼 많았다. 죽은 자의 뼈를 모아 사역마로 삼는 마법사는 독특한 표현으로 그녀를 매도하고 동정했고, 동시에 환영했다.

"기뻐해라, 이곳의 물은 너에게 맞을 거다. 어울리는 장소다. 위쪽보다 훨씬 말이야."

그것은 오필리아도 크게 동감하는 바였다. 비슷한 녀석들만 주변에 있어서 마음 편하고 좋았다. 자신에게 그렇게 할 때처럼, 가차 없이 혐오할 수 있으니까.

"태어나 나오라—파르투스."

그녀는 대답 대신 주문을 입 밖에 냈다. 사이러스 리버모어의 미소가 짙어졌다.

"하, 첫마디가 그건가. 어지간히도 울분이 쌓였나 보군.

좋아… 이것도 선배 된 자로서의 의무다. 놀아 주마."

자신을 향한 살의에 남자 역시 주문으로 답했다. 그 후로도 기분풀이로 목숨을 걸고 싸울 상대를 찾느라 고생할 일은 없었다.

"…괜한 참견이라는 건 알지만. 내가 보기엔 관두는 게 좋을 것 같아."

케빈 워커와도 종종 마주쳤다. 이 남자는 상급생들 중 보기 드물게 고드프리 일행에게 호의적이었던 데다, 그들을 도와준 적도 한두 번이 아니었다.

"이 미궁은 들락거리는 곳이지 사는 곳이 아니야. 일상적으로 들락거리고 있는 나이기에 그 경계선만은 잊지 않으려 노력하고 있지. 뭐, 킴벌리이다 보니 교사도 교사대로 흉흉하기는 하지만… 그래도 그곳은 가까스로 사람이 사는 곳이라 볼 수 있지. 좋은 녀석이 있는가 하면 기분 나쁜 녀석도 있고, 좋은 점이 있는가 하면 나쁜 점도 있고… 그런 걸 전부 포함해서 울고 웃고 할 수 있는 곳이라고."

"……."

오필리아 본인도 이 상대를 어떻게 취급해야 할지 애매했다. 미궁을 본거지로 삼고 있는 동류들과는 명확하게 다른 타입이지만 '살아남는' 데에는 누구보다도 능하다. 그녀가 으르렁거려도 가볍게 흘려 넘기고 마는, 실로 성가신 상대였다.

"카를로스 군은 지금도 필사적으로 너의 보금자리를 만들려 하고 있어. 이번에는 네가 겉돌지 않도록, 성별과 관련된 특이 체질을 지닌 학생들을 모아서. …너는, 정말 그 상태로 만족하겠어?"

거의 대부분 끈질기게 들러붙지 않고 두세 마디의 충고를 남기고 나서 금방 떠나갔다. …하지만 그 두세 마디가 반드시 그녀의 가슴을 따끔하게 찔렀다. 정말로 성가신 상대였다.

"…아픈, 걸."

누구보다도 애를 먹었던 것은 이 상대였다. 교사에 있었을 때부터 다소의 접촉은 있었지만… 오필리아가 미궁에 거처를 마련한 후에는 만날 때마다 저쪽에서 말을 걸어오기 시작했다.

"…차, 마실래? 마침, 좋은 찻잎을, 구했거든. …나, 잘 우려."

하물며 웃는 얼굴로 그런 권유까지 했다. 강아지가 들러붙는 것 같아서 그럴 때마다 그녀도 아주 난감하기 그지없었다. 표면적인 동정이었다면 망설임 없이 떼쳐 냈을 거다. 하지만 이 상대는 **그 정도로 떼쳐 낼 수 없다는 것**도 알고 있었다.

"…이런 곳에서 다과회를 하자고? 웃기지 마."

얼굴을 마주칠 때마다 차갑게 대하느라 고생했다. 대부분의 경우는 그녀의 오빠도 동행하고 있었는데, 그쪽은 또 카를로스의 친구라 이중으로 성가셨다.

"장소가 불만이라면 위로 와라. 교사로 가자는 게 아니다, 2층에만 가도 이곳보다는 낫겠지."

"목덜미라도 잡아서 끌고 가 보시지 그래요, 셔우드 선배?"

그렇게 대하면 동생 쪽은 정말로 서운한 듯한 표정을 지었다. 그걸 보기가 너무도 싫어서, 이 상대와 마주쳤을 때만큼은 오필리아도 늘 자신이 먼저 등을 돌렸다.

"용건이 그것뿐이라면 가 주세요. …동병상련이니 하는 건 취향이 아니거든요."

결국 그게 본심이었다. …그렇다, 일그러진 거울을 들여다보는 것과 다를 게 없기 때문이다. **같은 아픔**을 떠안은 상대란.

"…끌고 간 동료를 돌려줘야겠다, 오필리아 양."

미궁에 사는 마녀로서의 삶을 택한 이상, 언젠간 이렇게 될 수밖에 없었다. 그녀는 자신의 마도에 필요한 만큼 타인을 이용하여 정기를 쥐어짰고, 몸과 마음을 변덕스럽게 농락했다. 그런 존재방식이 **그**와 충돌하지 않을 리 없었다.

"굳이 데리러 와 주신 건가요, 고드프리 선배? 마침 잘됐네요. 이쪽에서도 못 써먹게 됐거든요."

언젠가 이날이 올 줄 알았기에 그녀는 공들여 준비를 해 두었다. 굳이 고드프리의 동료를 골라서 끌고 온 것은 그 때문이었다. 그의 눈앞에서 키메라에게 끌려온 학생들을, 오필리아는 진흙 바닥에 아무렇게나 내던졌다.

"…아, 아, 아…."

"이제 괜찮아! 내가 여기 있어, 정신 차려…!"

고드프리는 그들을 순서대로 끌어안으며 말했다. 흐리멍덩한 눈동자가 겨우 초점을 맞추는가 싶더니.

"아… 그… 크아아아아아아아아악!"

"…큭?!"

느닷없이 비명을 터뜨렸다. 세 사람은 똑바로 누운 자세로 몸을 젖힌 채 격통에 몸부림쳤다. 고드프리의 눈앞에서 쥐어뜯을 듯이 손톱을 박아 넣은 그 복부에서, 거죽과 살을 찢고 이형의 팔이 솟아났다.

"…뭣…."

세 개의 배에서 차례로 키메라가 기어 나왔다. 숙주의 피와 살을 먹고 성장한 그것들이 피바다 속에서 꿈틀댔다. 꼿꼿이 선 채 굳어 버린 고드프리를 향해 오필리아는 싱긋 미소 지어 보였다.

"건강한 아이가 태어났죠? 남자도 가끔은 새끼를 낳아 보는 게 어떨까 싶어서요.

자아, 어서 데려가 주세요. 지금까지의 처치를 견디느라 세 사람 모두 상당히 맛이 갔을 테지만…. 모두 다, 제정신으로 돌아왔으면 좋겠네요."

준비해 두었던 말을 한마디도 틀리지 않고 입 밖에 냈다. 청년의 뒤에 버티고 있던 동료들이 참상을 보다 못해 뛰쳐나왔다. 발치에서 어슬렁대던 키메라를 주문으로 불사르고, 미친 듯이 소리를 질러대는 동료를 치료하기 시작했다.

"…마음까지, 미궁의 어둠에 물들었나."

그 광경이 고드프리에게 망설임을 버리게 했다. …실수였다면 몇 번이고 용서했을 것이다. 하지만 명확한 악의를 가지고 동료를 상처 입히고 비웃는 상대에게는 그럴 수가 없다.

허리에 찬 지팡이검을 뽑아 든 고드프리는 그것으로 소녀를 겨누었다. 흔들림 없는 전의를 품은 채, 적이라고 판단한 상대와 마주했다.

"더는 아무 말도 하지 않으마. …하지만 죗값은 치르게 해야겠다.

지팡이검을 뽑아라, **살바도리**!"

그리고 고드프리는 불렀다. 만났을 때부터 지금까지 한 번도 입 밖에 낸 적이 없는 상대의 성을.

"…네."

심장을 관통당한 듯한 고통을 느끼며 지팡이검을 뽑았다. 기묘한 안도감이 오필리아의 마음속에 퍼졌다. …더는, 괴로워하지 않아도 된다. 밝은 곳에서 꼴사납게 발버둥 치지 않아도 된다.

이게 올바른 형태다. 자신은 드디어, 이 사람의 적이 된 거다.

"……후회, 따위………."

떨리는 목소리가 오필리아의 목에서 새어 나왔다. 이미 인간의 이치를 벗어난 몸이 되었음에도 그녀는 인간이었을 때의 기억에 괴로워했다.

그 갈등에 호응해 키메라들의 움직임이 명백하게 둔해졌다. 쉴 새 없이 밀려드는 파도와 같은 압박감이 지금은 없다. 그 사실을 간파한 올리버가 일단 후퇴해서 함께 사투를 벌이고 있는 면면들에게 말했다.

"모체의 동요가 전파돼서 키메라들의 전의가 옅어졌어. …마지막 기회야. 다들 움직일 수 있지?"

"네에…." "물론이오."

그 즉시 셰라와 나나오에게서 긍정적인 답이 돌아왔다. 체력도 마력도 바닥을 보이고 있을 텐데, 그럼에도 약한 소리 하나 하지 않았다.

"나도 할 수 있어…!" "결계만은 죽을 각오로 유지할게! 나머지는 몰라!"

"…큭…!"

이어서 콘월리스 자매가 저마다 각오가 되었음을 밝혔다. 그 옆에서 피트조차도 손이 떨리는 걸 숨기고 지팡이검을 쥐고 있었다. 올리버는 진심으로 고맙다고 생각했다. 상황이 이렇게 되었음에도 동료들 중 그 누구도 절망하지 않았기 때문이다.

시선을 다시 앞으로 돌려보니, 밀리건은 여전히 오필리아의 정면에서 촉수에 붙들려 있었다. 이제 의식이 있는지 어떤지도 불분명하다. 하지만… 그녀의 목숨을 건 도발이 만들어 낸 기회가, 지금 그들의 눈앞에 있었다.

"우리가 미끼가 되겠어. 너만 믿는다, 나나오."

올리버가 지팡이를 든 채 말하자, 셰라도 곧장 그 의도를 알아챘다. 평소의 소년이었다면 절대로 택하지 않았을 방법이다. 위험성을 무시한 도박이나 다름없지만 지금은 달리 방법이 없었다.

"키메라의 요격은 이쪽으로 유인하겠어. 그 사이에 온 힘을 다해 날아가. 오필리아 살바도리의 앞에 도달하면 목을 쳐. …그러면 끝이야."

그렇게 말하고 나자 올리버는 자신에게 화가 났다. 작전이라고 하기에도 우스운 그것은 네 명의 목숨을 담보로 한 돌격이라 할 수 있었다. 심지어 자신이 주체가 아닐뿐더러 나나오의 빗자루 비행술 실력에 많은 부분을 의존한 것이다.

"과연… 알았소."

하지만 당사자인 소녀는 그걸 거부하지 않았다. 올리버가 제안한 이상 반드시 이길 수 있는 작전이라 믿어 의심치 않는 것이다. 그렇기에 소년은 생각했다. 우직하리만치 올곧은 마음을 지닌 그녀에게라면 모든 것을 맡길 수 있다고.

"작전은 정해졌군. …먼저 간다!"

말을 꺼낸 자의 의무를 다하기 위해 올리버가 미끼의 선봉장이 되어 상공으로 날아올랐다. 그 즉시 셰라와 스테이시가 빗자루를 타고 뒤따랐다. 오필리아의 동요에 휩쓸렸던 키메라들이 차례로 반응해, 대공 능력을 지닌 개체의 적의가 상공에 있는 그들에게 집중되었다.

"키메라가 반응했어! 지금이야, 나나오!"

"하아아아아압!"

지상에서 세 사람을 향해 촉수가 뻗어 나감과 동시에 혼자 남아 있던 나나오가 빗자루를 타고 날아올랐다. 호를 그리며 고도를 확보한 후, 오필리아를 향해 일직선으로 강하한다.

"으악…!" "스테이시!"

무수히 많은 촉수가 미끼를 맡은 세 사람을 덮친다. 몇 초 후, 그중 하나가 스테이시의 빗자루에 닿았다. 공중에서 균형을 잃은 소녀의 몸이 셰라의 눈앞에서 하릴없이 추락하기 시작했다.

"아직이야! 좀 더…!"

공중에서 촉수의 추적을 피하며 올리버는 중얼거렸다. 아직 추락할 수 없다. 나나오가 오필리아를 처치하는 그 순간까지는!

"크…?!"

요격은 그가 예상한 것보다 훨씬 가열했다. 세 개의 촉수를 공중에서 급선회하여 피했다고 생각한 순간, 등 뒤에서 날아온 점

착질의 실이 빗자루의 자루에 들러붙었다. 균형을 잃고 휘청거리는 시야 끄트머리에 거미 마수를 토대로 한 키메라가 실을 토해 내고 있는 모습이 보였다. 촉수보다 속도가 빠른 것은 물론이고 포착하기도 어려운 그것은 제아무리 올리버가 주의를 기울여도 전부 피할 수 있는 게 아니었다.

"커헉…!"

스테이시보다 몇 초 늦게 그도 땅바닥에 추락했다. 빗자루와 작별한 몸이 데굴데굴 살로 된 땅을 굴렀다. 간신히 낙법을 해서 몸을 일으킨 순간, 마지막 미끼인 셰라가 거미줄에 걸려 떨어지는 모습이 눈에 들어왔다. 그리고, 또 한 명의 소녀에게로 시선을 옮겨 보니.

"하아아아아!"

올리버 일행이 유인하지 못한 촉수들이 오필리아를 향해 직진하는 나나오에게 쇄도했다. 그녀는 무시무시한 공중기동을 펼쳐 그것들 사이로 빠져나갔지만, 잇따른 요격이 가만히 두지 않았다. 돌진하는 소녀의 앞에 거미줄이 펼쳐져 망을 이루었다. 한 사람도 통과시키지 않는 무자비한 방벽이 되어 앞을 가로막았다.

"화염이여 일어나라—플람마!"

하지만 다음 순간, 나나오가 내쏜 화염주문이 그 방벽에 구멍을 냈다. 검술 실력에만 의존하지 않고자 올리버의 가르침을 받으며 연습을 거듭한 기술이 이 승부처에서 활로를 연 것이다.

“각오하시오!”

거미집만 돌파하면 지상에 있는 오필리아와 나나오의 사이를 가로막는 것은 아무것도 없다. 올리버가 숨 쉬는 것도 잊고 지켜보는 가운데, 빗자루를 더욱 가속시킨 소녀의 칼날이 적의 목에 육박했고….

어린 소녀와 같이 울먹이는 얼굴의 마녀와, 치명적으로 눈이 마주쳤다.

“…크….”

휘두르려 했던 칼이 직전에 멈췄다. 결판을 냈어야 할 일격이, 마녀의 목을 아슬아슬하게 스치고 그 옆을 허무하게 통과했다.

“나나오!”

처음부터 착지는 염두에 두지 않았는지, 소녀는 일직선으로 지상에 추락했다. 우연히도 가까운 곳에 추락했던 올리버가 다급한 얼굴로 달려가 보니… 예상한 대로 나나오는 그곳에 쓰러져 있었다.

“…미안하오, 올리버….”

몸을 일으키지도 못한 채, 나나오가 또렷한 목소리로 사과했다. 올리버는 정신없이 달려갔다. 자세히 볼 것도 없이 만신창이라는 걸 한눈에 알 수 있었다. 팔과 다리에 갈비뼈, 온몸의 셀 수 없을 정도로 많은 부분의 뼈가 부러졌다. 의식을 유지하고 있는 게 기적이었다.

"…윽…."

올리버는 곁에 웅크려 앉아 그녀에게 치유주문을 걸었다. 사방에서 키메라가 다가오는 기척이 느껴졌지만, 그건 의식 밖으로 밀어냈다. 마력이나 체력이나 이미 제대로 저항할 만큼 남아 있지도 않다. 하지만 그보다… 지금은 눈앞에 있는 소녀를 내버려 둘 수가 없었다.

"…왜, 베지 않은 거야…. …마지막 기회, 였는데…."

치유를 계속하며 올리버는 그렇게 물었다. 처치할 수 있었을 거다. 나나오의 일격은 완전히 오필리아의 급소로 향하고 있었다. 그대로 망설임 없이 칼을 끝까지 휘둘렀다면 모든 게 끝났을 텐데.

"…저건, 어린애요…."

한편, 그 순간에 본 것을 떠올리며 나나오는 더듬더듬 답했다. …무시무시한 적과 맞서고 있다고 생각했다. 사람의 마음을 짓밟는 데 주저함이 없는 마성의 존재를 처단한다. 오필리아 살바도리와의 싸움은 그녀에게 그런 것이었다.

그래서 예상치 못했던 것이다. 갓난아이처럼 약하고 덧없는… 저렇게나 무방비한 우는 얼굴과 맞닥뜨리게 되리라고는.

"…우는 아이는 벨 수 없소. 소생은, 도저히."

"큭…!"

모든 것을 이해한 올리버는 어금니를 악물었다. 그러고는 아무 말 없이 소녀를 끌어안았다. …베지 못한 이유가 너무도 그녀다웠다.

끝이 다가오고 있다. 처음에 추락한 스테이시에게는 그나마 몸을 움직일 수 있는 상태로 착지한 셰라가 아픈 몸을 이끌고 달려가고 있었다. 온몸을 부딪친 충격으로 꼼짝도 못 하고 있는 소녀를 품에 안고서 피트와 리넷이 기다리는 결계까지 겨우 도달하더니… 그녀는 그곳을 죽을 곳으로 정하고 의연하게 지팡이검을 겨누었다.

"…미안해요, 피트."

"…뭐…?"

"당신을, 끝까지 지키지 못했어요."

사과의 말이 셰라의 입에서 튀어나왔다. 그것을 들은 순간, 피트의 마음속에서 무언가가 폭발했다.

"어… 잠깐, 너…."

제지하는 리넷을 뿌리치고 앞으로 나선 그는, 놀란 롤 헤어 소녀와 나란히 서서 지팡이검을 겨누었다.

"…지 마…."

그게 아무런 보탬도 되지 않는다는 건 안다. 하지만 그렇게라

도 해야 마음이 후련할 듯했다.

"…사과하지 마. 너희는, 구하러 와 줬잖아…!"

마녀의 속은, 이제 모든 것이 엉망진창이 되어 있었다.

생각도 감정도 모두 뒤엉켜, 하염없이 괴로움과 애달픔에 몸부림치고 있다. 무엇이 그렇게나 슬픈 건지 모르겠다. …분명, 아무것도 슬프지 않을 텐데.

자신은 해야 할 일을 해서 이곳에 도달했다. 천년 역사의 후손으로서, 그 탐구를 매듭지은 자로서, 살바도리의 마도를 최고의 형태로 완성시켰다. 이토록 위대한 성과를 올렸건만, 대체 무엇이 불만인 걸까.

"…아… 아아…."

차츰차츰 조여드는 키메라들의 포위망 중심에서, 그 소년이 몸을 던져 감싸듯이 만신창이가 된 소녀를 끌어안고 있다. 그 광경을 바라보며 문득 생각했다. 자신이 마지막으로 품에 안긴 게 대체 언제였을까.

"잘 보렴. 수컷 다루는 법을 알려 줄 테니."

그녀는 언어 다음으로 그것을 어머니에게 배웠다. 매료로 의식을 빼앗은 남자와 뒤엉켜 있는 한 여자. 그것이 오필리아에게 가장 익숙한 어머니의 모습이었다.

"후후후… 어때, 간단하지? 육체적인 쾌락을 먹잇감으로 내세우면 어떤 남자든 이렇게 된단다."

여자가 허리를 움직일 때마다 의식이 없는 남자의 입에서는 신음소리가 새어 나왔다. 일방적으로 쾌락을 제공받고 그 대가로 의사와 상관없이 기력을 쥐어짜인다. 그 모습이 어린 마음에 무척 불쌍해 보였던 걸 기억한다.

"안는 게 아니야. 하물며 안기는 것도 아니지. **먹는 거야**. 우리는 포식자고 수컷은 먹잇감. 관계는 어디까지나 이 녀석들로 하여금 우수한 피를 바치게 하기 위한 수단에 불과해…."

그녀도 어머니의 말이니 그럴 것이라고 의문 없이 받아들였다. 하지만 지금 생각해 보니, 그것은 반쪽짜리 정답에 불과했다.

"…어머니. …아버지는…?"

열네 살 때였을까. 꼬박 사흘에 걸쳐 어렵게 키메라를 낳은 다다음날, 아직 비척거리는 몸으로 집 안을 걷던 중에 아버지의 모습이 어디에도 없다는 사실을 알아챘다. 거실에서 술을 들이붓고 있던 어머니에게 그렇게 묻자, 금방 답이 돌아왔다.

“쫓아냈어. 씨는 토해 내게 했고, 이제 필요 없으니까.”

그 말을 들은 오필리아가 느낀 것은 충격도 슬픔도 아니라 ‘아아, 역시 그런 거구나…’라는 감상이었다. 아버지가 이 집을 떠나고 싶어 한다는 것은 이전부터 알고 있었다. 그래서 줄곧 언젠가 이런 날이 올 줄은 알았다.

“이 집에서 나가라고 하니 진심으로 안심한 것 같더라. …조금은 싹수가 있는 녀석인 줄 알았더니, 결국은 수컷이었어. 살바도리의 탐구를 이해할 수 있을 리 없지.”

씨만 확보할 수 있다면 살바도리의 마도를 탐구하는 데 수컷은 필요 없다. 자궁이 핵심인 이상, 부정할 수 없는 사실이기는 했다. 하지만… 오필리아는 생각했다. 그렇다면 어째서 그 사람은 지금까지 이 집에 있었던 걸까. 어머니는 왜 계속 아버지를 곁에 두었던 걸까.

“…뭐니, 그 표정은. 설마 쓸쓸하기라도 한 거야?”

의문이 담긴 시선을 알아챈 어머니가 딸을 흘겨보았다. 거울에 대고 묻는 것이나 다름없는 짓이건만, 본인만 모르는 척을 했다.

“안심하렴, 그 녀석을 버려도 수컷은 남아돌아. 아아… 그래. 모처럼 성가신 걸 떨궈 버렸으니 오랜만에 사냥이나 갈까.”

그렇게 현실도피를 했다. 가슴속에 눌러앉은 감정을 인정하지 않고, 어떻게든 그것을 외면하기 위해. 자신들이야말로 착취자,

수컷을 쓰다 버리는 입장이라는 긍지를 지키기 위해.

"그래, 그렇게 하자. 오필리아, 너도 따라오렴. 육욕을 거스르지 못하는 수컷들의 추한 모습을 보고 웃어 주자! 그러면 기분도 풀릴 거야! 그래, 분명 그럴 거야…!"

미친 듯이 떠들어 대는 어머니의 모습을 보고서야 오필리아는 확신했다. …아아, 그렇구나. 버려진 건 우리구나.

"…아…… 아아……."

알고 있었다. 한참 전부터 알고 있었다. 마도를 탐구하는 데 소비되는 장작이라는 점에서 본질적으로 남자와 여자는 별 차이가 없다. 처음부터 그 집에 인간은 한 명도 없었다.

다만, 그렇다면 어째서 이렇게나 어중간한 인간 놀이를 계속한 걸까. 사람처럼 남편을 두고, 사람처럼 가정을 꾸리고, 사람처럼 아이를 낳고… 그 딸에게, 어째서 오필리아라는 **인간의 이름**을 준 걸까.

"…아아아, 아아아아아아아…!"

이름 따위 없었으면 좋았을 텐데. 생각을 할 이성 같은 것은 필요 없었다. 그저 하나의 자궁으로서 태어났다면 이렇게 괴로움에 몸부림치지 않아도 됐을 텐데. 사랑에 빠지는 두려움도, 그것이 깨지는 고통도 맛보지 않아도 됐을 텐데.

분명 마지막까지 모른 채 끝났을 텐데. 자신이 외톨이라는 것도.

외로움을 잘 타는 아이는 어디 있을까?

"…………?"

찢어질 듯한 마음을 끌어안고, 가슴을 쥐어뜯으며 악다구니를 치던 지옥에.

문득. 그리운 노래가, 들려왔다.

눈물 많은 아이는 어디 있을까?

처음에는 기억 밑바닥에서 떠오른 것인 줄 알았다. 하지만 아니었다. 그것은 머릿속이 아니라 분명 소녀의 귀를 울리고 있었다.

숨어 있지 말고 나오렴 혼자 있으면 눈물도 마르지 않으니

다정한 목소리에 녹아들어… 단단히 결합했던 세계가 허물어졌다.

"…어…?"

그 이변을 올리버가 가장 먼저 알아챘다. 그의 근처에 있던 공간 중 한곳으로 청정한 빛이 쏟아지더니, 그것이 서서히 퍼져 나갔다. 닫혀 있던 세계의 안과 밖을 잇는 '길' 한 줄기가 그곳에 생겨났다.

"늦지 않았어…."

그 길을 따라 두 인물이 모습을 드러냈다. 그들 중 다부지고 키가 큰 쪽은 알빈 고드프리. 그리고 나머지 한 명은… 역시나 올리버 일행과 인연이 있는, 중성적인 외모를 지닌 가녀린 체구의 청년이었다.

"카를로스…?!"

소꿉친구의 모습을 발견한 오필리아가 어리둥절한 투로 그의 이름을 불렀다. 그런 그녀를 똑바로 마주 본 채 카를로스가 부드러운 미소를 보냈다.

"미안해, 늦어서. …데리러 왔어, 리아."

"…윽, 가까이 오지 마!"

카를로스가 그녀를 향해 걸어 나간다. 썰물처럼 뒷걸음질 치는 키메라들 대신 지면과 일체화한 오필리아의 발치에서 돋아난 촉수가 단숨에 그를 덮쳤다. 어깨를 스치고 뼈를 부수고 옆구리를 스치고 살을 후벼판다. 그 충격에 가녀린 몸이 휘청 기울어진다.

"카를로스 선배…!"

보다 못한 올리버가 지팡이검을 들고 일어섰지만, 그의 앞을 고드프리가 가로막았다. 당황한 소년을 향해 그는 조용히 고개를 가로저어 보였다.

“괜찮아. …저 녀석에게 맡겨 다오.”

신뢰와 각오가 담긴 목소리에 올리버는 아무 대꾸도 할 수 없었다. 하지만 그러는 동안에도 카를로스는 저항하지 않고 촉수를 맞고 있었다. 지팡이검을 뽑아 저항할 낌새조차 없다. 마치 그것이 자신의 책임이라는 듯이.

“여전히 성질이 급하구나, 리아. 그렇게 재촉하지 마, 다 줄 테니까.”

한없이 다정한 목소리로 말하며 카를로스는 둘째손가락을 자신의 목에 가져다 댔다. 순간, 목을 빙 두르는 모양새로 새겨져 있던 문신이 리본처럼 풀어져 사라졌다. 올리버는 직감했다. 저건 **봉인**이었다.

마른침을 삼키며 지켜보는 그의 귀에, 한층 더 증폭된 노랫소리가 울려 퍼졌다.

이것 봐　역시 여기 있었잖아　바보처럼 혼자 울긴

그렇게 울면 큰일 나　눈물바다에 빠져 버릴 테니까

어렵지 않은 영어(이에르그리스)로 된, 어딘가 그리운 느낌이 드는 가사다. 청년의 입에서 노랫소리가 흘러나오자, 그를 둘러싼 세계가 점차 흔들렸다. 살며시 매듭을 풀 듯이 조금씩 균열이 늘어 가고 있다.

하지만 이제 괜찮아　내가 왔으니까 괜찮아

외톨이의 시간은 끝났어　내가 마법으로 끝내 줄게

"…이건…."

주문이 아니다. 목소리 그 자체가 힘을 지닌, 흔히 말하는 마성의 일종이라는 것까지는 올리버도 알 수 있었다. 하지만 그것만으로는 설명이 안 된다. 카를로스의 목소리는 명백하게 오필리아가 전개한 세계를 상쇄하는 작용을 하고 있다. **살바도리의 마술에 대한 완전한 대항속성으로써**, 청년의 노랫소리는 한없이 투명하게 울려 퍼졌다.

"설마…."

그것에서 **성성**(聖性)을 느낀 순간. 소년의 안에서 모든 점이 선을 이루어 이어졌다.

올리버는 기억했다. 일전에 피트와 함께 불려 갔던 파티 자리. 그것은 '성별에 관한 특이체질을 지닌 학생들의 모임'이라고 카를로스는 말했다. 그렇다면 그 중심 인물인 카를로스 본인도 그 정의에 준하는 모종의 체질을 가지고 있을 터.

이 노랫소리가 그것이라면. 변성기 직전에서 시간을 멈춘 듯한 알토(alto) 음역대의 노랫소리. 모두가 유년기에는 지니고 있지만, 성장과 함께 잃게 되는 무구한 목소리. 그것을 **어떠한 방법**으로 몸에 붙잡아 둔 채, 오랜 시간 훈련을 통해 하나의 마법 속성으로 연마했다면.

거세가수(카스트라토). 소년기에 남성 기능을 제거해야만 성립되는 마성(魔聲).

그것은 성스러운 무성(無性)의 노랫소리. 따라서 성을 이용한 이 세상의 모든 마법에 대한 대항속성이 될 수 있다….

"안녕. 날씨가 참 좋네."

처음 만났던 날을 기억한다. 어둡고 차가운 집의 정원에서 그녀를 처음 봤을 때의 일을.

"…누구야, 당신?"

처음 본 순간, 가슴을 관통당한 듯한 기분이었다. …커다랗게 부푼 배를 안은 어린 소녀. 서큐버스의 후예로 태어나, 그 자궁으로 마도를 완성으로 이끄는 숙명을 타고난 아이. 의사와는 무관하게 남자를 미치게 하는 퍼퓸을 뿜어 대는 탓에 다른 사람을 사랑할 수도, 사랑을 받을 수도 없다.

"오늘부터 네 친구가 되려고 하는 사람이야."

그 안전장치가 되기 위해 카를로스 위트로는 그녀에게 보내졌다. 어떠한 형태로 소녀의 마법이 폭주하더라도 카스트라토인 그라면 그것을 억제할 수 있으니까. 언젠가 마도의 탐구 끝에 마에 삼켜질 소녀를, 그라면 확실하게 처리할 수 있으니까. 그것이 살바도리와의 맹약에 따라 본가가 그에게 부여한 마법사로서의 책무다.

"이번에는 당신의 아이를 낳는 거야?"

놀랄 만한 그 질문에는 소녀가 지금까지 살아온 환경이 고스란히 담겨 있었다. 그녀에게 수컷이란 자신의 자궁에 씨를 넣기 위한 상대에 불과하다. 그것 외에는 상대와 관계하는 방법을 알지 못하는 거다.

"아니야. 나한테는 그 기능이 없거든."

"……? 그게 무슨 소리야?"

그래서 솔직하게 말했다. 물론 처음에는 당황스럽다는 반응이 돌아왔다. 그거면 된다. 자신은 종마(種馬)가 아니라는 걸, 사람과 사람이 사귀는 방법은 그 외에도 있다는 걸, 앞으로 조금씩 전해 나가면 되니까. 자신은 계속 곁에 있을 테니까.

'아아. …하지만.'

“아무렴 어때. 그보다 수다 떨 상대가 필요하지 않아? 심기 불편한 공주님.”

가능하다면 웃는 얼굴을 보고 싶었다. 생명의 그릇이라는 역할만 맡아 온 이 소녀가 그것 이외의, 사람으로서 태어난 행복을 누렸으면 좋겠다고 생각했다. 무의식적으로, 생각하고 말았다.

그것은 가문에서 부여한 역할과 다른, 이 순간에 생겨난 그만의 바람이었다. 그것이 카를로스 워트로의 삶의 방식을, 그 자신의 목숨을 어떻게 쓸 것인지를 결정케 했다….

“미안했다, 오필리아 양. …곁에 있었으면서, 아무것도 해 주지 못해서.”

무너져 가는 자궁 안에 고드프리의 목소리가 울린다. 자책감과 회한으로 가득한 표정을… 그는 다음 순간에 억지로 미소로 바꾸었다. 그것은 오로지 우중충한 후회가 아니라 최대한의 감사를 표하며 친구의 마지막 순간과 마주하기 위함이었다.

“잘 가라, 카를로스. …나의, 친구.”

목소리가 쉬지 않게 하려고 노력하는 것이 올리버에게도 전해졌다. 하지만 무리였다. 어찌할 방도 없이 목이 떨리고 있었다. 숨길 수 없을 만큼 많은 눈물이 눈가에 흐르고 있었다.

그런 걸 얼버무릴 수 있는 남자가 아니라는 걸 누구보다 잘 알았기에… 마지막으로 돌아본 카를로스의 얼굴에는 한없이 밝은 미소가 걸려 있었다.

"그래. 잘 있어… 알."

둘도 없는 친구와의 작별은 그로써 끝났다. 다시 소녀에게로 고개를 돌린 카를로스는 똑바로 걸어 나갔다. 끝까지 곁에 있기로 정한 상대에게로, 망설임 없이 나아간다.

문을 지나 이리 오렴　내가 너의 돌아올 집이 되어 줄게

난로 앞에서 단잠을 자자　부은 눈이 가라앉을 때까지

목이 삐걱댄다. 갈비뼈에 금이 가고 폐부에서 퍼진 열기가 온몸으로 퍼진다. 노래할수록 카를로스의 몸이 안에서부터 무너져 내린다. 봉인을 풀고 마성을 최대한 개방해 노래한 탓에 가수는 이미 한계를 넘어선 상태다. 이대로 계속하면 피할 수 없는 육체의 붕괴가 기다리고 있을 뿐이다.

그런 건 전혀 상관없었다. 그 노래도, 피와 살도, 마음도… 그의 모든 것은 눈앞에서 떨고 있는 소녀만을 위해 존재하는 것이니.

"오지 마… 오지 말라고오오오!"

절규와 함께 촉수가 날아든다. 살을 후벼 파고, 뼈를 때리고, 가녀린 몸을 몇 번이나 두드린다. 하지만… 그 걸음은 멈추지 못했다. 죽이기를 거부하듯 촉수에 힘이 실리지 않았다. 그것은 청년의 노랫소리 때문일까… 아니면 그가 카를로스 위트로이기 때문일까.

내 마음으로 너를 감쌀게　그러니 이제　울지 마

노래를 마무리하는 마지막 한 구절. 그것을 입 밖에 냄과 동시에… 청년의 팔이 오필리아를 끌어안았다.

"…미안해. 약속했는데, 웃게 해 주지 못해서."

귓가에 대고 그렇게 말한다. 두 사람의 주위에서 힘을 잃은 촉수가 축 늘어지더니, 흐느껴 우는 진동이 팔을 통해 청년에게 전해졌다.

"…바보, 아니야? …네가 멋대로, 한 말이잖아…."

떨리는 목소리로 밉살맞은 소리를 한다. 그런 그녀의 머리를 카를로스는 살며시 쓰다듬었다.

"사랑해, 나의 리아. …지금까지도, 앞으로도. 계속 영원히."

그리고 전한다. 처음 만난 순간부터 지금 맞이한 마지막 순간까지 흔들리지 않았던 마음을. 그가 소녀에게 줄 수 있는, 유일하고도 가장 큰 것을.

"…정말 싫어. 너 같은 녀석…."

그걸 기꺼이 받아들이지는 않았다. …하지만 오필리아는 떼쳐 내지도 않았다. 어쩔 수 없다는 듯이 받아 들고, 예쁜지 아닌지를 한참 확인하고서야 겨우 품에 안는다. 부모에게 선물을 받은 반항기의 딸이 그러듯이.

"…이젠, 놓지 마."

그 바람만을 입 밖에 낸 후, 그녀는 그제야 카를로스의 포옹에 응했다. 청년은 가만히 고개를 끄덕이고서 오필리아를 더욱 힘껏 끌어안았고… 마성의 음량을 더욱 높여서 노래하기 시작했다.

노랫소리에 의해, 닫힌 세계가 풀어지고 허물어진다. 그 최후에 저항하지 않고 키메라들 또한 얌전히 모래로 돌아갔다. 조용한 종언(終焉)이 그곳에 있었다. 한 소녀의 오랜 고통이, 그녀가 태어난 순간부터 시작된 고독이, 그 끝을 맞이한 것이다.

정신을 차리고 보니… 올리버 일행은 모든 것이 본연의 모습으로 돌아간 늪지 한복판에 멍하니 주저앉아 있었다.

"괜찮으냐, 노르!" "노르…!"

달려오는 사촌 형과 사촌 누나의 모습이 시야에 비친다. 그럼에도 지금의 그는 아무 말도 할 수 없었다.

"……."

소년이 멍하니 내려다본 땅의 한곳에, 하얗고 아름다운 모래 더미가 남아 있다. 겨우 조금 전까지 오필리아와 카를로스가 서로 끌어안고 있었던 장소에.

그것이 그들이 이 세상에서 살고, 인연을 맺었음을 말해 주는… 마지막 증거였다.

3권 끝

◈작가 후기◈

안녕하십니까, 우노 보쿠토입니다. …끝까지 지켜봐 주셨나요.

이러한 결말도 킴벌리에서는 그리 드물지 않습니다. 오히려 전형적이라 할 수 있을 정도죠. 그렇기에 이번에 보신 것은, 지금은 아직 1학년인 그들 여섯 명의 그리 머지않은 미래의 모습일지도 모릅니다.

이 모험을 통해 그들이 얻은 것, 잃은 것. 그러한 것들을 통해 앞으로 얻을 것과 잃을 것도 엿볼 수 있을 겁니다. 받아들이건 거부하건, 그건 본인에게 달린 일입니다. 다만 한 가지 확실한 것은 마도의 길을 계속 걷는 한, 아무 상처도 입지 않을 수는 없다는 겁니다.

이리하여 그들의 1학년은 폐막하였고. 짧은 휴식 시간을 가진 후에 2학년 편을 개막하겠습니다.

새로운 만남이 있을 겁니다. 아직 보지 못한 위협과도 마주하게 될 겁니다. 1년 동안의 경험을 무기 삼아, 그들은 그 모든 것과 관계하게 될 겁니다.

그런 분주한 나날 속에서… 드디어 **그**가 가면을 쓰고 움직일 때가 찾아올 겁니다.

이야기는 더욱 깊은 곳에 들어섭니다. …당신도 부디 어둠에 삼켜지지 않도록 주의하시길.

우노 보쿠토

일곱 개의 마검이 지배한다 [3]

2024년 5월 10일 초판 발행

저자 우노 보쿠토 | **일러스트** 미유키 루리아 | **옮긴이** 정대식
발행인 정동훈 | **편집인** 여영아
편집 팀장 황정아 김은실 | **편집** 노혜림
발행처 (주)학산문화사 | 서울특별시 동작구 상도로 282 학산빌딩
편집부 02.828.8838(전화), 02.816.6471(팩스) | **영업부** 02.828.8986(전화), 02.828.8890(팩스)
홈페이지 www.haksanpub.co.kr | **등록** 1995년 7월 1일 | **등록번호** 제3-632호

ISBN 979-11-411-3110-4 04830
ISBN 979-11-411-0914-1 (세트)

값 7,000원